언젠가 ___ 꼭한번

무심히 인도

언젠가___꼭한번 무심히 인도

1판 1쇄 인쇄 2022년 5월 1일
1판 1쇄 발행 2022년 5월 10일

지은이 하진희
펴낸이 김현정
펴낸곳 책읽는고양이 / 도서출판리수

기획 김현주
교정교열 이교혜

등록 제4-389호(2000년 1월 13일)
주소 서울시 성동구 행당로 76 110호
전화 2299-3703
팩스 2282-3152
홈페이지 www. risu. co. kr
이메일 risubook@hanmail. net

ⓒ 2022, 하진희
ISBN 979-11-86274-93-4 03810

언젠가 ___ 꼭한번

무심히 인도

하진희 인문 여행 에세이

책읽는고양이

프롤로그
산티니케탄의 하루

언젠가 한번은 가보고 싶은 나라, 인도. 하지만 실제로 인도로 떠나기는 쉽지 않다. 물리적인 거리도 그렇지만, 가끔씩 접하는 인도에 대한 뉴스들 때문에 인도는 가까이하기가 쉽지 않다. 치안이나 위생, 도로 사정과 숙소 등 인도 여행은 꺼려지는 것들이 아주 많다.

나는 아주 여러 번 인도를 여행했다. 국내 여행도 선뜻 나서지 못하는 소심한 성격에 비하면 신기할 정도다. 살고 있는 제주에서 서울 나들이도 주저하는 나로서는 먼 길이다. 그래서 한 번 가면 거의 한두 달은 지내고 오는 여행을 한다. 아무리 짧아도 한 달이다. 인도를 떠나 있는 동안에도 나는 하루에

철도에 가면 아무 생각 없이 그저 걷고, 기차를 타고, 새소리를 듣고, 익
숙한 풍경에 눈길을 준다. 아무것도 하지 않고, 친구도 만나지 않고, 휴대폰
도 꺼버리고, 시장에 계란을 사러 가고, 도서관에 가서 신문을 뒤적이거
나 처음 보는 화가의 도록을 찬찬히 들여다본다. ⓒ Ha jinhee

수백 번씩 인도를 생각한다. 우리 집에는 인도를 떠올리는 수많은 물건들이 있다. 나는 그저 인도를 왔다 갔다 한 것이 아니라 거기서 뭔가를 끊임없이 가져다 날랐다. 그래서 지금은 그것들이 집을 거의 점령했다. 멀리 인도에서 온 점령군들이다. 나는 어쩔 수 없이 그것들의 관리인으로 전락했고, 온전한 나만의 시간을 위해서 가끔 그들의 나라로 피신을 간다.

요즘 나는 내가 그렇게 좋아하던 것들에게 발목을 잡혀서 산다. 인도에서 가져온 수많은 자료들이 (녀석이라고 하면 녀석들이 싫어할 것 같아서) 나를 지배하고 있다. 얼마 전 어떤 친구가 말했다. "인도 신들에게 손해 배상을 한번 청구해보면 어때?" 말 되는 이야기다. 인도에서 큰 지진이 발생했는데 그 손해 배상을 신에게 청구하면서 신과 인간이 벌이는 법정 싸움이 주제인 인도 영화도 있다. 인도 사람들다운 발상이다. 근데 그러려면 또 인도에 가는 수밖에 없다.

사람들은 내가 인도에 자주 오가는 것을 듣고나면 꼭 다음에 나랑 같이 '인도에 가고 싶다'고 한다. 그때마다 나는 늘 "인연이 되면 같이 갑시다."라고 말한다. 그러나 너무 매정하게 나의 마음을 말할 수 없기에 하는 인사치레에 불과하다. 솔직히 누군가와 같이 인도를 여행하는 것은 정말 쉽지 않은 일이다. 물론 같이 간 사람도 며칠 만에 실망할지도 모르고. 내가 들려준 인도 이야기와 현실이 너무 다르다고 불평을 할 수도 없을 테니, '다시 인도에 오나 봐라.' 라고 결심할 가능성이 훨씬 크다.

나는 내 말만 듣고 인도를 가고 싶어 하는 이들에게 진실을 말해서 실망하게 하고 싶지는 않다. 인도는 지저분하고, 치안도 엉성하고, 덥고, 모기도 많고, 위생 개념도 없고, 대중교통도 불편하고, 물도 공기도 기후도 다 나쁘다고 말해야 한다. 사실이다. 인도는 지저분하고 불편하고 느리고, 말도 안 되는 것을 우기는 사람도 많다. 인도는 그런 곳이다. 그저 이야기로 듣는 것이 훨씬 편하고 재미있을 수도 있다. 나의 인도 여행은 그렇게 대단하고 신나고 진기한 세상을 보러 떠나는 여행이 아니다.

아무 생각 없이 그저 걷고, 기차를 타고, 새소리를 듣고, 익숙한 풍경에 눈길을 준다. 아무것도 하지 않고, 친구도 만나지 않고, 알람도 꺼버리고, 시장에 계란을 사러 가고, 도서관에 가서 신문을 뒤적이거나 처음 보는 화가의 도록을 찬찬히 들여다본다. 해질 무렵 걸으러 나가서 공터에서 아이들이 떠드는 소리에 기분이 좋아지고, 손수레에서 파는 달군 모래로 볶은 피땅콩(껍질째 나온 땅콩)을 사서 주머니에 넣고 생각나면 하나씩 까먹고, 작은 서점에 들러 읽을 줄도 모르는 벵골어 동화책을 펼쳐 보기도 한다. 군락을 이룬 한련 꽃들과 초록의 잎들을 한참 동안 들여다보고, 협동조합에 가서 짭짤한 콩과자를 사거나 새로 나온 직물이 없나 둘러보기도 한다. 마음에 드는 천을 끊어서 양장점이라고 부르기에는 너무나 초라한 곳에서 옷도 맞추고, 마치 아는 집을 찾아가는 것처럼 씩씩하게 걸어서 동네 탐방에도 나선다.

나중에 읽어보면 정말 유치한 글도 쓰고, 앞집 꼬마한테 벵골어 단어도 몇 개씩 배운다. "아니! 몇 번을 반복해야 하는겨!"라고 말하는 앞집 꼬마의 눈빛이 너무 귀여워서 즐겁다. 학교에서 열리는 크고 작은 전시회도 찾아가고, 우연히 친구를 만나면 길에서서 한참 동안 별 볼일 없는 시시콜콜한 이야기를 나눈다. 라즈니간다 꽃을 사러 30분 이상 걸어가서 겨우 한 줄기를 사 오고, 새벽 시장에 신선한 토마토와 강낭콩을 사러 갔다가 별별 야채를 다 사 온다.

초등학교 운동장에서 아이들이 노는 것을 바라보며 나의 어린 시절을 떠올리기도 한다. 큰 나무 아래 작은 나무 의자에 앉아 아무 생각 없이 눈을 감고 있는 것도 좋아한다. 목적지 없이 모르는 길을 따라 걷다가 동네 개들의 텃새에 못 이겨 돌아서 오

일을 마치고 집으로 돌아가는 여인. Getty Images

기도 한다. 해질 무렵 시골 여인이 작은 도시락 통을 들고 집으로 돌아가는 모습을 바라보다가 나도 집으로 돌아온다. 어디선가 기다리고 있던 어둠이 금세 몰려오면 몇 개 안 되는 가로등이 켜진다. 더 이상 아이들의 웃음소리는 들려오지 않는다.

이것들을 즐기기 위해서 그 먼 길을 간다. 그리고 산티니케탄(Santiniketan)으로 떠나기 전날 밤 하는 중요한 일 한 가지도 있다. 바로 유서 쓰기다. 그 일은 꼭 떠나기 전날 밤에 한다. 그 전에는 시간이 많아도 쓰지 않는다. 떠나기 전날 밤이라야만 분위기가 무르익기 때문이다. 평상시라면 할 수 없는 낯 간지러운 말도 서슴없이 쓸 수 있다. 가족들에게 사랑한다는 말과 함께 내가 잘못한 일은 다 용서해달라고 한다. 또 내가 받기만 하고 제대로 돌려주지 못한 이에게 고맙고 미안하다는 말과 함께 다음 생이든 언제든 꼭 갚겠다는 말도 남긴다. 그래서 나는 늘 공짜가 무섭다. 거저 주어지는 것을 되도록이면 받지 않으려고 하지만 살다보면 어쩔 수 없는 경우도 있다.

작년에 써둔 것을 매년 새로 읽어보고 다시 쓰는 이유가 몇 가지 있다. 가족에 대한 사랑은 변함없지만 고마워해야 할 일은 더 늘어나기 때문이다. 물론 내가 없어진 이후의 일들까지 걱정할 필요는 없겠지만. 그 글을 쓰면서 느끼는 비장한 각오는 나를 새롭게 태어나게 한다. 하지만 정작 내가 오랫동안 수집한 나의 분신들에 관한 결정은 가족들이 알아서 처리해주길 바란다. 아니! 아예 그 이야기는 쓰지 않는다. 가족들에게는 어려운 결정일 거라는 걸 알지만 모른 체 넘어간다. 한 가지 정도는 골칫거리를 남겨야만 나를 잃은 섭섭함이 조금은 덜할지 모르니까. 그리고 떠나는 날 아침에 보관 장소를 사진 찍어서 조카에게 보내버리면 된다. 일 년에 한 번은 이렇게 비장한 각오로 헐렁한 유서를 남기고 인도로 떠난다. 남들이 모르는 나만의 의식이다.

인도에 도착하는 순간부터 고생이 눈앞에 펼쳐진다. 캘커타의 먼지 구덩이 속을 뚫고 전진해가야 하며, 지저분한 기차역에서 한두 시간을 기다려야 하고, 매일 손빨래를 해야 하고, 매일 밤 모기장을 쳐야 하고, 밤에는 일찍 잠자리에 들어야 하고, 아침에는 새소리에 일찍 깨어나야 하고, 동네 개들에게 안 무서운 척 레이저를 쏘는 연습도 해야 하고, 해가 지면 집에 들어가고, 비위생적으로 보이는 부엌에서 만들어진 음식도 맛있게 먹고, 돌아눕기조차 힘든 좁은 나무 침대에서 자야 한다. 사서 고생 한다는 말이 딱 맞다.

그래도 나는 몇 년 전부터 거의 매년 겨울 인도에

간다. 정확히 말하면 산티니케탄에 간다. 분위기 좋은 찻집 하나 없어도 흙먼지 날리는 그곳이 좋다. 한 번 입은 바지는 두 번 입을 수 없다. 흙먼지 때문이다. 그래도 좋다. 매일같이 바지를 빨아서 너는 것도 즐겁다. 빨랫줄에 빨래를 널고나면 왠지 흐뭇하다. 마치 설치 미술 작품을 완성하고 난 것처럼 야릇한 만족감이 느껴진다. 힘들여 헹구지 않기 위해 비누칠은 먼지가 묻은 바짓단 부분만 하는 둥 마는 둥 한다. 거의 몇 번 물에 담갔다 뺐다 하는 나만의 빨래 방식이다. 매일 해야 하기에 대충 해야만 피곤이 덜하다. 아예 가루 세탁제는 쓸 생각도 없다. 그랬다가는 아마 거품 때문에 수십 번은 헹궈야 할 것이다. 비누로 빨면 약간 덜 헹구어져 비누 냄새가 조금 남아 있는 것도 나쁘지 않다. 그저 매일같이 빨아서 흙먼지 없는 꼬들꼬들한 옷을 입는 것이 좋다. 햇볕이 어찌나 강렬한지 서너 시간이면 다 마른다. 잘 마른 빨래의 까슬까슬한 촉감은 세탁기로 빤 것과는 완전히 다르다.

　나는 이런 자질구레한 작은 일을 하는 것이 좋다. 근사하고 폼 나는 일을 하는 것보다도 남들이 보기에 아무것도 하는 일 없어 보이는 일이 즐겁다. 그래서 즐기는 데 드는 비용은 거의 없다. 그리고 그곳의 어떤 길은 나의 발자국 소리를 기억해준다.

내가 그 곳의 흙냄새를 기억하는 것처럼….

물론 인도에 갈 때마다 '한 가지는 하자.'고 생각한다. 한번은 산티니케탄의 미술가들을 위한 원고를 쓰기 위해 여러 명의 예술가들을 인터뷰하며 다녔다. 또 한번은 산티니케탄의 건물을 사진 찍고 여기저기 흩어져 있는 벽화나 조각 작품에 관한 원고도 좀 썼다. 저번에는 인도에서 만난 사람들에 관한 글도 썼다. 한국에 돌아와서 그 글을 읽으면 어설프다는 생각이 들어 제대로 고칠 생각도 하지 않는다. 그리고 또 다른 핑계를 대며 나는 다시 산티니케탄으로 간다.

차례

8. 유적지

9. 예술

1

산티니케탄

산티니케탄, 타고르가 꿈꿨던 평화의 마을

성 아우구스투스는 "세계는 한 권의 책이고 여행하지 않는 것은 책장을 넘기지 않는 것과 같다."고 했다. 나는 30여 년 전에 그 책의 첫 장을 열었다. 거기서 인도를 만났다. 그리고 다음 페이지를 넘기기도 전에 인도라는 그 첫 장에 멈춰서 오랜 시간을 보냈다. 물론 나중에 몇 페이지를 더 듬성듬성 넘기기는 했으나 다시 인도라는 페이지로 돌아와야만 했다. 이 책의 시작을 산티니케탄으로 하고 싶은 이유는 늘 나를 인도라는 그 첫 장으로 다시 돌아오게 만드는 곳이기 때문이다.

나는 1987년 1월 3일 인도 캘커타('콜카타'의 전 이름)에 도착했다. 그리고 이틀 후 산티니케탄과의 인연이 시작됐다. 산티니케탄은 1888년 시인 타고르의 아버지 데벤드라나트 타고르가 세운 아주 작은 숲속 학교(아슈람)에서 시작됐다. 타고르가 처음 그곳을 방문했을 때는 넓은 황무지에 몇 그루의 야자나무가 덩그러니 서 있었다. 작은 단층집과 정원이라고 부를 수도 없는 작은 마당을 늙은 정원사 한 사람이 돌보고 있었다. 1901년 5명의 학생으로 시작한 학교는 이제 초중고등학교와 비스바바라티(Visva-Bharati) 국립대학으로 그 규모가 커졌다.

타고르는 마음에 두려움 없이 정신이 자유로운 공동체를 꿈꿨다. 정규 학교 교육에 적응하지 못했던 자신의 어린 시절을 잊지 않았다. 그래서 자연과 더불어 살며 아이들이 행복한 학교를 만드는 것이 그의 이상이었다. 커다란 망고 나무나 보리수나무 아래서 교사 주위에 둘러앉아 공부하는 아이들의 모습은 학교 초기나 지금이나 여전하다. 그 옆을 집 없는 개나 늙어서 자유를 얻은 소가 어슬렁거리며 지나가기도 한다. 그 모든 것이 어우러져 하나의 풍경이 된다.

나무 아래 사방이 트인 곳에서 공부하는 아이들은 생각보다 더 잘 집중한다. 책상과 의자 없이 야외에서 작은 방석을 깔고 앉아서 공부하는 아이들이 등이 굽으면 어쩌나, 벌레에 물리지나 않을까 걱정하는 이들은 없다. 비가 오면 어쩌나 걱정하는 이들도 있겠지만 그때는 당연히 교실로 들어간다.

그들이 겨울이라고 부르는 계절은 무엇이든 야외 활동을 하기에 최적의 계절이다. 아이들은 겨울의 특정한 날 저녁 학교 마당에 둥그렇게 촛불을 밝히고 그 주위에 모여서 타고르가 만든 노래 몇 곡을 부르고 집으로 돌아간다. 그 의식을 경험한 선배들도 전통 의상을 입고 와서 동참한다. 노래가 끝나도 집에 돌아가지 않은 몇몇 아이들과 교사들이 촛불 주위에서 이야기를 나눈다. 특별한 인사말이나 순서도 없이 시작되는 그 겨울밤의 의식은 정해진 시간에 아이들이 모이면 시작되고 아이들의 노래 몇 곡이면 끝난다.

가로등이 별로 없는 산티니케탄의 밤은 달빛이나 별빛에 의지한다. 어두워지면 집으로 돌아가고 한밤중에는 달빛에 의지하고 별을 쳐다보게 되는 그곳의 밤은 아름답다. 그런 달밤에 학교 마당에 모여 촛불을 밝히고 그 주변에 둘러서서 함께 노래를 부르고 밤길을 약간 걸어서 집으로 돌아갈 때 아이들은 어떤 기분일지.

산티니케탄의 아이들은 어떤 축제든 시작하기 전날 한밤중에 모인다. 다림질이 잘된 깨끗한 전통 의상을 입은 아이들이 교사들의 안내에 따라 줄지어 걷는다. 그리고 축제의 장소에 이르러서는 함께 노래를 부르고 잠시 기도를 하고 집으로 돌아간다. 그날이 겨울밤이어서 약간 춥지만 도착지에서 학부형이나 교사들이 뜨거운 차나 간식을 제공하지 않아도 아이들은 친구들과 함께 달밤에 걸은 기억만으로도 행복하다.

어쩌면 아이들은 그런 순간이 주는 소중함을 그때는 모를지도 모른다. 그저 달밤의 짧은 외출이라고 생각할 수 있지만, 다시는 오지 않을 그 순간을 친구들과 함께한 기억은 마치 기도처럼 소중하다. 그 아이들이 자라서 부조리한 현실에 좌절하거나 고통에 처할 때 치유 받을 수 있는 기억의 보물 창고가 그렇게 하나둘 채워진다.

학교는 아이들의 가슴속에 소중한 추억을 가능한 한 많이 만들어주어야 한다고 타고르는 생각했다. 그 추억이라는 것은 크고 화려한 행사가 아니라 깨끗한 옷을 입고 소박한 마음으로 다른 학생들과 만나 조용히 한 곳을 향해 함께 걷는 일이나 노래를 부르는 일이다. 그것 말고 다른 지식은 커다란 나무 아래 칠판을 놓고 친절한 교사들에게서 배운다.

학교 설립 초기에 타고르가 만든 몬딜(Mondir, 사원)에서는 종교의 구분 없이 모든 종교의 의식이 가능했다. 특별한 의식이 없는 매주 일요일에는 시

낭송회가 열린다. 아침 6시 30분경 시작되는데 원하는 이는 누구나 참석할 수 있고 초등학생들이 번갈아 가며 참석한다. 몬딜 내부의 바닥에는 알포나(신성한 의식과 축제 때 바닥에 그리는 장식) 문양이 그려져 있다. 작고 나지막한 대리석 탁자는 주변에서 갓 따온 싱싱한 한련 꽃으로 장식한다. 향이 피워지고 시타르(인도의 전통 현악기)와 타블라(인도의 타악기) 연주와 함께 시 낭송회가 시작된다.

주로 고대의 시인이나 타고르의 시가 낭송되는데 아이들은 조용히 집중한다. 학교를 졸업하고 타지로 나가서 살다가 오랜만에 학교를 찾아온 졸업생들은 어김없이 이 아침 몬딜 의식에 참석한다. 머리가 하얗게 센 졸업생들이 어린 후배들과 함께 앉아 있는 모습을 보는 것만으로도 가슴이 벅차다. 그 순간은 나이 든 졸업생들이 가슴속 저 밑바닥, 먼지가 뽀얗게 내려앉은 보물 창고의 문을 여는 순간이기도 하다. 아니, 어쩌면 어린 시절처럼 또 다른 추억 하나를 담아 가는 소중한 순간일 것이다.

산티니케탄의 학교는 여러 가지가 독특하다. 수업은 가능하면 나무 아래 그늘에서 하고, 학교의 모든 건물은 주변 자연과의 조화를 위해 3층을 넘지 않아야 한다. 교사들을 선생님이라 부르지 않고 '다다(Dada)'와 '디디(Didi)'로 부른다. '다다'는 오빠

아이들은 겨울의 특정한 날 저녁 학교 마당에 둥그렇게 촛불을 밝히고
그 주위에 모여서 타고르가 만든 노래 몇 곡을 부르고 집으로 돌아간다.
© Ha jinhee

나 삼촌, '디디'는 언니나 이모를 부르는 호칭이다.
학생과 교사가 서로 친근감을 느낄 수 있게 하기 위
해 그렇게 부르도록 했다. 이처럼 타고르는 교사와
학생의 관계가 친근한 관계여야 한다고 생각해서
교사들에게 늘 아이들에게 친절을 베풀어달라고 부
탁했다.

　　타고르는 학교 졸업장이 하나도 없다. 자신이 학
교 교육에 잘 적응하지 못했기에 기존 학교 교육을
불신하고 있었다. 산티니케탄에 학교를 세우기 전
에는 자식들을 학교에 보내는 대신 집에 가정교사
를 두고 가르쳤다. 타고르가 아들의 문학 교사 찬드

라 로이에게 보낸 편지 내용을 보면 문학 수업이 아들을 성숙한 인간으로 만들어주기를 기대했음을 알 수 있다. "그 애가 내 등 뒤로 펼쳐진 푸른 하늘 아래 넓은 대지를 느끼고, 그것이 바로 신의 창조물임을 깨달을 수 있게 되기를 바랍니다."

타고르의 교육 이념은 지금도 산티니케탄 학교를 움직이는 보이지 않는 규칙이다. 당연히 그때로부터 오랜 시간이 지나고 학교의 규모가 커짐에 따라 전에 없던 새로운 규칙이 많이 추가되어야 했다. 또 인도 전역에서 관광객들이 몰려드는 바람에 학교에는 어쩔 수 없이 울타리가 생겨나고 입구를 지키는 지킴이까지 등장했다. 그동안 학교가 배출한 수많은 졸업생들은 거의 뿔뿔이 흩어져 있지만 그들의 가슴속에 새겨진 행복한 학교의 기억은 또 다른 누군가에게 등불이 되어주고 있을 것이다.

나무 그늘 아래서 공부하며 행복한 아이들

인도 고대 학교 아슈람은 인도의 전통적인 숲속 학교로 스승과 제자가 같이 머물며 공부하는 공간을 말한다. 학생은 숲속 작은 집에서 스승과 함께 생활하며 그가 가진 지식과 삶의 지혜를 배운다. 타고르가 꿈꿨던 학교는 아슈람처럼 교사와 학생이 친밀한 관계를 유지하며 아이들이 스스로 행복해지는 방법을 알아가는 것이었다. 자신이 어린 시절에 느꼈던 학교에 대한 좋지 않은 기억과는 다른, 아이들이 자연에서 마음껏 뛰어놀며 공부할 수 있는 이상적인 학교였다.

마음껏 뛰어놀면서 공부가 제대로 될까 의문이 들기도 하는데, 타고르는 자신의 생각대로 학교를 운영했고 졸업생들은 만족한다. 나는 서른이 가까운 나이에 그곳에서 공부했다. 나의 학창 시절 기억의 창고에는 산티니케탄에서 받았던 교육과 거기서 만났던 닮고 싶은 스승의 모습이 잘 간직되어 있다.

학교는 졸업한 후의 삶을 위한 초석을 놓아주는 곳이다. 학교를 벗어나면 모두 스스로 알아가야만 한다. 누가 가까이에서 알려주는 이가 없으니 그때 꼭 알아두어야 할 것들이 많다. 그래서 타고르의 산티니케탄 학교에는 여느 곳과는 다른 여러 가지의 규칙들이 있다.

첫째, 저학년일수록 최대한 자연을 가까이 접하며 공부해야 한다. 그래서 커다란 나무 그늘 아래서 수업을 한다. 타고르는 아이들은 자연과 멀어지면 멀어질수록 불행해진다고 생각했다. 둘째, 자연과의 조화를 위해 3층까지만 건물을 지을 수 있다. 셋째, 초기 학교에서는 시험이 없었다. 물론 지금은 학생들이 진학도 해야 하고 과목마다 진도를 맞추기 위해 초기와는 달리 시험 제도를 도입했다.

산티니케탄 학교에서는 예술 교과를 중시하며, 학생들이 자발적으로 기획하고 참여하는 다양한 축제나 공연을 적극적으로 활용한다. 나무 그늘 아래 흙바닥에 작은 방석 하나를 깔고 앉아서 수업하는 장면을 보면 참 평화롭다는 느낌도 들지만, 한편으

산티니케탄 초등학교 교정의 수업 시간. ⓒ Ha jinhee

로는 저렇게 해서 공부가 될까 하는 의문도 생긴다. 그래도 아이들은 다 진급하고 영어로 대화도 나누며 시도 척척 외우고 자신의 의견을 스스럼없이 말하며 토론에도 적극적이고 활발하다. 공부보다는 놀기를 더 많이 하는 아이들의 얼굴은 무척 행복해 보인다.

아이들은 자연과 더불어 즐겁게 공부하며, 호기심을 갖고 새로운 사실을 알아가고 더불어 살아가는 방법을 학교에서 배워야 한다. 교육은 교실의 크기나 시설과는 그리 상관이 없어 보인다. 적극적으로 인생을 살아가는 어른으로 성장하는 데 필요한 것은 대부분 어린 시절에 학교와 주변 어른들의 삶을 보고 따라 하면서 알게 된다. 아이들은 어른들의 말보다는 행동을 보고 살아가는 방법을 배운다.

산티니케탄의 교사들은 아이들에게 한없이 친절한 이웃 어른이고 싶어 한다. 교사는 학생들에게 마치 이모나 삼촌 같은 친근한 모습으로 대하며, 아이들도 그런 교사들을 스스럼없이 대한다. 부러운 모습이다. 아이들은 시를 외우고 연극을 공연하며 서로를 알아가고, 자연 속에서 흙을 만지며 태양의 소중함을 알게 되고 바람을 느끼며 작은 벌레나 들풀 하나에도 소중한 생명이 깃들어 있다는 것을 배운다. 생명 있는 모든 것들과 사이좋게 살아가는 삶의 가치를 알아가는 것이다. 웬만한 불편함은 별로 개의치 않고 견디며 자신이 좋아하는 것을 찾아내고, 그렇게 천천히 어른이 되어간다.

아이들은 어릴수록 흙을 만지고 장난치며 친구들과 접촉하면서 많은 것들을 스스로 알아간다. 언어와 책으로 가르쳐줄 수 있는 것 이외에도 아이들 스스로 알아가야만 하는 것들이 너무나 많은데, 정작 그것들을 알지 못하고 빨리 어른이 된다는 것은 불행한 일이다. 해가 뜨고 꽃이 피어나고 열매가 맺히며 새들이 지저귀고 계절이 바뀌는 것을 느끼는 것이 얼마나 소중한 것인지. 또 모두와 더불어 살아가는 삶이 얼마나 소중한지.

그래서 자신이 꼭 최고가 아니어도 행복해질 수 있는 일들이 얼마나 많은지 스스로 찾아가도록, 아이들에게 자유를 주고자 하는 것이 타고르의 생각이었다. 그 자유는 바로 시간이다. 아이들만의 시간. 아이들이 자연과 가까이에서 생활하면서 스스로 알아가도록 가만히 놓아두는 것이다.

아이들이 자신의 삶을 충실하게 만들기 위해 내면으로부터 자양분을 끌어내 세상에 온전한 뿌리를 내리려면 시간이 필요하다. 어른들은 좋은 환경을 만들어주고 지켜보며 기다려주어야 한다. 타고르의 산티니케탄 학교는 지식을 많이 가르치는 것보다 아이들이 스스로 행복하게 살아가는 방법을 알아가도록 자유로운 시간을 많이 갖게 한다. 그래서 아이들이 행복한 학교이다.

아침을 여는 새들의 노래

산티니케탄의 아침은 새들의 노래로 시작한다. 아침 5시경 가까운 곳에서 소프라노가 목소리를 다듬는 듯 고음의 새소리가 들려온다. 아~~ 노래를 시작한다. 이어서 조금 낮은 새소리가 화음을 맞춘다. 그러면 멀리서 산비둘기들이 둔탁한 코러스로 거든다. 이렇게 새들이 가까이에서, 또 멀리서 서로 화음을 맞추는 동안 서서히 태양이 떠오른다.

매일 아침이 이렇게 시작되는데 새들의 노래는 하루도 같은 날이 없다. 그 새들 가운데 늘 '구글리! 구글리!'를 부르는 새가 있다. 매일같이 '구글리'를 애타게 부른다. 다른 새들은 높고 낮은 음을 맞추느라 정신이 없을 때 그 새는 오로지 '구글리'를 수도

산티니케탄의 아침은 새들의 노래로 시작한다. © Ha Jinhee

없이 부르는데 지치지도 않는 모양이다. 뭔 사연이
있는지 애절하게 '구글리'를 목청이 다할 때까지
불러댄다. 이상하게도 나는 그 새가 '구글리 양'을
부르는 수컷이라는 생각이 들었다. '구글리 군' 보
다는 '구글리 양'이 훨씬 더 어울리기 때문이다. 아
쉽게도 그 새는 모습을 드러내지 않아서 어떻게 생
긴 새인지 볼 수 없다.

　참새들은 단체로 화음을 맞추는데, 고음의 새가
길게 목청을 뽑으면 잠시 그 틈새를 노려서 지저귄
다. 새들의 노래를 듣다보면 어디서 끼어들어야 하

는지를 정확히 아는 그들의 탁월한 감각이 신기하기만 하다. 함께 만나서 같이 리허설 한번 해보지도 않고 이처럼 매일 아침 새로운 곡을 합창한다.

나는 그 멋진 새들의 노래를 매일 아침 공짜로 듣는다. 정확히 말하면 정원의 나무들을 애써서 다듬지 않고 정글로 방치한 집주인 아저씨 덕분이기도 하다. 나의 산티니케탄 친구들은 내가 머무는 집 주인이 욕심이 많다는 것을 다 잘 안다. 그래서 두어 달 있다 가는 데 문제가 없는지 늘 묻는다. 주인이 다른 집보다 집세를 많이 받는 것은 사실이다. 그래도 나는 이른 아침 멋진 새들의 합창을 들으면서 아침을 시작하는 것이 무척 즐겁다. 매일 저녁 잠자리에 들면서 내일은 새들이 어떤 노래를 들려줄지 기대한다.

또 한 가지 이 집의 장점은 모든 창문에 방충망이 쳐 있다는 점이다. 겨울이 끝나면 모기가 그렇게 많은데도 인도 사람들은 창문에 방충망을 설치하지 않는다. 물론 모기장을 치고 자기는 하지만. 유난히 이 집에 새들이 많이 찾아드는 것은 집주인이 제때 나무의 가지치기를 하지 않고 정원을 정글로 유지하기 때문이다. 많은 꽃들을 심고 잔디를 잘 다듬은 정원이 부럽지 않은 것은 하루 종일 새들의 노래를 들을 수 있기 때문이다. 그래서 나는 집주인 아저씨

정원의 나무들을 애써서 다듬지 않고 정글로 방치한 집. ⓒ Ha Jinhee

의 그 욕심을 한편으로는 고맙게 생각한다. 뭐든 다 쓸모가 있다는 말은 사실이다.

집주인 아저씨는 가지치기를 하면 잘라낸 나뭇가지만큼 열매나 과일이 덜 열릴까봐 노심초사하는 타입이다. 잡초 하나도 쉽게 뽑아버리지 못하는 것 같다. 그래서 여름에는 뱀들도 많다고 한다. 겨울에 떨어진 낙엽들을 쓸어 모아서 한쪽에 산더미같이 쌓아놓고도, 아까워서 불쏘시개가 필요한 사람들에게 선뜻 주지 않는다. 물론 그 바싹 마른 낙엽 더미도 다 쓸모가 있다. 햇빛 좋은 날 들고양이 한 마리가 그 푹신한 낙엽 더미 위에서 단잠을 자는 모습을 볼 수 있어서 좋다. 녀석은 그 침대를 아주 좋아하는 눈치다.

아저씨가 새들에게 먹이를 주지 않아도 새들이 날아와 둥지를 틀고, 고목나무에서 피는 꽃들의 꽃술을 먹고 벌레나 곤충을 잡아먹으며 알아서 살아간다. 아저씨가 그런 것은 아까워하지 않아서 고마울 따름이다. 만약 새들과 대화만 통했다면 분명 공짜로는 안 된다고 말하고도 남았을 것이다. 집주인이 새들의 언어를 몰라서 천만다행이다. 그는 절대 종이 한 장, 비닐 한 장 쉽사리 버리지 않는다. 그래서 집 구석구석은 오래된 물건으로 가득 차 있다.

집주인의 일과 가운데 가장 큰 일은 아침 식사를 끝내고 장바구니가 달린 자전거를 타고 야채나 생필품을 사러 가는 것이다. 가장 중요한 일과이다. 그의 아내는 남편이 사오는 야채들로 향신료를 잔뜩 넣어서 다양한 음식을 만든다. 내가 두어 달간 머무는 동안 아주머니는 한 번도 외출한 적이 없다. 아저씨의 또 다른 일과는 매일 아침 정원사가 하는 일을 이것저것 참견하는 것이다. 또한 그는 오후 4시경 티타임이 가까워지면 나의 동태를 파악하러 온다. 그리고 내가 외출이나 산책을 할 것인지, 언제쯤 차를 마실 것인지 알아보고 돌아간다. 나는 외출 시에는 집주인이나 그의 아내에게 보고를 한다.

내가 밖에서 돌아와야 그들의 하루 일과가 끝나기 때문이다.

계절에 따라 새들의 노랫소리가 달라지는 것은 당연하다. 40도를 웃도는 한여름에도 새들은 여전히 노래하지만, 그때의 노래는 절규에 가까울 만큼 처절하다. 다른 계절 노래에서 느껴지는 품위와 우아함보다는, "아! 비가 좀 내렸으면 좋겠어. 정말 힘들어!"라고 애절하게 기도하는 눈치다. 그렇게라도 새들이 작은 목소리로 지저귀는 것도 기특하다. 몇 달을 그렇게 처절하게 노래 불러야만 비구름이 몰려올지 새들은 잘 알고 있다. 그때까지 참는 것이다. 인도 사람이나 새나 모두 참는 데는 선수들이니까.

산티니케탄의 새들은 꽃술을 먹는다. 그러니 그들의 목소리가 그렇게 달콤할 수밖에. 녀석들의 목소리가 빼어난 데는 다 이유가 있었다. 벵골어로 시물(Shimul)이라고 불리는 10미터가 넘는 고목에서 피는 꽃은 크고 화려하다. 붉은색이 너무 진해서 흑장미를 연상케 하는 이 꽃은 아무리 봐도 고목에서 피어나는 꽃이라고 하기에는 너무나 화려해서 의아할 정도다. 목련과 비슷한 꽃이 피는 이 큰 나무에 새들이 수없이 날아온다. 시물 나무는 새들에게 먹이를 제공하고, 최후에는 사람들에게 베갯속으로 넣는 천연 솜까지 제공한다.

타고르와의 약속을 지킨 간디

인도 하면 간디를 떠올릴 정도로 마하트마 간디
는 그 이름이 세계적으로 널리 알려졌다. 간디만큼
유명한 인도인은 없을 정도다. 그만큼 마하트마 간
디를 인도의 영혼을 구제한 정신적 지도자로 기억
하는 이들이 많다. '마하트마'는 위대한 영혼이라
는 의미로 타고르가 간디에게 지어준 이름이다. 간
디는 영국의 강제 지배에도 행동하지 않던 인도 사
람들을 움직여서 결국 인도를 영국으로부터 독립하
게 만들었다. 간디의 비폭력 저항, 단식 투쟁, 무소
유, 평화, 자유의 정신을 추구하는 삶은 인도를 넘어
서 세계의 많은 사람들에게 영감을 불어넣었다.

간디는 "나의 삶이 곧 나의 메시지다."라고 말했

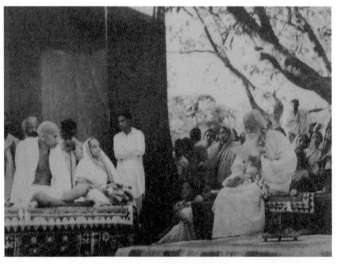

1940년 2월 17일 산티니케탄을 방문한 간디와 그를 맞이하는 타고르.

듯이 자신의 신념과 의지를 행동으로 보여준 실천
적 삶을 살려고 노력했다. 그러나 간디에 대한 평가
는 다양하다. 인도의 지도자로서 간디의 삶과 인간
간디의 삶 사이에는 모순적인 부분도 많이 있다. 간
디의 맏아들 할리랄 간디는 1948년 주거가 확실치
않은 알코올 중독자로 쓸쓸하게 사망했다. 한때 '작
은 간디'라고 불리며 아버지 간디의 일을 돕던 할리
랄은 너무도 유명한 아버지의 후광이 버거웠을 것
이다. 그저 자신의 삶을 살아가고 싶었을지 모른다.
나중에는 이슬람교로 개종하기도 했다. 인도의 영

혼을 껴안은 것처럼 보였던 간디는 정작 아들의 영혼은 보듬어줄 수 없었다. 누구의 삶이든 잘 들여다보면 그 안에는 어두운 부분이 있게 마련이다. 그러나 간디는 자신의 내면에서 어둠을 걷어낼 만큼의 밝음과 그 빛으로 다른 이들을 비추는 영적인 힘을 이끌어낸 위대한 사람임이 틀림없다.

간디는 평범한 중산층 가정에서 태어났으며, 어린 시절에는 그저 평범한 아이였다. 학창 생활은 보통의 아이들이 경험하는 그것과 다르지 않았는데, 다만 간디는 남들 앞에서 말하는 데 소질이 없었다. 서구 문화에 관심이 많았던 간디는 영국에서 법학을 공부하고 돌아와 봄베이('뭄바이'의 전 이름)에서 법률가 생활을 시작했으나 성공적이지 못했다. 어린 시절 그의 약점이었던 연설이 또 문제였다. 법관으로서 권위 있게 말하는 것이 어려웠던 것이다. 남아프리카로 가서 변호사로 활동했으나 역시 성공적이지는 않았다. 그러나 그 무렵이 간디에게는 여러 사상가, 철학자, 시인의 사상을 통해 생각의 깊이가 형성된 시기였다. 주로 토머스 칼라일, 랠프 월도 에머슨, 헨리 데이비드 소로, 고팔 크리슈나 고칼레, 타고르로부터 많은 영감을 얻었다.

남아프리카에서 몇 년을 보내고 1915년 다시 인도로 돌아왔을 때 간디는 자신이 인도를 위해 무엇을 해야 할지 알게 된다. 영국의 지배 아래 숨죽이며 사는 무지한 인도 사람들을 깨어나게 만드는 일이 바로 자신의 일이라고 생각한다. 영적인 삶을 살았던 인도 성자들이 그랬던 것처럼 비폭력, 무소유, 기도, 명상, 인간애를 실천하려고 노력했다. 그러나 그는 은둔형의 성자가 아니라 뛰어난 기획자이자 실천적 활동가였다. 간디는 수많은 저술과 편지, 비폭력과 무소유, 기도와 명상을 하면서, 물레를 돌려 실을 잣듯이 낮은 자세로 대중에게 호소했다. 간디는 인도의 대중을 움직이기 위해 무엇이 필요한지 정확히 알고 있었다. 그것은 바로 다양성과 전통, 신을 향한 기도와 명상, 다양한 계층을 아우르는 평등과 자유라는 것을.

타고르는 1920년에 미국 기자와 간디에 관한 아주 흥미로운 인터뷰를 했다. 타고르는 이렇게 말했다. "간디에게 인도에서 가장 값비싼 왕좌를 내줘도 그는 거기 앉기를 거절할 것이다. 하지만 그 의자에 박힌 보석들을 팔아서 빵이 필요한 이들에게 나눠줄 것이다. 미국이 가진 모든 부를 그에게 준다 해도 그것을 거절할 것이다. 아니면 그 부를 인류애를 위해 필요한 곳에 주려고 할 것이다. 만약 누군가 나의 목을 비틀면 나는 살려달라고 소리칠 것이다. 그러나 간디는 소리치지 않을 사람이다. 오히려 웃

으며 그에게 기꺼이 목숨을 내어줄 사람이다. 이것
이 내가 알고 있는 간디이다." 간디의 비극적 운명
을 예감이라도 한 듯한 말이었다.

타고르는 1913년 노벨 문학상을 수상하게 됐다
는 전보를 받고 "아! 당분간 산티니케탄 학교의 돈
걱정은 없겠군요."라고 했다. 타고르는 비스바바라
티 학교를 위해 전 재산을 털어 넣었고, 심지어 타고
르의 아내는 결혼 예물로 받은 귀금속을 모두 팔아
서 학교 재정에 보태기도 했다. 이처럼 학교는 늘
재정적인 문제에 시달려야만 했다. 1933년 무렵 학
교의 재정이 거의 바닥을 드러냈다. 학교를 도와주
는 몇몇 독지가도 있었지만 버티기 어려운 시기였
다. 타고르는 인도 내 몇 군데 도시를 돌며 후원을
요청해보았으나 결과는 실망스러웠다. 마지막으로
용기를 내서 간디에게 편지를 보냈다.

"친애하는 간디지(간디 선생님)! 지난 30년간 모
든 애정을 쏟아부은 나의 산티니케탄 학교가 이제
75세인 나에게는 너무 버겁기만 합니다. 우리 국민
들이 가장 신뢰하는 당신이야말로 나의 이 고민을
해결해줄 수 있는 유일한 사람입니다. 이 학교가 앞
으로도 정상적으로 운영되어야 하는 이유를 인도인
들에게 납득시킬 사람은 오직 간디 당신밖에 없습
니다. 이제 나의 건강이 허락하는 시간도 얼마 남지

말년의 타고르가 그림을 그리고 있다.

않은 것 같습니다."

이 편지를 받은 간디는 곧바로 타고르에게 학교를 위해 할 수 있는 일을 찾아보겠다는 답장을 보냈다. 그러고나서 간디는 너무나 바쁜 정치 일정 속에서 몸살로 앓아눕게 되었다. 그러나 간디로부터의 연락을 애타게 기다리던 타고르는 뭔가 행동을 해야만 했다. 학교에 당장 6만 루피의 돈이 필요했기 때문이다. 타고르는 학생들이 캘커타에서 무대에 올린 춤극 〈치트랑가다〉가 성황리에 끝난 것을 기억해냈다. 그래서 몇몇 도시를 돌며 그 극을 상연할 계획을 세웠다. 마지막 공연 장소인 델리에서 간디를 만나게 됐다. 타고르의 사정을 들은 간디는 헤어지면서 최선을 다하겠다고 말했다. 그리고 돈이 구해지면 제발 나머지 일정을 취소하고 산티니케탄으로 돌아갈 것을 요청했다. 타고르의 나이 76세였다. 곧 인편을 통해 타고르에게 필요한 돈 6만 루피와 함께 독지가의 편지가 전달됐다. 타고르는 극을 예정대로 상연하고 조금은 가벼운 마음으로 산티니케탄으로 돌아갔다.

그리고 얼마 지나지 않아 타고르는 학교 기금 조성을 위한 후원자를 모으기 위해 또다시 몇 군데 도시를 방문할 계획을 세우고 간디에게 편지로 그 계획을 알렸다. 그러자 간디는 타고르에게 제발 델리 공연과 같은 '구걸 원정'에 나서지 않기를 정중히 요청하는 답장을 보냈다. 그 구걸 원정이라는 말에 타고르는 적지 않은 상처를 받는다. 그래서 바로 간디에게 답장을 보냈다.

"친애하는 간디지! 당신은 나의 최근의 행동들을 그저 단순히 재정을 확보하려는 얄팍한 수단으로 생각하시는군요. 나의 학생들이 델리에서 상연한 극은 그저 단순히 입장료를 벌기 위한 수단이 아니었습니다. 학생들이 그 극을 위해 들인 애정과 노력은 돈으로 그 가치를 매길 수 없습니다. 우리 인도인들은 고대로부터 문학과 극을 사랑하면서 서로 소통해왔습니다. 그런 의미에서 나는 당신의 펜으로 쓴 '구걸 원정'의 의미를 받아들일 수 없음을 정중히 알려드립니다."

타고르의 편지를 받은 간디는 너무나 부끄러워서 즉시 답장을 보냈다. "타고르 선생님! 당신께서는 저의 마음을 오해하셨습니다. 당신의 신념과 창작은 이미 전 인도인들에게 자부심을 심어주고 있습니다. 제가 썼던 그 '구걸 원정'의 의미는 연로하신 선생님께서 더 이상 대중 앞에서 고개 숙여 기금을 모금하지 않으셨으면 좋겠다는 의미였습니다. 이 편지가 저에 대한 오해를 풀기를 희망합니다."

간디의 이런 마음을 읽은 타고르는 간디를 산티니케탄으로 초청했으나 간디의 바쁜 일정으로 여의치 않았다. 1937년 10월 26일 타고르와 간디는 캘커타에서 다시 만났다. 간디는 타고르에게 산티니케탄 학교 문제를 잊지 않고 있으며 최선을 다하겠다고 약속했다. 하지만 바쁜 정치 일정으로 지친 간디는 또다시 병석에 누웠다. 간디는 병석에서 비서에게 1만 3천 루피 수표와 편지를 타고르에게 보낼 것을 지시했다. 간디의 마음을 받은 타고르는 이 고마운 마음을 언어로 표현할 길이 없기에 "신의 축복이 있기를" 바란다는 답장을 보냈다.

이렇게 타고르와 간디는 서로를 알아갔다. 그리고 마침내 1940년 2월 17일 간디가 타고르의 산티니케탄을 방문했다. 이틀을 함께 지내며 타고르와 간디는 서로의 이상을 확인했다. 간디가 떠나는 날 타고르는 간디의 손에 편지 한 장을 쥐어준다. 간디는 자동차 안에서 그 편지에 대한 답장을 타고르에게 보냈다. "선생님의 마음이 저의 마음에 와 닿았습니다. 이번 방문을 통해 비스바바라티는 인도인들뿐만 아니라 세계인들이 한곳에 모여 평화롭게 공부할 수 있는 이상적인 학교가 될 것이라는 저의 확신이 더욱 분명해졌습니다. 그것을 위해 제가 할 수 있는 모든 일을 기꺼이 하겠습니다."

그리고 델리로 돌아온 간디는 3월 2일 자 일간 신문에 타고르가 손에 쥐어준 편지와 함께 자신의 산티니케탄 방문 소감을 올렸다. "저의 산티니케탄 방문은 순례였습니다. 산티니케탄은 시인의 이상이 현실에서 꽃을 피운 사원이나 마찬가지입니다. 산티니케탄은 바로 시인 타고르입니다. 비스바바라티는 그가 만든 창조물입니다. 그는 이 학교가 계속 성장해나가길 바라고 있습니다. 우리가 헤어지는 순간 그가 제 손안에 편지 한 장을 쥐어주었습니다. 그 편지에는 우리가 무엇을 해야 할지 적혀 있습니다." 그러면서 간디는 타고르의 편지 전문을 실었다.

"친애하는 간디지! 나는 당신이 산티니케탄에서 어떤 가능성을 엿보았는지 알 수 없습니다. 지금 당신이 떠나는 이 마지막 순간 간절하게 원하는 것이 있습니다. 이 학교가 당신과 인도인들의 보호 아래 계속 성장해나가길 바랍니다. 비스바바라티는 나의 삶의 최상의 보석을 가득 실은 수레입니다. 이제 당신이 인도인들과 함께 그 수레를 끌어주길 바랍니다."

그리고 1년 후 타고르는 세상을 떠났다. 간디가 실은 이 신문 기사가 타고르의 마음에 평화를 주었을 것은 분명하다. 타고르의 사후에 간디는 자신의 약속을 지키기 위해 모든 노력을 다했다. 마침내 1951년 비스바바라티는 인도국립대학으로 지정되어 현재까지 대대로 인도 수상이 총장을 이어가며 타고르의 이상을 지켜가고 있다.

2

그들의 인내심을 쏙 빼닮은 떡띠기

   인도에는 봄이 올 무렵 어김없이 등장하는 녀석
들이 있다. 바로 떡띠기이다. 떡띠기는 생긴 모양이
도마뱀보다는 악어와 더 닮은 파충류다. 알에서 깨
어난 어린 녀석들은 도마뱀의 생김새 같다가, 두어
달 포식을 하고나면 살이 붙어서 그런지 등이 떡 벌
어지며 악어를 닮아간다. 큰 녀석이 꼬리 길이까지
쳐도 20센티미터 정도이긴 하지만. 내가 녀석들의
생김새를 악어와 닮았다고 생각하는 데에는 아마도
녀석들에 대한 나의 두려움도 한몫했을 것이다. 녀
석들과 예기치 않게 만나게 되면 놀라서 제대로 볼
사이도 없지만, 창문 밖에 착 달라붙어 있는 녀석을
안전하게 실내에서 관찰한 적은 있다. 자세히 보면

띡띠기.

툭 튀어나온 눈 때문에 조금은 귀여운 구석도 있어 보이지만 녀석들의 행동은 늘 거슬린다.

녀석들은 겨울에는 어떻게 보내는지 전혀 보이지 않다가 2월 중순경 사라스와티(Saraswati, 교육과 문화의 여신이자 브라흐마의 아내) 푸자가 시작될 무렵이면 나타난다. 먹이로는 주로 곤충이나 나방, 모기들을 잡아먹는다. 녀석들은 주로 밤에 활동한다. 그 전까지는 하루 종일 미동도 없이 눈에 띄지 않는 곳에 숨어서 지낸다. 주로 창문이나 거울, 책장, 책상 등의 뒷면에 붙어서 꼼짝 않는다. 어쩌다

방에 사람이 없을 때 바닥으로 내려올 때도 있지만 인기척이 나면 재빨리 은신처로 다시 들어간다. 정말 눈치 빠른 녀석들이다. 움직임은 그보다 더 빠르다. 그러고는 다시 미동도 없이 붙어서 밤이 오기를 기다린다.

어느 날은 아침부터 창문에 붙어 있던 녀석이 같은 자세 그대로 오후까지 꼼짝 않는다. 그뿐만 아니다. 거울이나 책장 뒤에 숨은 것을 알고 요리조리 움직여도 절대로 안 나온다. 그래서 결국에는 몇 녀석들과 불편한 동거에 들어가게 된다. 나 없을 때 방 안을 활개 치고 다니는 것까지는 어쩔 수 없다. 하지만 제발 나랑 마주치는 일만은 없기를 바라고, 저녁에 먹잇감을 놓고 녀석들이 만들어내는 작은 소음에 잠이 깨고 싶지도 않다.

어느 날 한밤중에 한 녀석이 실수로 천장에서 책상 위로 떨어졌다. 그 소리에 침대 모기장 안에서 손전등을 켰다. 녀석은 불빛에 놀라 책상 위에 놓인 내 안경에 철썩 달라붙었다. 녀석이 달라붙기에는 안경알이 그렇게 크지 않아서 조금은 불편한 자세로 붙어 있었다. 한밤중에 잠을 깨운 것도 모자라서 안경에 붙어 있는 녀석을 보면서 그동안 묵인해주었던 동거에 대한 배신감이 한꺼번에 몰려왔다. 녀석은 실수로 떨어져서 무척 놀랐겠지만 의외로 침착했다. 그건 그렇고 녀석에게 손전등을 비추면서 어서 다른 곳으로 이동하라고 했다. 하지만 미동도 없다. 손전등을 껐다 켜기를 반복하면서 방향을 위 아래 좌우로 거칠게 바꿔도 녀석은 움직일 생각이 전혀 없다.

'어디 누가 이기나 해보자.' 이건 나의 생각이었 고 녀석은 처음부터 이길 자신이 있었던 거다. 그냥 시간이 가면 되니까. 맞다. 나의 패배다. 처음부터 전혀 이길 승산이 없는 게임이었는데 시간만 낭비 한 셈이다. 마침내 졸린 내가 손전등을 끄고 자야만 했다. 다음 날 아침 쏩쓸한 마음에 비누로 열심히 안경을 닦아야만 했다.

나와 띡띠기의 관계는 늘 이렇다. 때로는 아침에 창문을 열 때 녀석들이 떨어져서 침대 밑으로 숨어 들어가는 것을 목격한다. 주로 어린 녀석들이다. 큰 녀석들은 소리에 민감해서 창문 열기 전에 막대기 로 한두 번 치면 바로 숨는다. 창문이 먹이 사냥에 좋은 장소여서 달라붙어 있는 경우가 많다. 빗자루 로 침대 밑을 아무리 쓸어내도 절대 밖으로 나오지 않는다. 그래도 녀석들은 한 가지만은 철저히 지켜 준다. 절대 침대 위에는 올라오지 않는다.

띡띠기는 은신처에서 하루 종일 밤이 오기를 기 다린다. 낮 동안에는 거의 미동조차 하지 않고 기다린다. 저녁에 불이 들어오기 시작하면 벽이나 천장으로 기어 나와서 먹이를 기다린다. 나는 녀석들이 어떻게 저렇게 인도인의 인내심과 똑같이 닮았을까 자주 놀란다. 내가 만났던 대부분의 인도 사람들은 원하는 것을 얻기 위해서 대단한 인내심을 가지고 기다렸다. 비록 그것이 뜻대로 이뤄지지 않아도 크게 상심하지 않는 데도 길들여져 있다.

한번은 인도 친구 부부가 연락을 해왔다. 부부가 서울에 세미나 때문에 오는데, 그 일이 끝나면 제주로 나를 만나러 오고 싶다고 했다. 그래서 대학교 게스트하우스를 예약해주겠다고 하자 그것보다는 우리 집에서 머물고 싶다고 했다. 또 거기에 몇 가지 이유를 제시했다. 인도인들은 1, 2, 3, 순서로 이유를 설명하기를 좋아한다. 첫째, 남편의 건강이 안 좋아서 집에서 만든 음식을 먹어야 하고, 둘째, 한국인 집에서 묵어보고 싶고, 셋째, 오랜만에 나랑 이야기를 나누며 놀고 싶어서. 그 외에도 제주에서 어디를 가야 할지 안내도 받고 싶고, 이번 기회 아니면 또 언제 한국에 오겠냐는 등 다양한 이유를 들었다. 마지막으로 공항에서 자신들을 마중해주면 좋겠다는 부탁까지 했다.

다 옳은 얘기다. 우리 집에 머물고 싶은 이유로는 충분했다. 나는 사나흘 침묵을 지키다못해 결국

부부가 원하는 대로 우리 집을 제공하고 공항 마중, 집밥 해주기, 관광, 배웅까지 다 해주었다. 부부는 떠나는 날 가방 하나를 두고 가면서 버려달라고 했다. 나는 그 낡은 가방에 스티커를 사서 붙이고 내다버렸다.

부부는 나의 침묵의 의미를 눈치챘으면서도 모른 척 기다린 것이다. 그리고 그 사이 아주 오래된 내 기억의 문 하나가 열렸다. 1988년 산티니케탄에서 공부할 때의 일이다. 캘커타에서 산티니케탄으로 가는 기차 안에서 바로 이 부부의 남편과 나란히 앉아서 갔을 때의 일이다. 그는 인류학자로 캘커타 박물관에 근무하면서 주말에만 집에 돌아오던 시절이었다. 나의 기숙사는 부부의 집과는 걸어서 10분도 안 걸리는 거리에 있었다. 다음 날 점심 초대를 해서 그야말로 오랜만에 집밥을 먹으며 즐거운 시간을 보냈다. 식사 후에 그의 아내 꿈꿈디가 만든 브라우니를 후식으로 먹었는데, 산티니케탄에서는 쉽게 맛보기 힘든 세련된 맛이었다. 그 후로 몇 번 차를 마시러 놀러 간 적이 있었다. 그러고는 아주 오랫동안 서로 연락이 끊겼다. 우연히 길가에서 부부를 만나 이야기를 나눈 것도 까마득하기만 했다. 그런데 부부는 그 인연을 잊지 않고 제주까지 나를 만나러 오겠다는 것이었다.

사람의 기억은 놀랍다. 아주 오랫동안 닫힌 그 기억의 빗장을 여는 순간 마법은 시작된다. 그 마법에 걸리면 다른 건 눈에 들어오지 않는다. 그리고 그 마법의 효과를 경험한 이들은 기억의 문을 여는 데 필요한 것이 무엇인지 안다. 기다림과 침묵!

미안하다는 말을 하지 않아도 통하는 사이

인도 사람들은 실수로 남과 부딪치거나 밀고도 미안하다는 말을 하지 않는다. 미안하다고 해야 할 일들은 끊임없이 일어나도 미안하다는 말은 하지 않고 지나친다. 인도에서 오랫동안 살면서 그들의 언어로 미안하다는 말은 한 번도 들어본 적이 없다. 말이 있기는 하지만. 서로 단단히 약속을 한 듯 절대 미안하다는 말을 사용하지 않는다. 그 대신 오른 손을 먼저 가슴에 댄 다음 이마에 갖다 대면 고만이 다. 아마도 그것이 미안한 마음을 전하는 동작이 아 닐까 나름대로 이해하게 됐다.

인도 사람들은 일상에서 일어나는 크고 작은 일 에 크게 의미를 부여하지 않는 것처럼 행동한다. 특

인도 사람들은 실수로 남과 부딪치거나 밀고도 미안하다는 말을 하지 않는다. 그 대신 오른손을 먼저 가슴에 댄 다음 이마에 갖다 대면 고만이다. © Ha Jinhee

히 그 일이 자신과 상관없는 일이면 더욱 그렇다. 그들이 현실에서 가장 중요하게 생각하는 것은 신과의 만남과 자기 자신이다. 다른 일은 그다지 중요하다고 생각하지 않는 것처럼 보인다.

인도에서 기차 여행을 할 때의 일이다. 새벽 완행열차여서 여러 사람이 바짝 붙어 앉아야만 했다. 건너편 아기를 안은 젊은 엄마와 서너 살쯤 되어 보이는 사내아이는 피곤한지 기차가 출발하면서부터 졸고 있었다. 그 옆에는 젊은 남자가 앉아 있었고 나는 그 건너편에 앉아 있었다. 그렇게 평화로운 순간도 잠깐, 갑자기 그 젊은 남자가 놀라서 벌떡 일어섰다. 아기가 오줌을 쌌는데 기저귀가 제대로 역할을 못해서 밖으로 흘러내린 것이었다. 아이고! 그 젊은이의 바지가 젖고 말았다. 순간적으로 일어난 일이어서 아기 엄마도 몹시 당황했다. 그런데 그때도 미안하다는 말을 하지 않고 넘어갔다. 아니, 그때는 오른손으로 하는 그 동작도 하지 않았다. 아마도 너무 당황해서 그랬을 것이다. 더 놀라운 것은 그 젊은이가 손수건으로 상황을 정리하면서도 화를 내거나 별다른 표정을 짓지 않은 점이다. 잠시 상황이 정리되고 나서 다시 말없이 앉아 가는데도 미안하다는 말은 하지 않았다. 그들 특유의 사과 방법은 곧 침묵이었다. 서로 원하는 것을 주고받는 방식치

곤 특이하다.

어쩌면 미안하다는 말을 써보지 않아서 익숙하지 않기 때문이라는 생각이 든다. 때로는 미안하다는 말 대신 울어버리기도 한다. 하지만 미안하다는 말은 절대 하지 않는다. 하지 않는 것이 아니라 방법을 모르는 것인지도 모르겠다. 일하는 집에서 싫은 소리를 들으면 일을 그만두는 경우도 많다. 서로 대화를 나누면서 문제점을 해결하는 그런 관계에 대해 그들은 잘 모른다. 그저 주어진 일을 하는 것에는 익숙하지만 그것에 대해 지적 받으면 상처받는다.

산티니케탄에서 청소와 빨래를 도와주던 닐몰라는 내가 빨래 좀 깨끗이 헹구라고 잔소리하자마자 다음 날 오지 않았다. 스위트(인도 전통 후식인 단과자)를 사서 그녀의 집에 찾아갔다. 그리고 내가 양보했다. 그녀가 해놓은 빨래를 그녀가 간 다음 내가 다시 여러 번 더 헹구는 방식으로. 웬만한 것을 묵인하지 않으면 상대가 침묵으로 응대하는 그런 관계의 형성에 대해 처음에는 이해하지 못했다.

모든 집안일을 남의 손에 맡기며 살아온 소위 상위 계층 사람들에게는 알게 모르게 일련의 불안감이 존재한다. 그 일손들이 없으면 집안일이 제대로 돌아가지 않으리라는 막연한 두려움! 물론 현실에

서 자주 일어나는 일이다. 집에 요리사가 며칠 오지
않아서, 청소하는 이가 오지 않아서 등 인도 사람들
이 자주 하는 변명이다. 그래서 내가 아는 몇몇 친
구들은 집안일을 도와주는 이들에게 각자에게 주어
진 일만 하도록 한다. 빨래하는 이는 빨래만 하고,
음식은 요리사가 만들고, 다림질하는 이는 가끔 와
서 다림질만 하고 간다. 그렇게 인도 사람들이 살아
간다.

가족의 가치를 중시하는 사람들

인도에서 새벽 열차를 타보면 인도 사람들이 얼마나 치열하게 사는지 알 수 있다. 이른 새벽 집을 나와서 완행열차를 타고 두세 시간 거리를 출근하며 사는 사람들이 많다. 도시 외곽에 살면서 도시로 출근하는 것이다. 그 긴 거리를 매일같이 오가는 동안 그들의 마음을 다잡아주는 것은 바로 가족이다. 가족에 대한 사랑과 희생이 그 힘든 시간을 견디게 한다. 주어진 운명을 받아들인다는 생각 이전에 그들에게는 생계를 책임져야 할 가족이 있기 때문이다. 인도 사람들은 고대로부터 현재까지 신에 대한 경배와 가족의 행복을 최고의 가치로 추구한다. 그래서 고단하고 거친 삶의 굴곡도 묵묵히 헤쳐 나간다.

산티니케탄 급행은 캘커타까지 가는 가장 빠른 기차다. 기차가 출발하고 1시간 30분 정도 지나면 어김없이 간식을 파는 아버지와 아들이 올라탔다. 부자가 파는 간식은 으깬 감자와 여린 강낭콩에 커리 양념을 한 속을 넣어 튀겨낸 인도식 만두다. 사모사(Samosa)라는 이 간식은 인도 어디에서나 맛볼 수 있다. 하나만 먹어도 속이 든든할 정도이고 맛도 좋다. 기차에서나 간이역에서 파는 단골 메뉴 중 하나다.

그 기차에서 사모사를 파는 아버지와 아들은 늘 함께 다녔다. 볼 때마다 내가 이상하게 생각했던 것은 사모사가 담긴 무거워 보이는 알루미늄 다라이를 늘 나이 든 아버지가 머리에 이고 기차에 오르는 것이었다. 젊은 아들은 아버지 뒤를 따라 가뿐하게 올라타고. 아들은 승객에게 주문을 받아서 좌석으로 배달하고 다 먹고나면 돈을 걷으러 다니는 일을 했다.

인도 사람들은 이상하게도 다 먹은 후에 값을 지불한다. 그래야만 먹는 도중에 혹시라도 맛에 대해 불평할 수도 있을 테니까. 그들은 매사에 이렇게 세세한 것도 놓치지 않는다. 영악한 소비자의 자세다. 그래서 아버지와 아들은 승객들이 다 먹을 때까지 기다렸다가 돈을 받아간다. 그 기차는 에어컨이 나

고대로부터 인도에서 가족은 가장 작은 단위이지만 가장 강한 결속력을
지녔다. © Ha Jinhee

오는 칸이 2량이고, 가져온 사모사는 이 두 칸에서
거의 다 팔린다. 다음 역에서 기차가 멈출 무렵이면
사모사가 거의 다 팔리고 부자가 내린다. 그때는 어
김없이 아들이 빈 다라이를 이고 내린다.

그 부자가 함께 다니는 것을 30년 가까이 봤는데,
최근에는 나이 든 아들 혼자 알루미늄 다라이를 이
고 기차에 탔다. 아버지는 안녕하시냐고 물었더니,
아버지는 돌아가셨고 아들이 있긴 한데 학교에 다
니기 때문에 혼자 다닐 수밖에 없다고 한다. 그러면
서 아버지가 계실 때는 아버지 혼자서 사모사를 다
만들었는데 지금은 아내와 둘이서 만들어도 바쁘다

고 했다. 집에서 기차역까지는 걸어서 40분이나 걸린다고 했다. 올 때는 릭샤를 타고 갈 때는 가벼우니 걸어서 간다고 했다. 사모사는 뜨거워야 맛있어서 알루미늄 다라이에 담아서 머리에 이고 온다는 것이다. 그리고 그 알루미늄 다라이는 아주 오래된 것이라고 했다. 사모사 팔아서 작은 집도 사고 아이들 교육도 시킬 수 있어서 좋다고 했다. 무거운 다라이를 이고도 힘든 줄 모르던 아버지의 마음이 이제는 그 아들에게 이어져, 아들은 힘든 줄 모르고 무거운 알루미늄 다라이를 이고 혼자서 기차에 오른다.

자전거를 못 타는 나는 자전거로 끄는 릭샤를 많이 타고 다녔다. 내가 늘 타던 조이가 바쁘면 호프나 아저씨의 릭샤를 타고 다녔다. 호프나 아저씨는 팔이 하나밖에 없었다. 오른팔 하나로 자전거를 타면서 많은 사람들을 실어 날랐던 것이다. 나는 가끔 그의 릭샤를 타면서도 팔이 하나인 것을 몰랐다. 그가 항상 어깨에 두르는 숄을 가슴까지 내려오게 걸치고 있어서 유심히 보지 않은 탓도 있었다. 한참 시간이 흐른 뒤 주변 친구의 말을 듣고서야 그 사실을 알게 됐다. 그에게 힘들지 않느냐고 물었더니 웃으면서, 힘들기는 하지만 아내와 딸 둘이 있어서 행복하다고 했다. 가족은 그가 살아가는 이유였다. 호프나 아저씨는 아내와 딸 둘을 남기고 세상을 떠났

고대 인도의 서사시 《라마야나》의 한 장면.

다. 이제는 결혼한 큰딸이 어머니를 돌보면서 살고
있다. 인간은 사랑하는 누군가를 위해 최선을 다할
때 행복해진다. 어려움을 극복할 수 있는 힘도 바로
거기서 생겨난다.

　인도 사람들이 가족의 가치를 가장 중시하는 것
은 힌두 신화를 통해서도 잘 드러난다. 시바 신은
아내 파르바티와 두 아들, 가네샤와 카르티케야를
데리고 함께 나타나기도 한다. 고대 인도의 서사시
《라마야나》에서 라마는 왕자의 신분으로 태어나 숲

에서 14년의 유배 생활을 한다. 숲에서의 생활이 쉽지는 않았지만 라마는 아내와 동생과 함께 소박한 삶을 살아가는 화목한 일상을 보여준다. 악마에게 잡혀간 아내를 구하기 위해 위험도 무릅쓰는 헌신적인 남편의 모습도 결국은 가족을 지키기 위한 희생이다.

힌두 신들 가운데 크리슈나만큼 아기 때부터 신화에 자주 등장하는 신은 없다. 크리슈나는 어린 시절 집에서 요거트를 훔치는 것 같은 일상의 소소한 모습들을 보여주며 가족들의 사랑 속에서 자란다. 크리슈나의 어린 시절을 통해 가족 간의 화목과 사랑을 보여준다.

고대로부터 인도에서 가족은 가장 작은 단위이지만 가장 강한 결속력을 지녔다. 세대에서 세대로 이어지는 가족 규범은 카스트(인도의 세습적 계급 제도)에 의해서 주어졌다. 그 외에도 가장의 의무를 지키고 가족의 일원으로서 각자 주어진 일을 열심히 하고 종교적 규칙을 지키는 것을 당연시했다. 인도 인구의 절반 정도가 아직도 작은 마을이나 소도시 단위로 살고 있으며, 이들이 바로 전통을 지키는 사람들이다.

어지간해선 자신의 이익을 절대로 양보하지 않는 인도인의 생활 자세는 매사에 신중함으로 드러난다. 그래서 무슨 일이든 깊이 파고 들어가는 데는 귀재들이다. 반면 뭐든 '빨리빨리'에는 부적합하다. 절대로 뭐든 빨리하는 일이 없는 사람들이다. 그 때문에 인도인을 게으르고 둘러대는 사람들로 치부하는 서양인들도 많다. 그러나 단돈 몇 루피를 벌어 가족을 부양하려고 최선을 다하는 이들을 누가 게으르다고 말할 수 있을까. 권력이나 부를 가진 자들의 온갖 횡포를 다 견디면서도 그저 묵묵히 일하는 이들이 오히려 미련스럽게 보일 때도 많다.

아직도 시골에 사는 많은 이들은 도시에 나오면 적응이 잘 되지 않는다. 도시에선 모든 것이 시계처럼 일정하게 돌아가야 하는데, 아직도 많은 인도인들은 자연과 가까이 살며 자신의 본능이 시키는 대로 살아가는 데 더 익숙하기 때문이다. 예를 들어 집안일을 돕는 도우미 아주머니는 어느 날 갑자기 몸이 안 좋으면 일하러 오지 않는다. 그렇게 말없이 며칠 안 오다보니 나중에는 그 이유를 설명할 방법을 몰라 일하러 오지 않는다. 오랫동안 자신의 생각을 자유롭게 표현해본 적 없이 살아온 사람들이 갖는 막막함일 것이다.

오래된 물건도 버리지 않는 사람들

50년도 더 된 낡은 오븐에서 빵을 구워낸다. 친구 어머니가 시집올 때 가져온 오븐이다. 그 오븐에서 부드러운 스펀지케이크를 구워내는 것을 보며 마치 요술 같다고 느낀 적이 있다. 인도 사람들의 집에는 그런 낡은 물건들이 넘치도록 많다. 20~30년 된 것은 보통이다. 20년 전에 내가 과일을 사올 때 담아온 바구니가 지금은 야채 바구니가 되어 내가 묵던 인도의 어느 집 부엌에서 긴 생을 살아간다. 바구니의 입장에서 보면 무척 고마울 일이다.

한 번 태어나서 계속 재활용되며 그 긴 생을 살아갈 수 있으니 말이다. 만약 인도 사람들이 집에 가지고 있는 오래된 물건을 집 밖으로 내놓으면 지구는 온통 물건으로 뒤덮이고도 남을 것이라는 상상을 하면서, "아! 그건 안 돼."라고 혼잣말을 한 적도 많다. 그나마 아직은 집에 차곡차곡 쌓아두고 있어서 다행이다. 일회용 페트 용기나 플라스틱도 사용한 뒤에 잘 보관해두었다가 계속 사용한다. 가전제품은 그야말로 장수 노인의 삶을 떠올릴 만큼 수리공에 의해 고칠 수 있을 때까지 고쳐서 사용하다가 아주 망가져도 계속 다른 용도로 사용되며 영생을 누린다.

그들의 집에는 여기저기 물건을 가득 쌓아둔 공간이 많다. 델리에 사는 어떤 화가의 집을 방문했을 때 그 집 손님용 화장실을 가득 채운 플라스틱과 일회용기를 보고 놀란 적이 있었다. 화장실의 크기도 작은 데다 빈 공간은 틈 하나 없이 온통 일회용기로 빼곡해서 혹시 설치미술 작품이 아닌가 하는 착각이 들 정도였다. 그 부부는 두 사람 다 미술 작가였다. 꽤 오래 알고 지내서 잘 아는데 온전한 사고를 가진 이들이어서 더욱 놀랐다. 어쩌면 타일이 떨어져서 일회용기로 가린 것일 수도 있겠다 싶어서 맨 위에 놓인 일회용기 두어 개를 들어 봤는데 타일은 멀쩡했다. 손님용은 샤워를 하지 않으니 마른 공간이어서 일회용기들을 보관해둔 것이라면, 도대체 화장실에 보관했던 것들을 어디에다 사용하려고 한 것인지. 이후에도 그 부부를 만날 때마다 그 화장실에 보관한 용기들은 잘 있는지 궁금해지곤 했다.

1987년 처음 인도에서 기차 여행을 할 때만 해도 설탕과 우유가 듬뿍 들어간 짜이(Chai, 차)를 작은 토기 잔에 담아서 팔았는데 마시는 기분이 참 좋았다. 이제는 종이컵이나 일회용 플라스틱으로 바뀌고 토기 잔은 더 이상 찾아볼 수 없게 되었다. 그때는 빈 토기 잔을 차창 밖으로 버리면 기차가 지난 간 뒤 철길에서 위험도 무릅쓰고 주어다가 부셔서 흙과 섞어 다시 토기 잔을 만들던 시절이었다.

도공이 일일이 손으로 작은 토기 잔을 제작하는 것을 본 적이 있다. 얼마나 재빨리 물레를 돌려가며 같은 크기의 토기 잔을 만들어내던지 눈을 뗄 수가 없었다. 이제는 그 정겨운 토기 잔에 담긴 짜이를 마시며 창밖의 너른 들판을 바라보는 즐거움을 더 이상 즐길 수 없다. 이제 그 토기 잔은 도시의 고급 호텔 찻집에서나 볼 수 있다. 그러나 흔들거리는 기차 안에서 마시던 그 짜이의 맛과 어떻게 비할 수 있으리. 그 토기 잔에 담긴 뜨겁고 달디단 짜이를 마시며 옆자리에 앉은 사람과 이런저런 시시콜콜한 이야기를 나누거나 이야기를 나누는 사람들을 바라보는 것도 즐겁고, 나 자신이 그들 가운데 한 사람이어서 좋았다.

20년 전에 내가 과일을 사올 때 담아온 바구니가 지금은 야채 바구니가
되어 내가 묵던 인도의 어느 집 부엌에서 긴 생을 살아간다. © Ha Jinhee

인도에선 아직도 수공예품이 많이 만들어진다.
시골에서 여인들이 수를 놓고 토기를 제작하고, 수
많은 작은 거울을 달아서 집에서 사용하는 유아용
의자를 만들기도 한다. 그녀들은 다양한 씨앗이나
열매를 말려서 장신구를 만들고, 못 쓰게 된 일회용
품으로 일상에 필요한 물건도 만들어내는 디자이너
들이다. 일상에서 우러나오는 그 자연스러운 감각
과 손재주가 어떤 공예가의 작품 못지않게 눈길을
끈다.

인도의 시골에 사는 가난한 농부들이 지극히 보잘것없고 단순한 몇 가지 물건만으로도 한 가족의 생계를 꾸려나가는 것을 보면 놀랍다못해 신기하기까지 하다. 낡은 옷을 버리지 않고 꿰매고 또 꿰매어 입다가, 마지막 순간에는 성한 부분만 잘라내서 다시 그 조각들을 연결해서 멋진 바닥 깔개나 방석을 만들기도 하고 손가방을 만들어내기도 한다. 거기에 약간의 수를 놓거나 반짝이는 구슬을 달면 장식품으로도 손색이 없다.

이처럼 인도에선 하나의 물건이 수명을 다하면 또 다른 물건으로 태어나서 살아간다. 일상에서 버려진 종이나 면직물을 모아서 물에 일주일 이상 불린 후 죽처럼 풀어지면 다양한 장식품과 일상용품을 만들어낸다. 종이나 면직물로 만든 것이라고는 결코 생각할 수 없을 만큼 앙증맞은 크리스마스트리 종과 장식품, 심지어는 펀자브주의 구르카족 전사가 가지고 다닐 만한 멋진 칼로 태어나기도 한다. 물론 장식용이긴 하지만.

때로는 마른풀을 엮어서 귀걸이와 목걸이를 만들기도 하고, 작은 씨앗이나 열매를 말려서 멋진 장신구를 만들기도 한다. 그런데 그 형태들이 얼마나 멋지고 대단한지 모른다. 어떤 것은 힌두교 사원이나 피라미드 형태이고 사랑스러운 하트 모양이나 별, 달 모양도 있다. 그 작은 형태에 어쩜 그렇게 놀라운 조형미를 불어넣을 수 있는지 또 그 기술은 얼마나 능숙한지 모른다. 공장에서 대량 생산해내는 물건들을 쉽게 접하지 못하는 시골 사람들은 스스로 만들어내고자 하는 인간의 본성에 충실하게 살아간다.

신을 숭배하는 만큼 물질을 중시하는 사람들

신화는 인간이 가진 상상력과 놀이의 원형이다. 인도 신화를 잘 들여다보면 그 안에서 인도 사람들의 생각과 삶이 보인다. 그들은 다양한 이름의 신들을 만들어내고 그에 걸맞은 역할을 부여했다. 그들의 신화는 마치 특별히 기획된 연극과도 같다. 그 연극은 기획, 연출, 배우, 무대, 소품, 음악, 분장 등 다양한 요소들이 완벽하게 조화를 이룬다.

그런데 흥미롭게도 신들이 주인공인 이 연극은 배우들을 빼고 나머지 역할이나 담당은 모두 사람들의 몫이다. 사람들에게는 각자에게 합당한 역할이 주어져서 누구 한 사람이라도 거기서 빠지면 연극 자체의 의미가 사라지고 말 것처럼 보인다. 사람들은 모두 그 연극을 위해 뭔가에 기여한다는 일종의 자부심을 지녀서 그 연극의 일부가 되어버렸다. 기획과 연출은 상위 계층이 담당하고 나머지는 하위 계층이 담당했다.

그리고 너무나 오랫동안 각자의 역할에 충실하다 보니 마침내 그 연극을 현실로 여기는 일까지 벌어지게 된 것일지도 모른다. 어차피 인생 자체가 연극이라면 주어진 역할에 최선을 다하는 것도 나쁘지는 않다. 모두 멋진 역할만 하려고 하거나 남의 역할을 탐내는 것보다 나을 수도 있다.

신화를 지은 것이 신이 아니라 사람이라는 것만 알면 답이 나오는데도 왜 그렇게 그 연극 같은 신화 속 세상에서 살고 싶어 하는지 알 수 없다. 분명 내가 알 수 없는 뭔가 좋은 것이 있을 텐데 말이다. 아니면 그 연극과 관련된 모든 이들이 서로 어떤 이해관계로 얽혀 있어서 어느 한쪽이 일방적으로 그 약속을 파기할 수 없는 것일 수도 있다. 그래서 인연을 맺는 일은 늘 조심스럽다. 어떤 결과를 가져올지 알 수 없고 점점 그 관계 속으로 빠져들어버리기 때문이다. 처음에는 뭔가 의문이 생기는 일도 차츰 시간이 흐르면 자신도 모르게 그 일의 일부가 되어버린다. 늘 깨어 있지 않으면 익숙한 쪽으로 휩쓸려간다.

신들의 숫자가 수백 억 명이라고 하지만 모든 신들을 다 경배하는 것은 아니다. 대부분의 신들은 그저 이름만 남아 있다. 인간이 살아가는 데 절대적으로 필요한 것들을 축복해주는 신들이 가장 우선순위로 사랑받는다. 때로는 한 명의 신에게 다중적 역할을 부여한다. 그 대표적인 신이 바로 가네샤다. 부와 명예를 축복하는 가네샤에게 지혜와 학문의 신이라는 역할을 동시에 부여한 것은 역설적 발상이다. 부와 명예라는 현실적 가치와 학문과 문학이라는 이상적 세계를 동시에 축복하는 역할이라니! 더구나 지혜까지 갖춘 완벽한 신, 가네샤!

　　악마를 무찌르기 위해 비슈누의 여덟 번째 현신으로 태어난 크리슈나가 음악과 목동의 신으로 불리며, 피리를 불어 목동의 아내들을 유혹하는 모습으로 묘사되는 것도 그렇다. 또 창조와 파괴를 담당하는 시바는 위대한 신이면서도 귀신이나 백정과 어울리며 격식에 얽매이지 않는 신으로 묘사된다. 신화를 구성한 이들이 정작 말하고자 한 것은 신의 전지전능이 아니다. 신의 이름을 가진 인간의 본성을 들여다보고 그것을 신랄하게 파헤치고 스스로 진리의 길을 찾아가도록 하는 퍼즐 맞추기 같다. 그래서 퍼즐의 종류는 무수히 많아도 그 답은 결국 하나다. 나 자신을 아는 것!

부와 명예라는 현실적 가치와 학문과 문학이라는 이상적 세계를 동시에 충족하는 역할에다 지혜까지 갖춘 완벽한 신, 가네샤. © Ha Jinhee

가네샤는 시바 신의 아들로 코끼리의 머리에 사람의 몸을 한 우스꽝스러운 모습이다. 위대한 시바 신의 아들이면서도 코끼리의 머리를 지닌 모습으로 묘사된 것은 신화 속에 담긴 유머와 재치의 표현이다. 신화 속에 이미 신체 이식에 대한 힌트가 담긴 것으로 해석하는 이도 있다.

신화에 의하면 성미 급한 시바가 아내 파르바티가 만들어낸 아들을 몰라보고 가지고 있던 삼지창으로 아이의 목을 쳐버리고 만다. 아내 파르바티의 비명을 듣고 비로소 아들임을 알아차리고 놀라서 허겁지겁 밖으로 뛰어나가 처음 마주친 코끼리의 머리를 잘라서 아들의 몸 위에 얹어준 것이다. 그런 우스꽝스러운 모습 때문에 신들의 비웃음을 살 것을 알고 시바는 인간이 신에게 제식을 바칠 때 가장 먼저 가네샤의 이름을 부르도록 했다. 그래서 가네샤는 나쁜 기운을 제거해주는 상서로운 신이기도 하다.

또한 가네샤는 최초의 문학 작품을 받아 적은 문학의 신이기도 하다. 그때 자신의 한쪽 상아를 잘라서 펜으로 사용했기에 제대로 묘사된 가네샤는 한쪽 상아가 잘려 나간 모습이다. 가네샤 신화만으로도 고대 인도 사람들이 얼마나 대단한 이야기꾼들이었는지 짐작이 간다. 그들은 가네샤처럼 부와 명예를 추구하면서 동시에 학문과 지혜를 사랑하는 그런 사람이 되고 싶어 한다. 물질과 정신 둘 다를 추구한다. 그 둘 다를 추구하다보면 무엇이든 하나는 가지게 될 것이라고 생각한다. 그래서 아예 처음부터 하나에만 매진하지는 않는다. A가 아니면 B도 좋고, 때로는 C여도 상관없다고 생각한다. 신화에서 그런 것처럼 인도 사람들은 현실에서도 이것과 저것을 섞어서 모호하게 표현하는 것을 좋아한다.

인도 사람들은 눈앞의 이익을 추구한다. 열악한 현실에서 살아가며 대단한 인내심까지 갖춘 그들은 가능한 한 지금 이 순간 얻을 수 있는 이익을 놓치지 않으려고 한다. 열악한 현실이란 혹독한 기후 조건과 불합리한 사회 환경, 종교적 제약과도 연관된다.

장사와 사업에서 그들은 흥정의 고수들이다. 상대에게 절대로 밀리지 않고 원하는 것을 얻어내려고 한다. 끝까지 버티는 자가 원하는 것을 적어도 상대방보다는 조금이라도 더 얻어낼 수 있다는 것을 그들은 알고 있다. 필요에 따라 말 바꾸기도 잘하지만 그것에 대한 미안함이나 부끄러움은 별로 없어 보인다. 상황이 바뀌면 뭐든 달라질 수 있고 무슨 일이든 거기에는 눈에 보이지 않는 원인이 작용했을 것이라고 생각해버리면 양심의 가책을 안 느껴도 될 것이고.

한번은 인도 서남부 케랄라주의 항구 도시 코친에서 유대인들이 살던 거리를 걷고 있었다. 오래된 유대 교회가 남아 있는 그 거리는 관광객들이 좋아할 만한 것들을 파는 작은 가게들이 많았다. 나는 원석과 장신구를 파는 가게에 들어갔다. 점원 없이 주인이 혼자서 하는 작은 가게였다. 친구에게 선물로 줄 작은 수정 원석을 사고 싶었는데 한눈에 마음에 드는 것이 없어서 잠시 망설였다.

주인이 눈치를 채고 잠시 기다리라고 하더니 금세 돌아왔다. 양손에 크고 작은 원석들이 가득 든 자루를 들고 와 순식간에 그것들을 진열대 위에 늘어놓았다. 그러고는 지금 사원에 기도하러 갈 시간이니 천천히 마음에 드는 것을 고르고 있으라는 것이었다. 그는 이슬람교도였다. 내가 아니었으면 가게를 잠그고 가려고 했는데 마침 잘 됐다는 것이다. 손님을 붙잡는 방법도 이렇게 다양하다. 일단 들어온 손님은 절대 놓치지 않으려는 이 뛰어난 상술! 아니 "이따가 다시 오겠다."는 말도 소용없다. 가게를 통째로 맡기고 물건을 고르고 있으라는 말만 남기고는 쏜살같이 나간다. 그는 가게도 맡기고 물건도 팔고. 나는 어쩔 수 없이 가게도 지켜주고 수정도 샀다.

인도 사람들은 돈과 관련된 것은 참 꼼꼼히 따진

다. 서로 손해 보지 않으려고 매사에 복잡하게 계산하면서 살아간다. 나와 친한 인도 선배는 남편이 먼저 세상을 떠나고 혼자 산다. 그녀는 대학교수이고 친정도 부유해서 경제적 여유가 많은 편이다. 그런데 참 이상한 습관이 있다. 쇼핑이 끝나면 그것이 무거운 물건이어도 웬만해선 운전사에게 집으로 옮겨달라고 맡기지 않는다. 식료품만 빼고 나머지는 본인이 직접 들고 들어간다. 처음에는 한곳에서 쇼핑이 끝나면 다른 곳으로 이동할 때 물건이 담긴 쇼핑백을 차에서 가지고 내려서 의아했다. 이유를 물어봤더니 운전사가 비싼 물건들을 보면 돈이 많은 줄 알고 뭔가 요구하기 때문이라고 했다.

얼마 전에 운전사의 큰딸이 결혼한다고 해서 목돈을 빌려준 적이 있다고 했다. 아마도 그 목돈은 받지 못할 것이라고 그녀는 말했다. 준 것은 아니지만 받지 못할 것을 알면서도 빌려준 것이다. 만약 돈을 빌려주지 않았다면 일하러 오지 않았을 것이라고도 했다. 다 이유가 있었던 것이다. 이렇게 인도에선 아직도 가진 자와 그렇지 못한 자들 사이에 겉으로는 불확실해 보이지만 나름의 셈법이 존재한다.

산티니케탄에서 주로 이용했던 릭샤를 끄는 조이 아저씨는 내가 은행에서 환전을 끝내고 나와 릭샤에 타는 순간 숨 돌릴 틈도 없이 돈이 필요하다는 얘기를 한다. 딸아이의 자전거가 고장 났다든지 겨울옷이 필요하다든지 다음 달에 아내가 병원에 가야 해서 가욋돈이 좀 필요하다든지 등 다양한 이유가 등장한다. 처음에는 이 어이없는 순간에 오히려 내가 더 당황스러울 정도였다. 그래도 그 말을 들은 이상 매정하게 거절할 수는 없었던 적이 여러 번 있었다. 요즘은 별로 마음이 내키지 않으면 미안한 마음 없이 그 상황을 지나치는 데 익숙해졌다. 침묵! 상대방이 조금 여유가 있다 싶으면 언제든 그 기회를 잡으려고 호시탐탐 기회를 노린다. 자존심이나 체면은 그리 중요하지 않다. 말 몇 마디로 부수입을 올릴 수 있는 기회가 오면 절대로 물러서지 않는다. 신들의 세상에서 살아가는 그들에게도 물질은 신을 숭배하는 것만큼이나 중요하기 때문이다.

눈앞의 이익을 중시하는 사람들

"내일의 공작보다 오늘의 비둘기를 가져라."라는 인도 속담처럼 인도인들은 내일 더 큰 이익을 얻으려고 눈앞의 이익을 포기하지 않는다. 내일이라는 미지의 시간에 기대를 걸기보다는 지금 이 순간의 이익을 더 중시한다. 인내심이라면 타의 추종을 불허하는 이들도 당장 얻을 수 있는 이익 앞에선 어쩔 수가 없다.

고대 인도 마우리아 왕조 때의 명재상 차나키야가 "우정도 이득이 있어야 지속된다."라고 했듯이 모든 인간은 어떤 행동을 할 때 무엇이든 자신에게 이득이 있기를 바란다. 특히나 인도 사람들은 자신의 이익과 관련된 경우 최선을 다하지만, 그렇지 않을 때는 그냥 '노 프라블럼(no problem)'이라고 말하면 고만이다. 물론 자신의 문제가 아니라는 소리다. 그 말을 해결해준다는 말로 믿으면 안 된다.

그들이 열악한 현실을 살아가면서 터득한 생존의 방편이다. 다양한 전통과 언어로 인한 소통의 어려움, 혹독한 기후와 복잡한 계급의 굴레, 빈부의 격차 등에서 생겨난 노하우일 것이다. 무엇이든 우선 얻을 수 있을 때 확보해놓는 것이다. 나중은 소용없다. 인도인들의 상술도 다분히 이것과 관련이 있다. 일단 들어온 손님을 절대 놓치지 않는 상술도 여기에서 생겨난 것. 손님이 관심 있어 하거나 눈길을 보내는 상품을 파악한 순간 바로 공략해 들어온다.

라자스탄주의 자이푸르 같은 매력적인 쇼핑의 도시에선 이런 공격에 무방비 상태로 당하고 만다. 화려한 가죽신이나 은 장신구에서부터 원색의 향연을 펼치는 염색과 자수 제품 등에 이르기까지 사지 않고는 배길 수 없다. 신발 가게에 일단 들어서서 잠시 화려한 수가 놓인 가죽신 하나를 빼서 들고 사이즈를 입 밖으로 내뱉는 것과 동시에 다양한 디자인의 슬리퍼들이 거친 폭포처럼 공중에서 연속적으로 바닥에 쏟아져 내린다. 점원은 재빨리 비닐을 벗긴 신발을 바닥에 던진다. 상상해보라. 수십 켤레의 다양한 신발이 나를 위해 바닥에 떨어지고 있는 멋

갠지스강 강둑으로 내려가기 전 비좁은 골목을 따라 한 칸도 안 되는 작은 가게들이 즐비하다. ⓒ Park Jongmoo

진 장면을. 일단 의자에 앉아서 신발을 신어보는 순간 나는 신발을 산 것이다.

힌두교 최대의 성지 바라나시는 실크 사리로 유명하다. 갠지스강 강둑으로 내려가기 전 비좁은 골목을 따라 한 칸도 안 되는 작은 가게들이 즐비하다. 가게라기보다는 아주 작은 방이라는 표현이 더 정확하다. 그 비좁은 가게 안에 그렇게 많은 물건을 쌓아둔 것도 놀랍지만, 손님 한두 사람을 위해 길이가 5미터가 넘는 사리를 순식간에 펼치는 손길은 마술을 보는 것처럼 경이롭기까지 하다. 사리는 몇 벌만 펼쳐도 바닥이 꽉 찬다.

그야말로 비단길이 눈앞에서 수없이 펼쳐지는 장관을 구경할 사이도 없이 어느새 머릿속이 혼란스러워진다. 인간의 뇌는 참으로 앞서가는 녀석이어서 정작 사리 감상은 뒷전이고 어느새 빠져나갈 궁리를 하기 시작한다. 그리고 곧 비싸지 않은 사리 한 벌을 사고 빨리 이 상황을 종료하라는 지시까지 내려준다. 인도에서 보낸 시간이 그리 길지 않은 때였는데, 녀석은 나의 인도 사랑을 어찌 눈치챘는지 쉽사리 그런 결정을 내려주었다. 탈출을 위한 합의금의 액수가 그리 크지 않아 그래도 다행스러웠다.

인도 사람들은 눈앞의 이익을 위해서 체면이나 자존심은 잠시 내려둔다. 얻고자 하는 것을 위해서는 아무렇지도 않게 거짓말도 잘한다. 그것도 뻔한 거짓말을. 주로 동정심이나 측은지심을 유발하게 하는 거짓말이 많다. 산티니케탄에서 자주 이용했던 과일 가게 주인은 나를 보면 반갑게 부른다. 그리고 아내가 몸이 아픈데 큰 병원에 가고 싶어도 요즘 수입이 안 좋아서 못 간다고 한다. 가격을 비싸게 부르는 것을 알면서도 그 가게에서만 팔아주었다. 그리고 다음 해에도 또 다음 해에도 나를 보면 늘 아내는 아프고 과일은 안 팔린다.

그런 그의 아내가 조금 떨어진 곳에서 작은 기념품 가게를 열었다는 것은 나중에 알게 되었다. 그 과일 가게 주인은 내가 거기서 공부할 때 꼬마였다. 학교도 못 다니고 과일 가게 점원으로 일하다가, 거의 30년이 지나 그 가게 주인이 된 것이다. 모든 일에는 업그레이드가 필요하건만 그는 아직도 동정심 버전밖에 모른다.

3

푸자, 신과 만나는 삶

수백억 명의 신들과 함께 사는 사람들

힌두교는 다신교이다. 아리아인이 힌두교를 정립하기 전까지 인도 사람들이 숭배했던 초기의 신들은 대부분 자연신이다. 아리아인이 토착 자연신들과 지역 민간 전통들을 편입하고 정비하면서 힌두교가 탄생한다. 힌두교에는 수백억 명의 신들이 있고, 한 명의 신이 100개가 넘는 다른 이름을 가지고 있다. 그러다보니 인도 사람의 숫자와는 비교도 안 될 만큼 많은 신들이 생겨나게 된 것이다. 어쩌면 인도 사람들은 자신들이 신들의 세상에서 살아간다고 생각하는지도 모른다. 그래서 신을 찬미하는 것을 일생일대의 임무로 여기는 사람들이 살아가는 세상이다. 그 이외의 다른 일에는 그다지 관심이 없어 보인다.

힌두교도에게 가장 신성한 경전 리그베다(Rig-Veda)는 3000년 이상을 이어져온 신에 대한 찬가를 집대성한 것이다. 서양 학자들이 그것을 책으로 엮기 전까지는 오랜 시간 동안 브라만(승려 계급)에 의해 구전으로 이어졌다. 기원전 1500~기원전 1000년에 조성된 리그베다와 힌두교 문학의 몸체가 기록되지 않고 브라만에 의해 계속 암송으로 이어져온 것이다. 문자가 존재하던 시대에도 신에 대한 찬가는 기록되지 않았다. 인도에서는 브라만 자체가 인도 힌두 문화와 역사의 살아 있는 증인이자 몸체이다. 그 때문에 그들의 선사와 역사 시대는 사라진 것이 아니라 아직도 살아서 움직이는 현재 진행형인 셈이다.

18세기 인도에 거주하기 시작한 서양인들에 의해 인도의 힌두 문화는 서서히 그 몸체를 드러내기 시작했다. 독일 출신의 산스크리트어 학자인 프리드리히 막스 뮐러(Friedrich Max Müller)에 의해 《리그베다》가 영어로 발간되면서 서양 학자들의 인도의 과거에 대한 관심은 더욱 커졌다.

힌두교는 다신교인 동시에 신은 하나인 일원론과도 통한다. 오랜 시간 동안 주요 신들의 지위가 바뀌고 추가 또는 삭제되었을 것이다. 오늘날 힌두

인도 가정집의 푸자 신단. 상단 중앙에 주신인 죽음과 파괴의 여신 칼리를 모셨다. © Ha Jinhee

교의 주요 삼신(三神)은 창조의 신 브라흐마, 유지의 신 비슈누, 파괴의 신 시바이다. 브라흐마는 창조의 신이면서도 별로 경배 받지 못하는 신이다. 비슈누는 10개의 아바타로 현신하여 세상을 구원하는데 그 가운데 라마(라마찬드라), 크리슈나, 부처를 포함시켜 힌두교가 자연스레 불교를 수용하려 했음이 드러난다. 부처가 곧 비슈누의 현신이니 굳이 불교를 따로 믿지 않아도 된다.

힌두교의 주요 삼신들은 삼위일체이다. 즉, 한 몸에서 태어난 것이다. 비슈누가 우유의 대양에서 휴식을 취하던 중 지루해서 눈을 뜨는 순간 배꼽에서 연꽃이 피어나며 브라흐마가 탄생한다. 힌두교 신화는 버전이 다양해서 지역에 따라 각기 숭배하는 신이나 신화의 스토리가 다양하다.

인도를 처음 방문한 사람들에게 인도는 신비 그 자체이다. 수천 년의 역사를 지닌 그들만의 신화, 전통과 문화를 고스란히 간직하고 있기 때문이다. 다른 고대 문명이 기억 저 너머로 모두 사라진 지금도 인도는 그것을 고스란히 간직하며 살아가고 있다. 어떻게 일반인들이 그 오래전 신화의 내용이나 신들의 이름을 다 기억하고 있는지. 브라만이 고대의 방식 그대로 베다 경전을 낭송하고 푸자 의식을 거행하는 것은 그들의 임무이기에 그렇다고 쳐도, 일반인들이 어찌 그렇게 생생하게 신화의 내용을 기억하는지 의아할 뿐이다. 또 오래된 고대의 농사 방법이나 전통이 현재에도 그대로 지켜지고 있는 것은 역사를 책으로만 이해하는 이들에게는 경이롭기까지 하다.

힌두교도들은 다양한 힌두 신들의 이름을 기억한다. 신화의 스토리는 또 얼마나 자세히 알고 있는지 마치 자신의 조상들의 이야기를 늘어놓는 듯 친숙하다. 아기가 태어나면 거의 신들의 이름을 붙인다. 시바, 비슈누, 크리슈나, 카르티케야, 인드라, 라마 등등. 친구들의 이름이 시바나 크리슈나인 것은 그리 이상한 일이 아니다. 인도에서 길 가다가 시바나 비슈누를 부르면 뒤돌아보는 사람이 많을 것이다. 그렇게 그들은 신들의 세상에서 살아간다. 신이 그들과 함께 살아가는 것이 아니라 그들이 신의 세상에서 사는 것 같다.

신들의 세상에서 신과 함께 살아가는 그들은 아침에 눈뜨면서부터 잠자리에 들기까지 모든 행위에 신이 깃들어 있다고 믿는다. 그 신화 속 뜬구름 같은 이야기들을 현실보다 더 현실이라고 생각한다. 현실에서의 삶을 그저 스치고 지나가는 바람 같은 것으로 하찮게 생각하는 것처럼 보이기까지 한다. 그래서 대지를 달구는 한낮의 참기 힘든 열기나 나무를 뿌리째 뽑아버리기도 하는 몬순의 거친 빗줄기조차도 신의 축복으로 받아들인다. 그뿐이 아니다. 일상에서 주어지는 모욕이나 무시에도 얼굴 한 번 붉히지 않고 견디며 살아간다. 인간의 영역 밖이라고 생각하는 부분과 그렇지 않은 부분에 대한 생각이 확실한 사람들이다. 그래서 모순투성이의 세상에서도 순응하며 살아가는 방법을 알아낸 것일지도 모른다. 신들의 세상에서 한없이 자신을 낮추며 살아가는 그들!

푸자 의식과 놀이

인도인들에게 힌두교는 종교 이전에 그들 삶의 일부이자 때로는 전부인 것처럼 보인다. 힌두교 의식의 가장 기본은 '푸자(puja)'이다. 푸자는 신과의 만남을 말한다. 신에게 제식을 바쳐 신을 기쁘게 하고 신을 찬미한다. 푸자는 신이 나를 보고 내가 신을 본다는 의미이다. 푸자에는 힌두교 사원에서 브라만이 주관하는 의식이 있고, 개인이 집에서 치르는 의식이 있다.

고대 경전에서 푸자는 신에게 발 씻을 물, 꿀과 베틀 잎(베틀후추 잎으로 불리며 인도, 스리랑카에서는 신성과 존경을 상징하며 새해, 결혼 같은 의식에서는 축복과 감사를 상징함)을 바치면서 시작된다. 사원의 종소리와 함께 신이 잠에서 깨어나면 브라만이 소라고둥을 불어 푸자의 시작을 알린다. 신상을 씻기고 옷을 갈아입히고 등잔을 밝히고 쌀과 과일을 바친다. 푸자가 끝나면 신에게 바쳐졌던 신성한 음식인 '프라사드(prasad)'는 경배자나 가난한 이들에게 주어진다.

타밀나두주에 있는 마두라이의 미낙시 사원에서는 매일 저녁마다 시바 신상을 배우자 미낙시의 침실로 옮겨 사랑하는 아내를 만나도록 배려하는 푸자를 주관한다. 특정한 푸자나 축제의 날에는 더 이상 꾸밀 수 없을 정도로 온갖 꽃과 장신구로 화려하게 치장한 신상이 코끼리를 타고 사원 밖 나들이를 한다. 그렇게 신이 브라만과 경배자들에 둘러싸여 떠들썩한 외출을 할 때면, 도시고 시골이고 온 거리가 거의 며칠을 잠들지 않고 춤과 음악으로 요란한 밤을 지새운다. 이때는 저절로 몸을 들썩거리게 만드는 볼리우드 영화 음악들이 공공연히 신들의 세상을 장악하는 것처럼 보인다. 신들이 못 듣는 척하면서 눈감아주는 것인지 신들도 함께 즐기는 것인지는 알 수 없다.

힌두교도라면 누구나 자신만의 푸자 공간이 있다. 집 안이든 차 안이든 직장이든 어디든 신상이나 신의 모습이 그려진 그림을 놓아두면 성소가 된다.

음악과 목동의 신 크리슈나. © Ha jinhee

그 집의 경제 사정에 맞는 성소가 차려지는데 식구들마다 섬기는 신이 다양해도 상관없다. 시어머니는 안방에서, 며느리는 부엌에서, 아들은 공부방에서, 자기가 좋아하는 신을 섬긴다. 한 집에서도 이처럼 다양한 신들을 경배한다.

　화가인 나의 인도 친구는 날마다 집에서 세 번의 푸자를 치른다. 첫 번째 푸자는 일어나서 목욕 후에 남편과 나란히 앉아서 시작한다. 의식은 30분 정도 걸린다. 먼저 신상을 목욕시키고 특정한 날에는 옷도 갈아입힌다. 목욕은 가장 정성을 들이는 부분이다. 먼저 실내 온도 정도의 물로 씻기고 다음엔 우유로, 그다음엔 정제 버터인 기(ghee)로 닦아낸다. 특별한 날에는 갠지스강의 강물을 사와서 신상을 목욕시키기도 한다. 그런 다음 전날 밤 빼두었던 번쩍이는 장신구로 신상을 다시 장식하고, 경건한 얼굴로 신의 얼굴에 손거울을 갖다 대며 속삭인다. "자, 이제 당신이 얼마나 아름다운지 보시지요."라고.

　그러고나서 기름등잔에 심지를 담그고 불을 밝힌 후에 향을 피운다. 신선한 꽃과 과일도 바친다. 정원에 꽃이 없는 집을 위해서 매일 아침 신선한 꽃 배달 서비스도 있다. 베다 경전 낭송과 약간의 명상이 뒤따른다. 마지막으로 신상 앞에 은으로 만든 작고 사랑스러운 신발을 갖다 놓는다. 신이 심심해서 외출을 할 수도 있을 테니까. 이 푸자가 끝나면 아침을 먹는데, 이때 친구는 먼저 음식 한 숟가락을 부엌에 놓인 신상의 입에 갖다 댄 다음 식사를 시작한다. 친구 집에서 아침밥을 같이 먹으려면 언제나 인내심을 갖고 아침 푸자가 끝나기를 기다려야 한다.

두 번째 푸자는 오후 3시경에 하는데, 이때는 친구 혼자서 염주를 굴리며 1000개의 신의 이름을 산스크리트어로 외운다. 브라만의 후예들에게 이때 외우는 1000개의 신의 이름은 긴 조상님들의 이름을 부르는 것이나 마찬가지다. 브라만은 곧 신의 후손이기 때문이다. 이 의식은 30분 이상 걸리는데, 처음에는 경전을 보고 외웠는데 이제는 자동으로 외운다. 친구에게 절대 치매 걸릴 일은 없을 것이라고 놀리곤 한다. 세 번째 푸자는 저녁 식사를 끝내고 잠자리에 들기 전에 부부가 함께 치르는데, 신에게 하루를 무사히 보낸 감사의 인사와 함께 간단한 저녁 인사를 드린다. 그렇게 마지막 푸자가 끝나면 성소의 불을 끄고 커튼을 친다. 신이 잠자리에 들어야 할 시간이다.

힌두교도들이 매일같이 치르는 푸자의 내용을 잘 들여다보면 어린 시절 누구나 했던 아주 재미난 소꿉놀이와 꼭 닮았다. 목욕과 옷 갈아입히기, 불장난과 향, 꽃과 음식, 치장하기 등. 그 소꿉놀이의 구성에 기도와 명상이 추가된 것이 다른 점이다. 신을 위한 제식이라지만 정작 어른이 되어서도 마음껏 어린 시절의 놀이를 즐기는 것이 바로 푸자라는 생각을 할 때가 많다. 그것도 가족 놀이, 학교 놀이나 병원 놀이가 아니라 신과 함께하는 놀이. 경건함에 재미까지 더해지는 그런 놀이가 바로 푸자. 그들을 영원한 어린아이로 만들어주는 놀이!

푸자의 형식은 집집마다 다르다. 나의 산티니케탄 지도 교수님 댁 푸자는 신상 치장보다는 베다 낭송과 명상에 더 많은 시간을 할애한다. 브라만 가문인 교수님 부인은 신단 장식과 제물 준비에서부터 의식 용기 세척까지 모두 자신이 직접 한다. 낮은 계급의 손이 닿으면 오염된다고 생각하기 때문이다. 푸자가 끝나면 그녀는 가족들에게 일일이 신의 축복이 내린 쌀가루로 만든 100원 동전 크기의 얇은 과자(프라사드)를 한 개씩 나누어 준다. 특별한 푸자 날에는 머리에 신성한 물을 묻혀주거나 붉은 가루를 이마에 묻혀준다. 가족들에게 신의 축복을 대신 내려주는 역할을 담당한다.

푸자 성소에 놓이는 신상과 의식 용기들은 특정한 거리에서 구입할 수 있다. 신상은 말할 것도 없고 신상의 의상과 장신구만 따로 파는 가게들이 즐비한 시장도 있다. 신상의 치수만 기억하고 가면 다

시바 링엄을 경배하는 사람들. 시바는 창조와 연관된 신인 만큼 '링엄'
이라고 일컬어지는 남근의 형상으로 숭배된다. © Park Jongmoo

양한 의상과 사람들에게 필요한 것보다 더 예쁘고
화려한 장신구들을 구입할 수 있다. 어른이 되어서
도 어린 시절의 인형 옷 갈아입히기처럼 신상의 옷
을 갈아입힌다. 나도 크리슈나와 라다(크리슈나의
연인)의 옷을 사기 위해 델리의 시장을 몇 시간 동
안 헤매고 다닌 적이 있다. 의상과 장신구의 디자인
이 너무도 다양해서 무엇을 선택해야 할지 결정할
수 없었다. 어린 시절 좋아하는 인형의 옷을 갈아입
히는 것과 어른이 되어서 신상의 옷을 갈아입히는

것의 차이가 무엇인지 생각해본다. 진정 이들은 삶을 놀이처럼 살고 싶은 것인가라고 반문해본다.

푸자는 경건하고 엄숙하게 치르지 않아도 된다. 힌두교 사원에서의 푸자는 사원마다 그 형식이 다르고 조금은 소란스럽고 번잡하게 느껴지는 분위기도 있다. 때로는 신자들의 출입을 제한하고 신들만을 위한 음악과 춤을 바치기도 한다. 신도 인간처럼 은밀하게 즐기고 싶은 때가 있어서일 것이다.

사원에서 푸자를 주관하는 브라만은 옷차림새에는 신경을 쓰지 않는다. 기후 탓이겠지만 거의 상체를 드러내고 배꼽 아래부터 흰 면직물 천으로 두어 번 두르고 남은 부분을 접어서 허리춤에 접어 넣는다. 고대로부터 그들은 바느질이 없는 옷을 깨끗하게 생각했다. 흐르는 물을 정하게 생각하고 오른손을 정한 손이라고 생각하는 것과 같다.

힌두교 사원에서는 브라만이 신을 대신해 신자들에게 정한 물이나 붉은 가루로 축복을 내린다. 때로는 가는 면실을 팔목에 묶어주기도 한다. 신과 연결된 탯줄의 상징이다. 힌두교도들이 먼 곳으로 여행이나 출장을 떠날 때는 먼저 사원에 들러 브라만의 축원과 함께 팔목에 붉은 가루로 염색한 실을 묶고 떠난다. 신과 연결된 줄이다. 사람이 아니라 신 앞에 줄서기를 좋아하는 인도 사람들이다.

일상을 지배하는 푸자

힌두교도에게 푸자는 의무이다. 힌두교도의 삶은 푸자로 시작해서 푸자로 끝난다. 푸자 없이 할 수 있는 것은 거의 없어 보인다. 즉, 브라만의 축복 없이는 한 발짝도 앞으로 나아갈 수 없다. 아기가 태어나는 순간부터 브라만의 축복은 시작된다. 정확히 말하면 브라만이 주관하는 푸자와 함께 평생을 살아간다.

고대에는 아기의 탯줄을 자르기 전에 먼저 브라만이 아기의 귀에 대고 신성한 만트라(주문)를 속삭인 후 탯줄을 잘라야 했다. 독립된 생명체가 되기도 전에, 신의 세상에 첫발을 내딛기도 전에, 아기에게 "여기는 신의 세상이야."라고 알려주려는 것은 아닌지. 탯줄을 끊기도 전에 벌써 아기를 세뇌시키려는 저 치밀함을 보라. 거기 걸려들어서 수천 년을 살아온 사람들이 어떻게 하루아침에 홀로 설 수 있을까. 물론 현대에는 위생과 관련돼 사라진 의식이다.

아기와 산모는 10일 동안 제대로 된 푸자를 치르지 않고 오염된 채로 있다가 10일째 되는 날 정식으로 목욕을 한다. 그날 아기에게 공식 이름이 주어지고 브라만이 주관하는 푸자를 치른다. 아기의 귀를 뚫는 의식, 아기가 처음으로 바깥세상에서 해를 마주하는 순간, 처음 이유식을 먹는 날, 남자아이는 세 살이 되면 머리를 삭발하고 그 머리카락을 강물에 떠내려 보내는 날 등 브라만이 푸자를 주관한다. 그때 몇 가닥의 머리카락을 남겨서 신과 연결된 상징으로 삼는 브라만도 많다. 어른이 되면 그것을 말아서 뒤통수에 장식하기도 한다. 요즘도 바라나시에선 그런 헤어스타일을 자주 볼 수 있다. 아이가 처음으로 글자를 배우기 시작할 때, 학교에 갈 때도 브라만이 주관하는 푸자를 치른다. 여자아이의 경우에는 남자아이만큼 다양한 푸자를 치르지 않는 가정도 많다.

탄생에서부터 죽음에 이르기까지 힌두교도들이 브라만과 함께 치르는 푸자는 셀 수 없이 많다. 그

마두라이 미낙시 사원의 푸자 의식. © Ha Jinhee

가운데서도 3~4일 동안 계속되는 결혼식의 푸자는 길고 지루하다. 결혼식 푸자는 신랑 측과 신부 측 집에서 각각 치르고, 하객들에게 식사를 대접하는 날 또 한 번 공개적으로 브라만이 푸자를 주관한다. 이때 푸자는 두어 시간 이상 걸린다. 푸자 의식을 치르는 공간의 흙바닥에는 아름다운 문양을 그린다. 신을 맞이하기 위한 공간이기 때문이다. 흙으로 만든 토기에 코코넛을 담고 베틀 잎으로 장식한다. 코코넛은 자손 번창의 상징이기에 코코넛 없이 치르는 전통 결혼식은 없다. 그리고 쌀을 담은 작은 토기와 불을 밝힌 기름등잔과 금잔화를 준비한다.

브라만은 신랑과 신부 양측 작은아버지나 오빠를 앉히고 베다 경전의 특정 문구들을 산스크리트어로 짧게 여러 번 낭송한다. 그리고 중간중간 이것저것 간단한 지시를 내린다. 결혼의 증인 역할도 쉽지 않아 보인다. 브라만은 간간이 자신이 가져온 때가 많이 낀 낡은 노트를 넘기며 특정한 문구를 찾아서 낭송한다. 무슨 내용인지는 알 수 없지만 신성한 구절들을 낭송하는 것이라고 한다. 하객들은 결혼식의 푸자에는 전혀 관심이 없어 보인다.

내가 참석한 거의 모든 결혼식에서 유일하게 푸자를 신기한 눈으로 지켜보는 이들은 모두 외국인이었다. 하객들은 최대한 잘 차려입고 온갖 장신구로 치장하고 나와서 친척이나 지인들과 재미난 이야기를 하느라 온통 정신이 팔려 있다. 푸자가 끝나기도 전에 뷔페로 차려진 음식을 먹으러 가는 이들도 많다. 이날만큼은 매번 하는 푸자와 상관없이 그냥 놀고 싶은 것이다.

신랑과의 푸자가 끝나면 신부와 신랑이 함께하는 푸자로 이어진다. 이때도 역시 베다 경전 문구들을 낭송하고, 브라만이 신랑과 신부를 하나로 맺어주는 듯한 여러 가지 행동을 지시한다. 신랑과 신부의 행동으로 몇 가지는 추측이 가능하다. 브라만은 두 사람의 팔목을 명주실로 묶어서 하나가 되도록

긴 의식으로 지쳐 보이는 신부와 친척들 © Ha Jehee

한다. 신이 늘 두 사람과 함께하기를. 그리고 주변에 쌀을 뿌리고 금잔화 꽃잎을 주변에 흩뿌리기도 한다. 평생 동안 경제적으로 풍요롭고 행복하기를. 신부의 아버지가 와서 지폐 몇 장을 토기 밑에 깔기도 한다. 아마도 딸을 잘 부탁한다는 지참금의 상징일 것이다. 신랑과 신부는 행복해 보인다기보다는 너무나 지쳐서 거의 파김치가 될 정도로 피곤한 기색이 역력하다. 부부는 이런 지루한 푸자를 두 번 다시 하지 않으려고 마음먹을 것이므로 그런 점에서는 결혼 생활에 도움이 될 듯하다.

장례 푸자 또한 브라만이 주관한다. 힌두교도는 사망과 함께 시신을 집에서 가장 가까운 화장터로 옮긴다. 당일 화장하는 1일장이다. 장례 행렬의 선두에는 맏아들이 서고 추모객들이 그 뒤를 따른다. 화장터에 도착하면 간단한 푸자와 함께 쌓아둔 장작더미 주변을 시계 반대 방향으로 돈다. 물론 이때는 남자들만 참석한다. 그런 다음 장작더미에 불을 붙인다. 화장이 끝나면 상주는 삭발하고 강이나 호수에서 몸을 씻고 집으로 돌아간다. 그때 절대로 뒤돌아봐서는 안 된다. 망자의 혼이 따라붙을지 걱정해서 그런 것이라고 한다.

화장 후 3일째에 타고 남은 장작더미 속에서 까맣게 타버린 뼈를 몇 개 추려서 강에 던진다. 화장

후 10일이 지나면 망자를 기리는 푸자를 한다. 장례가 거의 1일장인 만큼 장례식에 참석하지 못한 친척들이나 친지들이 이때 많이 참석한다. 망자를 추모하는 글을 읽고 헌주하고 마지막 음식으로 쌀로 만든 주먹밥과 우유를 바친다. 망자가 하루빨리 이승을 떠나서 자유로워지도록 기원하는 의식이다. 이 의식과 함께 상주들은 정화되고, 일상으로 돌아간다.

고성방가가 묵인되는 푸자와 축제

인도인들만큼 음악과 춤을 사랑하는 사람들이 또 어디 있을까 싶다. 특정한 신을 위한 푸자와 축제 기간에는 온 동네에 확성기를 설치한다. 밤새 온 동네가 떠나갈 정도로 요란한 음악을 틀어놓고 춤을 즐긴다. 그래도 공개적으로 불평하는 사람은 거의 없다. 오죽하면 미술사학자인 시브 쿠마르 교수는 한동안 축제 기간에 매일 밤 어찌나 자주 싸이의 노래 〈강남스타일〉을 들었던지 그 리듬을 거의 다 기억할 정도라고 했다. 시끄럽기는 하지만 어쩔 수 없는 일이라고 한다. 모두 다 그렇게 생각하는 것 같다. 잠자리에 들어서도 요란한 음악을 들어야 하는 것이 싫기는 해도 참는다.

꽃을 담은 토기를 머리에 이고 춤을 즐기는 부족 여인들. © Ha Jinhee

특정 푸자와 축제 기간에 하루 종일 그것도 거의 새벽까지 음악과 춤을 즐기는 이들은 하위 계층 사람들이다. 축제나 푸자와 동시에 시작된 확성기의 성능을 최대한 끌어올린 고성방가는 하루 이틀이 아니라 적어도 일주일은 계속된다. 그리고 한두 번이 아니라 푸자와 축제 때마다 매번 반복된다. 그동안 묵은 설움과 고생을 그 시끄러운 음악으로 날려 버리려고 한다. 그 기간만큼은 같은 동네의 상위 계층 사람들도 못 들은 척하며 지나간다. 평상시에 자신들이 누렸던 그리고 앞으로도 누릴 안락함에 비하면 그 며칠을 참아주는 것은 수천만 분의 일도 안 되기 때문이다. 굳이 빚을 갚는다는 생각까지는 아니어도 그런 생각을 하면 며칠을 불평 없이 지낼 수 있을 것이다. 이처럼 상위 계층과 하위 계층은 서로 묵인할 것은 묵인하면서 적당히 그 관계를 유지한다. 내가 보기에는 매년 그 절반을 즐겨도 될 만큼 하위 계층 사람들은 평상시에 열심히 일한다.

그리고 이 기간에는 집에서 일하는 이들에게 며칠간의 휴가와 함께 전통 의상이나 선물을 준다. 이때 시골 사람들은 들판에서 장작불을 피우고 커다란 솥에서 끓인 음식을 나누어 먹으며 소풍을 즐긴다. 누가 지나가다 쳐다보기만 해도 그에게 음식을 제공하는 인심 후한 사람들의 소풍이다.

말이 소풍이지 소박한 음식을 함께 먹는 일이다. 나뭇잎을 엮어 만든 접시에 물에 삶아낸 찰기 없이 버슬버슬한 흰 밥을 가득 담고, 그 위에 야채로 만든 돌가리(커리)와 렌틸콩으로 만든 묽은 달(스프)을 끼얹는다. 그 소박한 음식을 함께 나누는 것만으로도 모두들 행복해한다. 그렇게 사람들이 한바탕 먹고나면 애처로운 눈길을 보내며 주위를 서성이던 동네 개들에게 남은 음식을 준다. 그러고나면 흙바닥에 둘러앉아서 뭔가 이야기를 하거나 누워서 낮잠을 자기도 한다. 소박하지만 즐거워 보이는 소풍

푸자 날 아침 사원으로 향하는 악사들. © Ha Jinhee

이다.

인도 사람들 특히나 시골에 사는 사람들은 자신이 가지고 있는 것이 충분하지 않아도 그것을 이웃과 사이좋게 나눌 줄 안다. 자신보다 더 가난한 이웃에게는 자신이 가진 것을 기꺼이 나누어 준다. 그래서 시골에서는 아직도 재미난 풍습이 지켜진다.

사람이 죽은 집에 가난한 이웃이 자신이 그린 그림을 들고 찾아간다. 그림 속에는 바로 그 집의 죽은 이가 그려져 있는데 얼굴에 눈이 없다. 이웃이 말한다. "저승에 있는 당신 식구가 눈이 없어 괴로워하고 있으니 내가 눈을 그려 주겠소." 그러면 그 집 주인은 이웃에게 눈을 그려달라고 부탁한다. 이웃은 눈을 그려주는 대가로 곡식이나 식용유 같은 걸 줄 수 있느냐고 묻는다. 원하는 것은 대개 생활에 필요한 소박한 것들이다. 눈을 그려 넣어 죽은 이의 영혼을 위로한다는 의미와 함께 가난한 이웃을 도와주면서 받는 이 체면까지도 세워준다.

산티니케탄 외곽에 사는 산탈(Santal) 부족은 매년 1월 10일경 달밤에 날계란 한 개를 가지고 들판으로 나간다. 그 계란을 토기에 담아놓고 그 앞에서 푸자를 바친다. 브라만이 와주면 좋지만 그렇지 않으면 자기들끼리 그 앞에서 불을 밝히고 향을 피운다. 그리고 자신들의 언어로 기도를 바친다. 그들은 계란이 반으로 갈라져서 거기서 암수 한 쌍의 소가 태어나고, 그 소의 침이 떨어져 벌레와 새가 태어나고, 새들이 곡식과 씨앗을 먹고 똥을 싸서 나무가 자라나기 시작했다고 믿는다. 그들의 신화는 마치 귀여운 요정 나라 이야기 같다. 21세기에 어찌 그런 일들을 현실로 받아들이는 사람들이 있는지 놀랍다. 그들이 바로 인도의 전통을 지켜주는 파수꾼들이다. 그들은 그 일을 기꺼이 한다.

내가 아는 산탈 부족 숙희는 스무 살이 갓 넘었는데, 남편은 집을 나가고 딸 하나를 데리고 산다. 숙희는 키가 작고 수줍은 성격이다. 숙희와 숙희의

푸자를 즐기는 시골 사람들. ⓒ Ha Jinhee

딸, 숙희의 어머니와 외할머니, 이렇게 사대가 방이 두 개 있는 흙집에서 산다. 작은 방 한 개는 젖소가 차지하고 그 옆 큰 방 하나에서 네 식구가 함께 산다. 아주 작은 부엌이 한편에 붙어 있다. 숙희가 거의 가장 역할을 하고, 숙희의 어머니는 뜨문뜨문 일하러 간다.

숙희는 1996년 내가 자주 머물렀던 선생님 댁으로 매일 청소를 하러 와서 알게 됐다. 숙희의 이름이 나의 언니의 이름과 같아서 친근하기도 했다. 숙희는 물어보는 말 이외에는 궁금한 것이 전혀 없었다. 어떤 것은 내가 물어봐도 못 들은 척해버리고 만다.

　친한 집에 손님으로 머무르다가 떠날 때는 그 집에서 일하는 사람들에게 감사의 표시로 스위트 값이라고 돈을 주고 가는 경우가 일반적이다. 주인이 안 볼 때 주는 사람도 있고 일부러 주인 앞에서 주는 사람도 있다. 나는 숙희에게 사리(sari)나 스위트 등 여러 가지 선물을 준 적이 있다. 어쨌든 숙희는 내가 준 선물을 받을 때마다 고맙다는 말을 한 적이 한 번도 없다. 그냥 살짝 한 번 웃으면 끝이다. 그런데 정말 이상하게도 그 순간 숙희의 마음이 그대로 내게 전달된다. 숙희는 말없이도 자신의 마음을 표현할 수 있다.

　힌두교도들에게 푸자가 중요한 것만큼이나 인도 시골 사람들에게 노래와 춤은 절대적이다. 평상시 조용한 농촌 마을에 살던 사람들이 일단 그 축제 기간이 되면 180도 바뀌어 대담해진다. 일은 뒷전이고 모두 노는 데 열중한다. 두르가 푸자나 칼리 푸자 같은 경우에는 공휴일로 지정된 것은 하루지만 푸자를 핑계로 실제로는 며칠을 놀며 지낸다.

　공휴일로 지정된 큰 푸자가 사원에서 행해지는 날, 사원은 신자들로 발 디딜 틈도 없다. 시골 사람들은 주변에 큰 사원이 없는 경우 브라만이 경전을 외우며 앞장서면 그 뒤를 따라 걷는다. 전통 북 연주를 시작으로 브라만이 베틀 잎, 코코넛과 금잔화 꽃으로 장식한 토기 단지를 들고 선두에 서면 아이들이 향을 들고 뒤따르고, 사리를 입은 여인들이 그 뒤를 따라서 걷는다. 시간이 지나면 그 행렬이 길어진다. 목적지는 동네 공터나 트인 공간에 임시로 마련한 성소이다. 브라만이 여느 푸자 의식처럼 신을 찬미하는 구절들을 산스크리트어로 낭송하는 동안 사람들은 앉아서 지켜본다. 푸자가 끝나면 모인 사람들에게 신의 축복이 담긴 프라사드를 나누어 준다. 그렇게 오전을 보내고나면 나머지 시간은 모두 노래와 춤으로 채워진다.

낮 동안 조용했던 마을에 어둠이 내리기 시작하면 온통 음악과 춤의 향연이 펼쳐진다. 푸자의 마지막 날에는 밀짚과 찰흙으로 만들어진 신상을 메고 행진을 한 후에 강물에 던지는 것으로 의식을 마무리한다. 그러고나서도 며칠은 음악을 멈추지 않다가 차츰 그 음량이 줄어들고 마침내 다시 고단한 일상으로 돌아간다.

봄을 맞이하는 축제, 홀리

한 해를 시작하는 가장 큰 축제는 봄을 맞이하는 의식 홀리(Holi)이다. 사랑의 신 카마(Kama)를 기리는 축제이기도 하다. 카마는 힌두 신화에서 크게 다뤄지는 주요 신은 아니지만 대중적인 인기를 누리는 신이다. 이 축제 기간에는 평소 존경받고 경건한 삶을 사는 사람조차도 유혹을 떨칠 수 없을 만큼 인도 전체가 들썩거린다. 건조하고 메마른 겨울과 이별을 고하고 초록의 봄을 맞이하는 의식인 만큼 신날 만도 하다.

매년 맞이하는 의식이지만 마치 이번이 마지막인 것처럼 광란의 몸짓으로 즐긴다. 서로의 얼굴에 화려한 색상의 가루를 던지거나 스프레이로 아예

홀리 축제 의식에서 사용하는 화려한 색상의 가루들. ⓒ Ha Jinhee

물감을 뿌리기도 하며 서로를 축복한다. 이때만은 아는 사람이든 모르는 사람이든 상관없이 서로서로 축복을 주고받는다. 얼굴이나 온몸에 물감이 묻은 채로 서로 마주 보며 즐거워하는 장면만으로도 신이 난다. 아예 물감으로 온통 범벅이 된 사람일수록 축복을 많이 받은 것으로 여긴다. 그래서 서로 누가 더 많이 물감을 묻히는지 경쟁이라도 붙은 듯 행동한다. 아이 어른 할 것 없이 온종일 요란하게 동네를 뛰어다니며 갖은 재미난 행동들을 한다. 당연히 거기에 노래와 춤이 곁들여진다. 어른들은 아이들에게 축복을 내리고 스위트를 나누어 준다. 봄도 이처럼 열렬히 환영하는 이들이 있어서 올 때마다 발걸음을 재촉할 수밖에 없을 것이다.

주황색의 앵무새나무(Palash) 꽃이 피기 시작하면 어김없이 홀리가 다가온다. 홀리 2~3일 전부터 남자아이들이 큰 앵무새나무로 기어 올라가서 꽃을 따 모으기 시작한다. 홀리 하루 전날 소녀들과 여인들이 모여 앉아서 이 꽃을 엮어서 꽃목걸이를 만들기 시작한다. 다음 날 아침 그 꽃목걸이를 걸고 사리를 입은 소녀들과 소년들이 커다란 원을 그리며 춤을 춘다. 얼마 전부터는 외부인들이 앵무새나무 꽃을 싹쓸이하는 것 때문에 산티니케탄에서 꽃을 따는 것을 금지했다.

홀리 축제는 봄을 맞으며 서로의 묵은 감정을 버리고 축복을 주고받는 데서 시작됐다. 서로의 얼굴과 옷 위 어디든 봄의 화려한 색채를 암시하는 빨강, 노랑, 초록 등 다양한 원색의 물감이나 가루를 뿌리고 던지며 서로에게 요란한 축복을 내린다. 그야말로 미친 듯이 즐긴다. 아이 어른 할 것 없이 즐거운 비명을 지르며 가루를 뿌리는데 가만히 서 있을 사람은 없다. 모두가 한데 어울려 즐기는 축제다. 사람들의 얼굴과 옷에 온통 화려한 원색의 색채가 덧

물감으로 온통 범벅이 된 사람일수록 축복을 많이 받은 것으로 여긴다.
ⓒ Ha Jinhee

입힌다.

사람들은 이런 축제가 없었으면 어찌했을까 싶을 정도로 온몸으로 즐긴다. 홀리는 대개 인도 달력으로 3월 초에서 중반 사이가 된다. 메마른 땅에 단비가 내리는 것도 바로 이 무렵이다. 몇 달 동안 비한 방울 내리지 않아도 불평 한마디 하지 못하고 죽은 듯 견뎌온 땅속 씨앗들에게 기적 같은 비가 내리는 순간이 온 것이다. 사람들처럼 요란하게 봄을 맞을 수는 없어도 땅속에서 나름의 탄성을 내지르고 있을 것이다. 머지않아 어린 싹을 틔울 생각으로 땅

원색의 가루를 뿌리며 홀리 축제를 즐기는 사람들. Getty Images

속 씨앗이나 겨울 내내 초록을 잃었던 나무들도 축
제 분위기일 것은 뻔하다. 사람과 자연이 그렇게 한
마음으로 맞이하니 봄이 너무도 성큼 다가와서 즐
길 사이도 없이 어느새 여름이 시작되고 만다.

홀리는 어떤 신성한 소년을 기리는 축제라고도
한다. 옛날에 한 소년이 삼촌과 단둘이 살고 있었
다. 소년은 신의 존재를 믿으며 신이 늘 자신과 함
께한다고 말하곤 했다. 소년의 삼촌은 그런 소년이
못마땅했다. "신이 있다면 어디 나에게 보여줘 봐.
그러지 않으면 너를 불길 속에 던져버릴 거야." 소
년이 신을 보여주지 못하자 삼촌은 그렇다면 신의
존재를 부정하라고 말했다. 그래도 소년은 끝까지
신은 존재한다고 말했다. 화가 난 삼촌은 정말로 소
년을 불길 속으로 던져버렸다. 하지만 놀랍게도 불
길은 소년의 머리카락 하나 건드리지 못했다.

홀리가 계절적으로 봄이 오는 무렵인 것으로 보
아 봄맞이 의식인 것은 확실하다. 누군가 거기에다
이 소년의 이야기를 얹어서 같이 기리자는 의도인
것 같기도 하다. 이 이야기꾼들은 어디에나 다양한
이야기들을 엮으려고 한다.

가을 축제 디발리(Diwali)는 《라마야나》의 주인
공 라마가 악마 라반나를 물리치고 14년 만에 다시
왕궁으로 돌아오게 된 것을 환영하기 위해 집집마

다 등잔을 밝힌 데서 유래했다. 흙으로 만든 기름등잔에 심지를 담가 불을 밝힌다. 전등을 끄고 등잔을 밝히기 때문에 모든 지저분한 것들을 감춰주고 잠시 동화 속 나라로 모두를 데려간다. 사원과 집 여기저기에 불을 밝히는데, 이날 등잔을 밝히지 않으면 축복을 받지 못한다고 생각한다. 도대체 이 이야기꾼들은 어디서 아이디어를 얻어 이런 멋지고 환상적인 축제를 만들어냈는지 궁금해진다. 컴컴한 어둠을 촛불로 밝히고 신을 맞이하는 그 전통이 수천 년을 이어지고 있다. 라마를 맞이하기 위해 밝힌 불빛이 실제로는 사람들의 마음속을 환하게 밝혀준다.

남부 지역에서는 디발리를 크리슈나가 악마 나라카수라를 물리친 날로 기념한다. 그래서 대단한 크기의 크리슈나 상을 만들어 화려하게 장식하고, 퍼레이드와 함께 밤새 춤과 노래를 즐긴다. 등잔을 밝히고 조용히 신을 맞이하려는 이들보다는 거리로 몰려나와 열광적으로 즐기려는 사람들이 넘쳐난다. 서부 지역에서는 디발리를 보존의 신 비슈누가 악마왕 발리를 지하 세계로 추방한 날로 기념한다. 지역에 따라 이처럼 다른 이유로 디발리를 즐기는 것이다. 물론 등잔을 밝히는 것은 공통이지만 즐기는 방법은 그 주나 지역의 전통에 따라 각기 조금씩 다르다. 하지만 마음의 등불을 밝힌다는 점에서는 크게 다를 것이 없어 보인다.

디발리 날에는 거의 모든 가정에서 등잔을 밝힌다. 적게는 몇 개에서 많게는 수십 개, 수백 개의 등잔을 밝히는 집도 있다. 등잔을 더 많이 밝혀야 신의 축복을 더 많이 받을 수 있다고 생각하는 사람들이 많아서 보는 이들은 즐겁기만 하다. 등잔을 밝히는 것뿐만 아니라 가족, 친구끼리 서로 선물을 주고받는다.

디발리 쇼핑은 거의 일주일이나 그 전부터 시작된다. 전통 의상, 스위트, 과일 바구니, 생활용품 등 다양한 선물을 서로 주고받는다. 가게에는 화려하게 포장한 물건들이 쌓이기 시작하고, 흙으로 만든 수천 개의 등잔은 순식간에 동이 나기도 한다. 상인들에게는 그야말로 대목이다. 라마가 아직도 자신들과 함께 살아간다고 철석같이 믿기에 정성을 다해 등잔을 밝히고 신의 축복을 기원한다. 기름등잔의 살랑거리는 불빛이 컴컴한 대지와 밤하늘을 비추고 사람들의 가슴속까지 환하게 밝혀준다.

고단한 하루를 마무리하는 저녁 식사

　인도 사람들은 대개 밤 10시나 11시경 저녁 식사를 한다. 손님을 초대해도 거의 밤 10시가 다 돼서 식사를 차린다. 일찍 저녁 식사를 먹는 사람이라면 반은 먹고 가도 식사 시간 무렵이면 거의 다 소화될 정도다. 물론 식사 전에 알코올음료나 주스와 함께 튀긴 간식과 몇 가지의 짭짤한 스낵이 나온다. 그것들이 맛있어서 먹다보면 배가 불러 정작 식사 음식을 먹을 수 없게 되기도 한다. 음료와 스낵 타임이 거의 저녁 식사 시간 전까지 계속 이어진다.

　손님을 초대하면 음식을 잔뜩 차려서 대접하는 인도인들의 풍습은 우리와 많이 닮았다. 초대한 이의 정성을 생각하면 이것저것 차린 음식을 다 맛보

일반 가정집의 식사. © Ha Jinhee

는 것이 좋지만, 밤 10시가 넘어서 먹는 저녁은 부담스럽다. 손님 초대에서 가장 중요한 부분은 바로 채식과 비채식 메뉴에 대한 것이다. 손님이 채식주의인 경우에는 주인의 취향과는 상관없이 다양한 채식으로 차려진다. 그렇지 않은 경우에는 채식과 비채식이 함께 차려지는데, 각자 취향에 따라 골라서 먹으면 된다. 워낙 채식을 하는 사람들이 많아서 식사 초대를 할 때는 먼저 채식인지 아닌지를 물어본다.

한번은 푸자 기간에 친구 집에 초대를 받아 갔다. 그 푸자는 저녁 시간에 시작됐다. 브라만이 와서 다양한 의식을 두어 시간 하고 잠시 자리를 비웠다. 그러고나서 친구 아버지가 전통 의상을 입고 한 동안 리그베다 경전을 읽고 기도 의식을 진행했다. 얼마 있다가 다시 그 브라만이 돌아오고 의식을 이어갔다. 주로 산스크리트어로 경전을 낭송했다. 자정이 넘어서야 제식이 끝나고 푸자에 차려진 음식을 나눠 먹었다. 나는 무슨 말인지도 모르는 산스크리트어 암송을 한참이나 듣느라 졸리기도 하고 배가 고파서 몹시 힘들었다.

인도 사람들은 신들이 활동하기 좋아하는 시간이 저녁이라고 생각해서 그런지 특별한 날의 푸자는 저녁 늦게까지도 계속된다. 시골 사람들은 요란하게 꾸민 신단 앞에서 아예 시끄러운 음악을 틀어놓고 밤을 꼬박 새운다. 신과 함께 밤을 새우는 기분은 어떨까? 그것도 하루 이틀이 아니고 여러 날을.

인도 사람들이 저녁을 늦게 먹는 데 특별한 이유는 없어 보이며, 늦은 저녁 식사 후 곧바로 잠자리에 드는 것도 일상이다. 이런 식사 습관 탓에 마치 부와 명예의 신 가네샤처럼 배가 튀어나온 체형의 사람들이 많다. 인도 남자들은 아내가 마른 것보다는 웬만큼은 살이 있어야 한다고 생각한다. 그래야만 자신이 잘 부양했다고 느낀다고 한다.

아직은 건강 때문에 다이어트를 하는 인도 사람들이 많지 않은데, 생활수준이 높아지면 운동의 필

간단한 한 끼 식사(난, 야채 커리, 달, 요거트). ⓒ Ha Jinhee

요성을 느끼는 이들이 늘어날 것이다. 피트니스 센터를 아무리 많이 세워도 부족할 것이다. 하지만 그거대한 배의 지방을 근육으로 만들기는 쉽지 않아보인다. 또 그들은 기한 내에 배가 들어가지 않으면수강료 반환 청구를 하고도 남을 사람들이다.

늦은 저녁 식사가 문제인 것을 알면서도 바꾸려고 하지 않는 그들은 무엇이든 오래된 것을 버리면손해라고 생각하는 경향이 있다. 그래서 늦은 저녁식사가 건강을 해친다는 충고에도 쉽사리 마음을바꾸지 않는 것이다.

채식과 비채식의 공존

인도에는 채식을 하는 사람들이 비채식을 하는 사람만큼이나 많다. 태어날 때부터 선택의 여지 없이 채식을 하는가 하면, 성장하면서 채식을 선택하는 경우도 많다. 그런 경우는 대체로 채식주의 부모의 영향이 크다. 하지만 채식에서 비채식으로 바꾸는 경우는 거의 드물다. 오히려 비채식에서 채식을 선택하는 이들이 더 많다. 때로는 가족 가운데 딸이나 아들 한 명만이 채식인 경우도 있지만 서로 잘 적응한다. 개인의 선택이긴 해도 사회 전반적인 분위기가 채식을 권장하는 분위기다. 인도 인구의 30~40퍼센트 정도가 채식주의라고 한다.

힌두교도들은 채식을 하는 것이 경건하다고 생

각하는 경향이 많다. 특히 정통 힌두교도들은 채식을 하는 것이 종교의 교리를 실천하고 경건한 삶을 사는 것으로 생각한다. 육식을 하는 것이 부정하다는 생각 때문이다. 그래서 브라만 계층은 대체로 채식을 선호한다. 강제성은 없지만 인도에서는 채식에 대해 프라이드를 갖는 이들도 많이 봤다. 거기에는 분명 비채식에 대한 일종의 거부 반응 같은 미묘한 감정이 있기는 하지만, 그렇다고 기죽는 비채식자들은 거의 없다. 인도의 채식주의자들은 정확히 어디서 무엇을 먹어야 하는지도 잘 알고 있다. 식당에는 채식과 비채식의 메뉴가 따로 있고, 채식주의 식당도 많이 있어 각자 살아가는 데는 아무런 문제가 없다.

서울에서 인도 대사관 공사로 근무했던 사비트리는 임기를 채우지 못하고 본국으로 자원해서 돌아갔다. 음식 때문이었다. 그녀는 육류나 생선은 물론이고 우유, 계란도 안 먹는 비건(vegan: 채소, 과일, 곡물만 먹는 채식주의)이었다. 한국의 식당에서 고기 국물이 들어간 된장국을 모르고 먹는 경우도 있었고, 육회를 넣은 비빔밥 앞에서는 기겁을 했다. 그녀는 국물 정도 가지고 유난 떠는 것으로 생각하는 식당 사람들의 생각을 바꿀 수 없음을 알고 인도로 돌아가는 것이 더 낫다고 판단했다. 밖에서 식사를 하는 것이 그녀에게는 고역이었을 것이고, 그렇다고 매번 도시락을 싸 갖고 다닐 수는 없었다. 아무튼 그녀는 인도로 돌아간 다음에 아주 행복해했다.

인도의 채식주의자들의 주식은 다양한 곡물과 콩 종류와 집에서 만든 치즈류, 야채들이다. 하지만 우유를 먹지 않는 비건들은 치즈도 먹지 않는다. 그래서 밖에서 파는 빵이나 과자류도 일체 먹지 않는다. 그야말로 '그들만의' 식사 방법은 까다롭다. 대부분의 비건들은 집에서 싼 도시락을 먹는 경우가 많다. 뭄바이 같은 대도시에는 집에서 도시락을 싸놓으면 그것을 정확한 시간에 원하는 장소에 배달해주는 도시락 배달꾼인 다바왈라가 아주 많다. 뭄바이에만 5천 명 정도의 다바왈라가 있어서 하루에 20만 개의 도시락을 배달한다. 실수로 잘못 배달할 확률은 거의 없다. 그들이 구축해놓은 시스템이 이때는 거의 완벽하게 작동한다. 한 사람이 단번에 직장으로 배달해주는 것이 아니라, 여러 사람의 손을 거쳐서 때로는 기차, 손수레, 오토바이, 자전거까지 동원되는데도 정확한 시간에 배달되는 것이 너무나 신기하다.

5세기 초 인도를 방문했던 중국 동진 때의 승려 법현(法顯)은, 인도에서는 존경받는 이들은 육식을

쌀가루와 코코넛 과육으로 만든 푸투(남인도 음식). ⓒ Ha Jinhee

하지 않으며 육식은 낮은 계급에서만 먹는 음식으로 생각하는 분위기였다고 전했다. 힌두교도들과 상위 계층은 채식을 선호했으며, 살생을 금하는 고대 인도의 전통이 잘 지켜지고 있었다고 했다. 인도 사람들이 채식을 선호하게 된 배경에는 불교와 자이나교 교리의 영향이 크다는 것은 널리 알려진 사실이다.

고대 힌두교의 브라만은 원래 채식주의자들이 아니었다. 초기 힌두교도들은 가축을 잡아 그 피를 바치는 희생의 제식을 중시했다. 브라만들도 신자들에게 이런 희생의 제식을 부추겼다고 한다. 육식을 마음껏 섭취하기 위해서 그런 희생의 제식이 많이 필요했다. 그런 가축의 살생으로 치르는 희생의 제식이 얼마나 잔인하고 무서운 업보를 짓는 것인지 처음으로 알린 이는 바로 부처이다. 부처는 모든 살아 있는 생명체는 평등하고 존중 받아야 한다고 설법했다. 이런 부처의 설법은 인도를 통일한 아소카 황제의 아힘사(ahimsa: 살아 있는 생명을 죽이지 않는 것) 선포로 이어지고, 마침내 힌두교도들에게도 그 영향이 미치게 되었다.

요즘은 채식이 건강에도 좋다는 인식이 늘어나면서 채식을 선호하는 사람이 더 늘어나고 있다. 젊어서는 육식을 하다가 나이가 들면 채식으로 바꾸는 이들도 많다. 아무튼 인도에 채식주의자가 많은 것은 인류를 위해서 너무나 고마운 일이다. 그 많은 인도 사람들이 모두 육식을 한다면 남아나는 가축이 있을까. 그런 의미에서 고대 인도 사람들의 지혜는 아직도 인도 사람들에게 그 효력을 발휘하고 있다. 육식을 하지 않아도 먹을 것은 너무나 많다. 그리고 인도에서는 채식을 하는 사람들이나 비채식을 하는 사람들이나 체형에 차이가 없다. 다만 채식을 하는 사람들이 더 영적인 세계에 관심이 많다는 것이다. 물론 인도 사람들에 한해서이다.

카리와 카릴이 커리가 된 사연

　인도 하면 커리(curry)를 떠올리는 사람이 많을 정도로 커리는 인도 음식의 대명사다. 인도 타밀나두주의 '카리(kari)'와 케랄라주의 '카릴(karil)'은 야채나 생선, 고기를 재료로 한 요리에 다양한 향신료를 잔뜩 넣은 음식을 말한다. 거기에 걸쭉한 소스와 국물이 있어 밥이나 난(naan) 또는 차파티(chapati)와 함께 먹는다. 남인도에서 주로 향신료를 수입해갔던 포르투갈 사람들은 karil의 'k'를 'c'로 바꿔 'caril'로 사용했다. 영국인들은 'kari'를 'carree'로 사용했다. 이런 과정에서 차츰 영어 발음이 쉬운 curry로 정착했다. 콜카타를 캘커타로 부른 것이나 뭄바이를 봄베이로 부른 것이나 같은 이

향신료의 제왕인 강황 가루를 파는 가게. ⓒ Ha Jinhee

유다.

커리는 주재료에 따라 야채 커리, 육류 커리, 생선 커리로 나눈다. 거기 첨가되는 향신료의 종류는 지역에 따라 달라지기도 하고, 때로는 계절에 따라 달라진다. 인도 커리는 기본적으로 향신료의 조합에 따라 그 풍미가 완전히 달라진다. 또 어떤 기름에 볶느냐에 따라 맛의 차이가 나기도 한다. 다양한 종류의 야채 기름을 사용하는데, 생선이나 야채 요리에는 겨자기름이나 코코넛 기름이 많이 사용된다. 인도 음식은 대부분 마늘과 생강을 먼저 기름에 볶다가 차츰 향신료를 넣어 풍미를 낸다. 그런 다음

채식주의 식당 사라바나바반의 정식. © Ha Jinhee

에 주재료를 넣고 같이 볶다가 마지막에 물을 붓고
끓인다.

　기본양념은 마늘과 생강이고, 그다음으로 강황,
정향, 카다멈, 후추, 쿠민 등의 기본 향신료가 있다.
남부 지방에서는 붉은 고춧가루도 많이 사용한다.
이런 기본적인 향신료를 섞은 것이 마살라인데, 그
종류는 수도 없이 많다. 그 배합과 양에 따라 향이
달라지니 거의 무한대의 맛이 존재한다고 볼 수 있
다. 아주 작고 매운 고추는 대개는 통째로 집어넣는
다. 크기는 작지만 실수로 한번 씹으면 너무 매워서
한참을 눈물을 흘려야만 한다. 인도 사람들은 그 매

운맛이 식욕을 북돋아준다고 생각한다.

인도 사람들이 매일 먹는 음식은 달과 커리다. 채식주의자들에게 가장 중요한 단백질 공급원은 렌틸콩으로 만든 '달(dhal)'이다. 콩을 물에 약간 불린 후 압력솥에 쪄내서 기름에 살짝 볶으며, 강황 가루와 소화가 잘되는 지라(쿠민)를 조금 섞는다. 그런 다음 물을 붓고 뭉근하게 끓인다. 취향에 따라 양파를 넣기도 한다. 거의 매일 먹는 달은 커리보다는 묽어서 밥과 함께 반죽해서 먹는다. 그들은 거의 손으로 밥을 먹어서 반죽이라는 단어가 잘 어울린다. 나는 처음 인도 사람들과 밥을 먹을 때 그들의 식습관에 놀란 적도 많았다. 정확히 말하면 그 짓이겨서 반죽해낸 달과 밥의 색채와 모양새가 부담스러워서! 비위가 약한 사람은 적응하는 데 시간이 걸릴지도 모른다.

내가 알고 있는 대부분의 인도 사람들은 집에서 밥을 먹을 때는 손으로 먹는다. 수저도 있고 포크도 있지만, 음식을 덜어올 때 이외에는 모든 음식을 손으로 먹는다. 특히 달과 밥을 섞어서 손으로 먹는데, 거의 흘리지도 않으면서 잘 먹는다. 음식을 다 먹고나면 엄지를 뺀 손가락 네 개로 접시의 국물까지 깨끗이 닦아내서 맛있게 빨아 먹는다. 그리고 집에서 만든 요거트나 스위트로 식사를 마무리한다.

그들은 손으로 음식을 먹기에 식사 시작 전과 식사가 끝난 후에는 손을 잘 씻는다. 하지만 강황의 입자가 너무도 고와서 그들의 오른손의 손가락 몇 개에는 노랑물이 빠질 틈이 없다. 그래도 그들은 손으로 으깨서 먹으니 소화가 잘되는 것은 물론이고, 입으로 들어가기 전에 음식을 손으로 느끼니 음식과의 교감도 충분히 이루어진다고 생각한다. 무엇보다도 손은 섬세해서 음식에서 돌이나 이물질을 골라내는 역할도 해주니 일거다득이라고 생각한다. 인도에서는 밥에 돌이 씹히는 경험도 여러 번 했기에 어느 정도 수긍이 간다. 하지만 손은 세균의 온상인데 그 손으로 밥을 먹는다고 생각하면 의아할 수밖에 없다.

그렇지만 인도 음식에 들어가는 거의 모든 향신료의 기능을 보면 한 가지는 이해가 간다. 아무리 세균을 섭취해도 그들의 향신료가 다 물리쳐주니 걱정할 필요가 없다. 특히 강황과 정향의 항균력은 대단하다. 언젠가 인도의 향신료와 요리에 관심이 있어서 《천 개의 인도 요리(1000 Indian Recipes)》라는 책을 사기도 했다. 책이 너무 두꺼운 데다가 완성된 요리의 사진이 없는 것이 흠이었다. 사실 요리책은 완성된 음식의 사진을 보면서 식욕을 느끼도록 해야 한다고 생각한다. 또 다양한 향신료의 배합에 적응도 쉽지 않았다. 사진이 있는 요리책은 보기만 해도 그 맛과 풍미가 느껴져서 보는 것만으로도 벌써 반은 먹은 기분이다. 그런데 '1000개의 요리책'에 사진 한 장 없으니 그 책은 곧 책꽂이 신세가 되고 말았다.

인도 사람들은 음식을 이것저것 섞어서 먹지 않는다. 한 가지를 다 먹고나서 다음 음식으로 넘어간다. 또 놀라운 점은 그들이 음식을 담아 먹는 접시를 마치 설거지를 끝낸 접시처럼 깨끗이 손으로 닦으며 먹는 것이었다. 아이들이 아닌 어른들은 거의 그렇게 깨끗하게 먹는다. 그래서 나는 그들과 함께 식사를 할 때마다 가능하면 남기지 않으려고 하지만 쉽지 않다. 그들처럼 손으로 접시의 국물까지도 다 닦아서 먹어버리는 것은 나에게는 거의 불가능하다.

심지어 생선의 뼈도 큰 것을 빼고는 꼭꼭 씹어서 다 먹는다. 음식을 낭비하는 것을 좋지 않게 생각한다. 인도 음식에 아직 적응하지 못했던 시절에는 초대받은 집에서 주인이 자리를 비운 사이에 몰래 손수건에 몇 개를 숨겨 나왔던 때도 있었다. 정성을 들여 차렸는데 너무 안 먹으면 실망하는 것이 미안해서. 이제는 그렇게 무리하지 않고 적당히 먹는 것에도 익숙해졌다. 초대한 이가 권하는 대로 다 먹어서 주인을 기쁘게 해주는 일은 무리다. 인도 사람들은 손님에게 많이 먹도록 권한다. 손님이 맛있게 많이 먹어야만 만족한다. 집에 손님 초대를 하는 것을 좋아하고 자연스럽게 여긴다. 기차에서 옆자리에 앉은 처음 만난 사람도 집으로 초대할 정도다.

커리에 넣는 재료는 다양한데, 남부 지방에서는 코코넛 우유를 넣어서 걸쭉하게 만들기도 한다. 때로는 집에서 만든 플레인 요거트를 넣기도 한다. 특히 피스타치오나 아몬드 같은 견과류를 잔뜩 갈아 넣어 만든 회교도들의 커리는 진하고 묵직해서 난과 같이 먹으면 맛있다. 대부분의 가정에서 난은 거의 먹지 않는다. 통밀 가루로 만든 차파티를 매일 집에서 만들어 먹는다. 난은 정제된 밀가루로 만들어서 식당에서나 먹는다. 달과 커리는 밥이나 차파티에는 어김없이 따라 나온다. 소박한 식사를 하는 이들에게는 국과 반찬인 셈이다. 쟁반 가득 밥을 담고 그 위에 달만 한두 국자 끼얹어서 거리에서 한 끼를 때우는 이들도 많다. 약간의 소금과 매운 고추 한두 개면 끝이다.

달이나 커리 모두 기름이 잔뜩 들어간다. 인도의 커리는 우리가 흔히 먹는 카레와는 맛이 많이 다르다. 천연 향신료만 들어가서는 우리가 먹는 카레의 강렬하면서도 진한 맛이 나지 않는다. 인도는 집집마다 커리 맛이 다 다르다. 다양한 재료들을 섞거나 한 가지 재료로만 만들어도 된다. 집에서 만든 치즈나 콩 한 가지만으로도 맛있는 커리가 탄생하는 것은 순전히 다양한 향신료 덕분이다.

인도에는 저장 음식이 별로 없다. 계절에 따라 망고나 레몬 피클 등을 만드는 가정도 있지만 대개는 저장 밑반찬류는 만들지 않는다. 하루가 지난 음식은 거의 먹지 않는다. 날마다 새로 만들어서 먹는다. 기후 때문이기도 하겠지만 신선한 음식을 먹어야 한다고 생각한다. 그래서 냉장고가 텅 비어 있는 집도 많다. 버터나 치즈, 계란, 과일 이외에는 보관할 음식이나 저장 식품을 사지 않기 때문이다. 냉동실도 초콜릿과 견과류 이외에는 텅 비어 있다. 냉장고를 가득 채운다는 것이 그들에게는 불가능하다. 하지만 냉동 식품을 많이 먹게 되면 그런 날도 올 것이다.

의식주에 관한 취향을 보면 그 사람이 보이는 것처럼 인도 음식이나 의상을 보면 인도 사람과 그들 문화의 다양성이 보인다. 주거에 대해서는 아직도 모르는 부분이 더 많다. 하지만 분명한 것은 자신들이 사는 공간이 아무리 협소해도 성소를 만든다는 점이다. 그리고 거기에 꽃과 기도를 바치는 일을 밥 먹듯이 한다는 점이다.

치명적인 단맛, 라사골라

　인도 사람들은 단것을 아주 좋아한다. 그들이 스위트라고 부르는 전통 간식은 차와 같이 먹거나 식후에 먹는다. 스위트는 행복, 번창, 행운을 상징한다. 인도 스위트 가운데 챔피언급의 단맛을 지닌 것은 라사골라(rasagola)이다. 원래 라사골라는 벵골만에 면한 도시 푸리에서 사원에 바치기 위해 처음 만들었다. 신에게 음식을 바치니 당연히 후식도 필요했다. 라사골라의 치명적인 단맛에 익숙해진 사람에게 어지간한 단맛은 싱거울 정도다.

　특히 벵골 지역에선 식후에 스위트를 내놓지 않으면 제대로 된 식사를 하지 않았다고 생각할 정도로 스위트 사랑은 절대적이다. 그래서 손님 초대에

설탕 시럽에 담가두고 저울에 달아 파는 라사굴라. © Ha Jinhee

는 절대 빠질 수 없는 것이 스위트이다. 아예 손님들이 선물로 들고 오는 경우도 많다. 푸자나 명절, 축제나 기념일에 선물용으로 주고받기도 한다. 라사골라는 벵골 스위트의 대명사로 불릴 만큼 좋아하는 이들이 많다. 아직도 초콜릿보다는 자신들이 즐기는 이 강렬한 단맛에 사로잡혀서 다른 단맛에는 아예 관심조차 없다.

스위트를 파는 가게의 위생 상태는 그리 좋아 보이지 않는다. 진열장 안이 아니라 바깥에 쌓아놓고 파는 스위트에는 그 치명적인 단맛을 경험한 파리들이 단체로 몰려온다. 그래서 설탕 시럽에 담가두고 팔기도 한다. 그러나 물불 가리지 않는 파리는 그 시럽 속으로 몸을 던지기도 한다. 한번 그 맛에 길들여지면 헤어날 수 없는 것인지. 어떤 이들은 당뇨가 있어서 단것을 먹으면 안 된다고 말하면서도 스위트를 먹는다. 철저하게 건강을 관리하는 사람이 아니라면 거의 모두 스위트를 좋아한다. 포장이나 보관이 용이한 초콜릿은 선물하는 경우를 빼고는 그들의 입맛을 사로잡을 수 없다.

처음 라사골라를 먹었을 때의 그 충격은 대단했다. 아니 세상에 이리도 단것이 있다니! 초콜릿과는 차원이 다른 단맛이었다. 한 번쯤 단맛의 극치를 느끼고 싶다면 도전해볼 만하다. 처음 몇 번의 그 자극적인 단맛으로 지금은 라사골라라는 말만 들어도 입안에 그 단맛이 가득 느껴질 정도다. 그런데 그들은 그 단것을 한 개도 아니고 서너 개는 거뜬히 먹는다.

산티니케탄에선 오후 4시가 조금 지나면 자연스럽게 이웃이나 친구 집에 들러 스위트와 함께 홍차나 짜이를 마신다. 보통 가정에서는 설탕과 향신료를 넣은 짜이보다는 기호에 따라 설탕과 우유를 넣어 마시는 것을 좋아한다. 티타임 무렵에는 예고 없이 찾아가도 별로 예의에 어긋나지 않는다. 그래서 때로는 예상치 못한 이들과 함께 차를 마시게 되거나 불편한 동석도 하게 된다. 이때 어김없이 차와 함께 스위트가 나온다. 하지만 초대된 특별한 손님의 취향을 아는 경우에는 가게에서 사온 스위트보다 집에서 만든 덜 단 스위트를 대접하는 배려 깊은 안주인도 많다.

라사골라는 우유를 끓이다가 레몬을 넣은 후 유청을 분리시켜 치즈 상태가 되면, 한입 크기로 동그랗게 만들어서 설탕 시럽에 담가두고 먹는다. 모양만으로는 그렇게 치명적인 단맛을 상상조차 할 수 없다. 설탕 시럽에 카다멈 같은 향신료를 넣어서 향을 추가한다. 식감은 약간 뽀드득거리는 스펀지를 씹는 느낌이다. 씹을 때마다 그 치즈가 빨아들인 설탕 시럽이 배어 나온다. 그 치명적인 단맛을 따라잡을 만큼의 단맛은 거의 없어 보인다.

라사골라보다 덜 단 것을 좋아하는 이들에게는 산데쉬(sandesh)가 있다. 벵골 사람들이 좋아하는 스위트의 2인자이다. 물론 1인자는 라사골라! 산데쉬는 우유로 만든 체나에 구르, 견과류, 말린 과일, 장미수나 바닐라액을 섞어서 만드는데, 그 종류가 무려 백여 가지가 넘는다. 산데쉬는 소식이라는 뜻이다. 옛날에는 편지를 전달하는 인편에 스위트를 함께 보내곤 했다고 한다. 아마도 감사나 구애의 편지에 스위트를 같이 보내면 받는 이의 감동이 더 커졌을 것이다.

산데쉬의 맛은 설탕 대신 집어넣는 구르가 결정한다. 구르는 겨울에 야자나무에서 얻은 원액 주스를 응고될 때까지 오랫동안 끓여서 만든 갈색 설탕 덩어리를 말한다. 구르는 계속 저어가며 덩어리가 될 때까지 끓여서 만드는 과정이 너무 힘들고 수요가 많아서 가짜가 나돌기도 한다. 원액 주스에다가 흑설탕을 섞으면 빨리 응고되고 양도 많아지기 때문이다. 수요가 많으면 늘 가짜가 생기게 된다. 구르를 넣어서 만드는 산데쉬는 겨울에만 먹을 수 있어 인기가 많다.

잘레비(Jalebi)는 꽃 모양의 스위트다. 렌틸콩 가

꽃 모양의 스위트, 잘레비. © Ha Jinhee

루에 밀가루를 섞고 설탕을 듬뿍 넣어 만든 묽은 반
죽을 천으로 만든 주머니에 담아 가늘게 짜면서 꽃
모양으로 튀겨낸다. 손놀림이 조금만 늦거나 빨라
도 꽃 모양이 엉키는데, 놀랍게도 거의 같은 모양의
꽃 수십 송이를 순식간에 피워낸다. 튀김만으로도
기름진데 설탕 시럽에 담가두고 먹는다. 그 맛은 좋
지만 두어 개 먹으면 마치 한 달치 설탕을 섭취한 느
낌이다. 인도의 설탕 시럽은 타의 추종을 불허할 만
큼 달다. 아마도 무더운 날씨 탓도 있을 것이다.

중독성 강한 거리의 간식

인도에서 거리를 걷다보면 아주 작은 구멍가게에 다양한 향신료와 울긋불긋한 젤리를 섞어서 얹어놓은 하트 모양 잎사귀가 진열되어 있는 것을 볼 수 있다. 빤(Paan)이라는 씹는 청량제이다. 하트 모양 잎사귀는 후추과에 속하는 베틀후추의 잎으로 향이 강하며, 고대 인도인들이 신성시해서 푸자나 결혼식에 빠지지 않고 등장한다. 어느 결혼식에선 신부가 이 잎사귀로 얼굴을 가리는 것을 본 적도 있다.

베틀후추 잎은 강한 향만큼이나 다양한 용도로 사용되는데, 인도 사람들은 이 잎을 씹는 것을 좋아한다. 그냥 잎만 씹지 않고 야자열매의 일종인 빈랑

씹는 청량제, 빤(Paan). ⓒ Ha Jinhee

한 조각이나 기호에 따라 젤리 같은 단것을 추가하기도 한다. 여기서 한 조각은 그야말로 녹두 한 알정도로 작은 크기를 말한다. 빤을 파는 가게도 정말작다. 거리의 먼지가 다 내려앉은 듯한 빤을 인도사람들은 잘만 사서 씹는다.

빤은 다분히 중독성이 있다. 강렬한 향이 나쁘지않아서 무더운 날씨에 입안을 산뜻하게 하고 뇌에강렬한 자극을 주는 효과도 있다. 물론 습관적으로씹다보면 그 자극이 약해지겠지만. 자주 씹는 이들은 치아와 혓바닥이 빨갛게 물들어서 인도판 드라큘라처럼 생각된 적도 있다.

나도 호기심으로 두어 번 빤을 씹어본 적이 있는데, 한참을 꼭꼭 씹어서 피처럼 붉은 즙이 나오면 그것을 아무데나 내뱉는 것에 적응하기가 쉽지 않았다. 빤을 씹으며 길거리에 자신의 흔적을 남기는 이들이 많다. 어린 헨젤과 그레텔처럼 돌아갈 길을 염려하는 것도 아닐 텐데. 인도에서는 길거리 어디를 둘러봐도 청결하다는 생각이 드는 곳이 없다. 그래서 그 빤을 씹는 사람들이 아무 데나 침을 뱉는 것인지도 모른다. 요즘은 베틀 잎에 싸서 씹지 않고 일회용으로 나온 다양한 종류의 인스턴트 빤이 인기다.

인도는 나라가 큰 만큼 군것질거리도 다양하지만, 도시나 시골 어디에서나 가장 눈에 많이 띄는 군것질의 1인자는 단연 잘무리(Jhalmuri)이다. 매운 쌀 튀밥이라는 뜻이다. 유원지나 기차간에서 잘무리를 사 먹는 것은 아주 일상적인 일이다. 빈 깡통에 쌀 튀밥 두어 주먹, 삶아서 으깬 감자, 잘게 썬 양파와 오이를 넣고 유채기름을 적당히 뿌린 다음 큰 수저로 빠르게 몇 번 섞는다. 레몬즙을 살짝 뿌려 마무리하고 신문지로 접은 고깔에 부은 다음, 땅콩이나 견과류 몇 개를 더 얹고 길게 자른 코코넛 한 개를 얹어준다. 잘무리는 맛과 냄새 다 괜찮다. 원하는 사람에게는 매운 고추를 주기도 한다.

콩가루와 밀가루를 섞어 만든 튀김과자들. © Ha Jinhee

　나는 기차 여행을 할 때 잘무리를 손으로 집어 먹으면서 무심하게 창밖을 내다보는 것을 무척 좋아한다. 잘무리 한 번 집어먹고 코코넛 조각 한 번 베어 먹기를 반복하다보면 어느새 신문지로 만든 고깔에 유채기름이 배어들고 바닥이 드러난다. 잘무리의 느끼함을 잡아줄 차 한 잔이 마시고 싶어지면 레몬차 한 잔을 사서 마시면 된다. 잘무리를 사 먹은 승객들이 차를 마시고 싶다고 느낄 만한 순간에 맞춰 커피나 홍차, 레몬차가 담긴 알루미늄 주전자를 든 이동 카페가 등장한다. 잘무리를 먹은 승객이 느끼는 갈증의 순간과 거의 맞아떨어진다. 어디서 지켜보다가 나타난 것인지는 몰라도 거의 정확하다. 정해진 규칙까지는 아니겠지만 잘무리를 파는 아저씨가 먼저 지나가고 나야 차를 팔러 온다. 인도 사람들은 자신에게 주어진 일을 위해서는 누구보다도 치밀하게 계산하고 행동한다. 하지만 그 이외의 일에는 관심을 가지면 큰일이라도 날 것처럼 생각하는 경향이 많다.

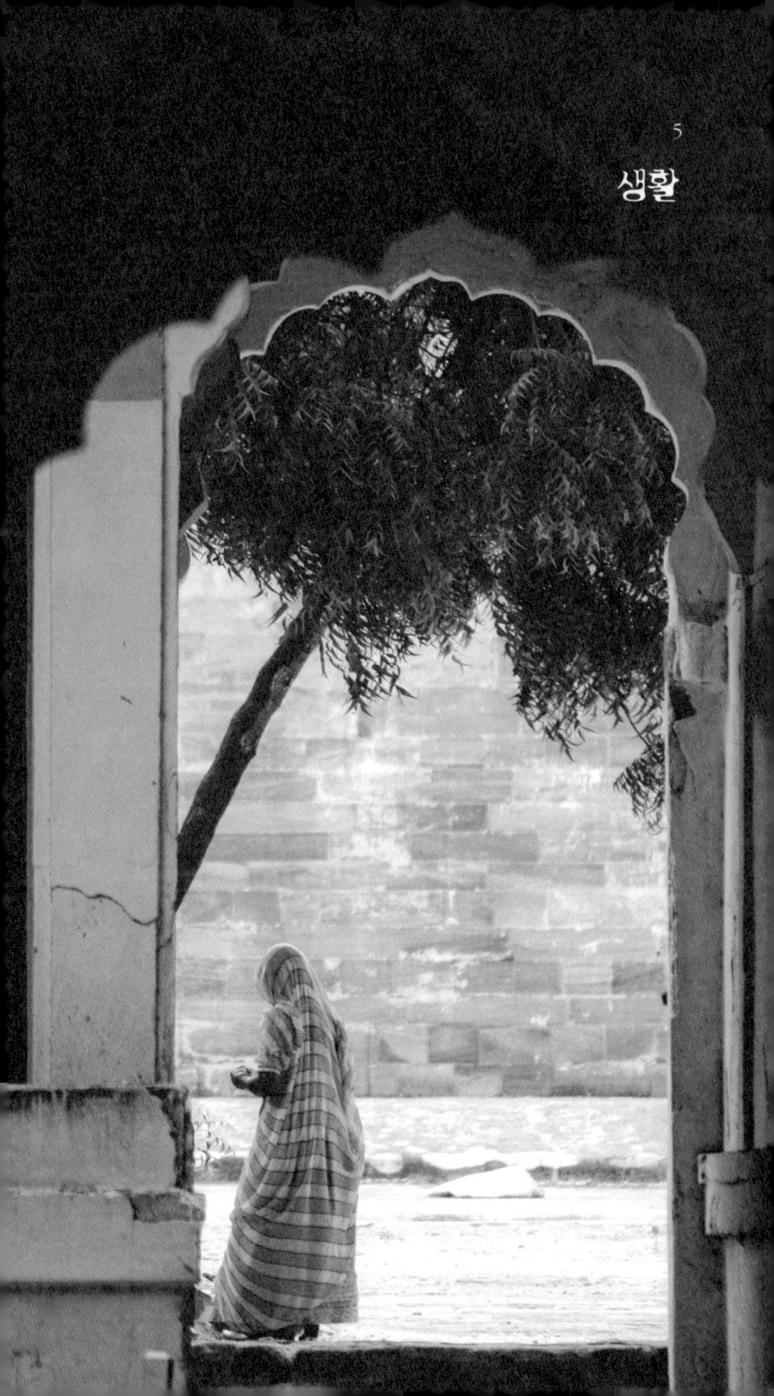

5

생활

작은 것의 소중함을 아는 사람들

인도에는 아직도 문명의 혜택과는 거리가 먼 삶을 살아가는 작은 시골 마을이 많다. 그곳에 사는 사람들은 마치 시간이 고대에 멈춰버린 것처럼 자연과 소통하며 과거 속에서 살아간다. 힘든 육체노동과 매일같이 반복되는 단순한 일상 속에서도 웃음을 잃지 않는 사람들이 바로 그들이다. 그들은 하루에 수십 리를 걸어서 일터로 가기도 한다. 작은 도시락에 담은 차파티(통밀 반죽을 얇게 밀어 구운 음식) 두어 장과 커리 한 움큼 정도로 점심을 때운 후 하루 종일 일하고 해질 무렵 집으로 돌아간다. 묵묵히 주어진 일을 하며 가족을 부양한다. 도시 사람들의 한 끼 식사 값으로 온 가족이 며칠을 살아간다. 밥과 야

작은 세탁소. ⓒ Park Jongmoo

채 커리와 콩으로 만든 달(스프)이 전부인데도 맛있
게 먹는다. 그렇게 소박한 음식과 고단한 일상을 살
아가면서도 얼굴에는 생기가 넘친다.

부엌 살림살이는 어떻게 저렇게 소소한 용기 몇
개만으로 음식을 만들고 식사를 하는지 의아스럽기
까지 하다. 그런 부엌에서는 유리병이나 일회용 플
라스틱 몇 개가 참으로 융숭한 대접을 받는다. 찬장
이나 선반의 중요한 자리를 차지하면서. 나는 인도
시골 사람들의 생활을 볼 때마다 내가 한국에 두고
온 물건들을 돌아보게 된다. 도시는 우리에게 끊임
없이 소비하라고 한다. 욕망을 부추기는 수많은 광

고와 선전과 정보로 넘쳐나는 광장이 바로 도시다. 하지만 아예 그런 광장의 존재조차도 모르면서 살아가는 이들은 평화롭다.

그들의 초라한 살림살이가 존경스럽다. 한 가족이 사용하는 집기들이 거의 손가락으로 셀 수 있을 만큼이다. 사용하는 물건들은 닳고 닳아서 더 이상 기능을 할 수 없을 때까지 이용한다. 그것도 끝이 아니다. 또 다른 용도로 사용하거나 집 안을 장식하는 장식품으로 만들기도 한다. 우리도 한때는 그들처럼 단순한 삶을 살았고, 소박한 삶 속에서도 행복했던 시절이 있었다.

시골 아이들이 흙바닥에서 돌멩이 몇 개를 가지고 논다. 나뭇가지나 나뭇잎 몇 개를 따서 들고 뛰어다니다가 넘어지기도 한다. 달려와 얼른 일으켜 세워주는 어른이 없어도 아이들은 잘 자란다. 또 놀이 기구나 놀이터가 없어도 서로 재미나게 잘 논다. 도시 아이들이 가상의 게임에 열광할 때 시골 아이들은 태양 아래 흙바닥을 뛰어다니며 논다. 아이들이나 나무나 마찬가지로 야생의 넓은 자연에서 태양과 바람과 하나가 되는 법을 배우며 어른이 되어 간다. 그 아이들이 자라서 도시로 나갔을 때, 부조리한 현실을 견뎌낼 수 있는 강인한 생명력은 그들이 쬐었던 시간만큼의 햇볕과 바람과 대지의 온기

길거리 이발사. 인도의 이발사는 귀를 후벼주거나 코털을 제거해주고
수염을 다듬어준다. ⓒ Park Jongmoo

로부터 나온다.

　시골 사람들이 도시 사람들처럼 일회용품을 사
용하게 되는 건 상상조차 하고 싶지 않은 일이다.
시골에도 '슈퍼마켓'이라는 것이 들어서는 날이 오
긴 올 것이다. 물론 공장이 들어서고 인구가 밀집되
면 자동적으로 생기겠지만. 벌써부터 시골 장터에
서도 비닐을 사용하는 곳이 늘어간다. 평화로운 시
골 마을에 그런 가게들이 들어오지 못하게 견고한
울타리라도 치라고 말해주고 싶다.

　라자스탄주의 작은 시골에 사는 사람들은 늘 물
이 부족하다. 일 년 내내 비 한 방울 내리지 않는 곳에서도 사람들이 산다. 파키스탄 국경과 인접한 곳에 발메라는 작은 도시가 있다. 국경과 가까워서 방문하는 외국인은 경찰서에 가서 이것저것 서류에 써넣고 허가증을 받아야만 한다. 발메에서 한 시간가량 차로 이동하면 사막이 나온다. 그 사막을 이동하다보면 나무가 몇 그루 서 있는 곳에는 어김없이 오두막 하나가 딸려 있다. 집에 나무가 딸려 있는 것이 아니라 그 반대다. 십 리에 집 한 채 있을까 말까 한 곳이다.

그 사막에 사는 여자들은 작은 유리 조각을 수도 없이 많이 달아서 온통 수를 놓은 자수 제품을 만들어낸다. 몇 집 안 되는 곳에 사는 여자들이 함께 모여서 수를 놓는다. 수를 놓고 있는 그 시간이 여자들에겐 그들만의 휴식 시간처럼 보였다. 한 땀 한 땀 유리를 달아 수를 놓으면서 자신들의 이야기를 나눈다. 단조로운 일상이기에 했던 이야기를 또 할지라도 서로 마주 앉아 있는 것만으로도 위안이 될지 모른다. 삶의 고단함을 덜어주는 시간!

이곳의 여자들은 수가 가득 놓인 스커트에 역시 수가 가득 놓인 블라우스를 받쳐 입는다. 한 개의 스커트로 평생을 나고 대물림까지 한다. 옷감에 빈틈 하나 없이 수를 가득 놓으면 쉽게 해지지 않아 오래 입을 수 있다. 오랜 시간을 들여 수를 놓는 것은

시골 어디서나 볼 수 있는 작은 가게. © Ha Jinhee

여자들이 일상에서 즐기는 혼자만의 시간이자 이웃
과의 대화 시간이다. 그렇게 수가 놓인 옷의 무게만
도 무거워 보이는데, 결혼 예물로 보이는 화려한 장
신구들을 잔뜩 걸고 있다. 가지고 있는 모든 장신구
들을 걸고 있는 것이 분명해 보인다. 그뿐만 아니
다. 아기가 태어날 때마다 팔에는 더 많은 팔찌로
장식한다. 집에 잠금 장치가 없어서 결혼 예물을 모
두 착용하고 있는 것은 아닌지 모르겠다. 물론 그
사막까지 도둑이 올 리는 없겠지만.

　　남자들은 낙타를 돌보며, 멀리 일하러 가거나 사
막을 찾은 이들에게 낙타를 태워주는 일도 한다. 단

조롭고 외로운 삶이지만 굳이 사막을 떠나지 않는 이유는 알 수 없다. 익숙해져서일 수도 있고, 어쩌면 내가 알 수 없는 사막 생활의 행복이 있을 것이다. 내가 사막에 마음을 열지 못하는 것처럼 사막도 나에게는 마음을 열어주지 않아서. 솜사탕처럼 부드러운 모래 언덕, 천진난만한 낙타 가족의 선량한 눈빛, 신기루처럼 흔들리는 한낮의 열기와 모래 바람, 별들이 쏟아지는 밤하늘, 가진 것이 너무 없어서 홀가분한 삶, 욕망의 크기를 키우는 문명의 흔적이 없어서 고요한 삶.

그들에게 자가용은 바로 낙타다. 물은 십 리도 더 되는 곳까지 걸어가서 길어 와야 한다. 물을 길어 오는 것은 여자들의 일이다. 금속으로 만든 커다란 물통을 머리에 이거나 한 팔로 안고 신기루처럼 흔들리며 걸어간다. 게다가 펌프로 물을 퍼 올려야 하는 곳이어서 늘 물이 넉넉할 수 없다. 아주 건기에는 물 배급 차량이 와서 토기 항아리 두 개 정도의 물을 배급받는다. 그래도 그 사막을 떠나지 않고 살아간다. 그런데도 그 집의 낙타를 위한 물그릇에는 물이 찰랑찰랑 채워져 있다. 분명 부족한 것이 많고 힘들게 살아가지만 그들은 작은 것을 함께 나누며 살아간다.

아직도 시골길에서는 소달구지를 자주 볼 수 있다. 농부가 산더미처럼 볏짚이나 곡물을 실은 소달구지를 타고 간다. 보통 사람은 엄두도 낼 수 없을 만큼 많이 쌓아 올린 것도 놀랍지만, 소는 또 무슨 운명을 타고났기에 그렇게 무거운 달구지를 끌어야 하는지. 어쨌든 농부와 소는 서로 말없이 돕는다. 뒤에서 보면 아예 소나 사람은 보이지도 않는다. 언뜻 보면 움직이지 않는 것처럼 보이지만 다행스럽게도 움직이기는 한다. 보기만 해도 힘겨워 보이는 소달구지가 '삐끄덕! 삐끄덕!' 앞으로 가는 것을 따라가다보면 자꾸 걸음을 멈추게 된다. 그래도 농부는 집으로 돌아가서 가족과 함께 소박한 저녁을 먹으며 하루를 마무리할 것이다. 누군가의 가족으로 살아가며 그 버거운 삶의 굴레를 마다하지 않는 시골 사람들의 뒷모습이다.

자물쇠를 채워야만 안심

인도의 가정에서는 다양한 크기의 자물쇠가 필수품이다. 마치 집에 상비약을 구비하듯이 여분의 자물쇠를 가지고 있다. 인도 사람들은 짧든 길든 외출 시에는 방마다 문을 걸어 잠그고 나간다. 현관문은 자물쇠 한 개가 아니라 두어 개로 잠근다. 다양한 크기의 자물쇠를 주렁주렁 매달아 주인 없는 집을 과시라도 하려는 듯 보이기까지 한다. 한번 밖에 나가려면 문 잠그는 데만도 꽤나 시간이 걸린다.

여행 가방에도 크기에 따라 각각 자물쇠를 채운다. 먼 곳으로 오랫동안 여행을 갈 때는 아무리 자물쇠를 채워도 불안해한다. 아마 크기만 작다면 집도 통째로 들고 갈 사람들이다. 그래서 동네에서 믿을 만한 사람을 고용해 밤에만 와서 자게 한다. 그 밤일을 전문으로 하는 사람들이 있을 정도다. 아니면 그 집의 정원사나 허드렛일을 하는 이를 고용한다. 밤 10시경 와서 자고 다음 날 아침 일찍 퇴근한다. 방을 제공하지는 않고 거실의 자투리 공간 바닥에 담요를 깔고 자야 하며, 화장실도 집 안의 것을 사용하면 안 되고 야외에 마련된 화장실을 사용해야 한다.

산티니케탄에는 몇 년 전까지만 해도 한밤중에 양은 냄비를 두드리는 소리를 내며 돌아다니는 방범원이 있었다. 처음에는 자다가 깨서 무슨 일인가 했는데, 알고보니 도둑을 쫓는 방법이라고 했다. 그렇게 도둑에게 경고를 하는 것이다. 호루라기를 부는 이도 있었다. 마을에서 단체로 돈을 모아 고용한 것이다. 인도 사람들은 집에 현금이나 귀금속을 많이 보관하고 있어서 당연히 그 불안감이 더 클지도 모른다. 가진 게 없는 시골 사람들은 집에 거의 자물쇠를 채우지 않는다.

아파트가 아니라 주택에 사는 경우 여유가 있는 집이라면 대개 두 개의 출입문을 만든다. 물론 집이 작은 경우에는 해당되지 않지만. 하나는 식구들이 드나드는 정식 대문이고, 작은 문은 일하는 사람들이 드나드는 샛문이다. 그뿐 아니라 집 안으로 들어

갈 때도 일하는 사람들은 현관이 아닌 부엌과 연결된 문을 통해 들어간다. 고급 아파트에는 일하는 사람들의 숙소가 부엌 옆에 따로 있어서 식구들과 마주치지 않는 공간으로 분리되어 있다. 인도 사람들에게 아직도 계급 제도가 존재하는지 묻는 것은 그다지 의미가 없다. 돌아오는 대답은 뻔하니까. 요즘 같은 세상에 무슨 계급이냐고 말이다.

집주인과 일하는 사람들 사이의 관계는 참으로 미묘하다. 인도 안주인들의 허리춤에는 꽤나 무거워 보이는 열쇠 꾸러미가 달려 있다. 방, 장롱, 부엌곡물 찬장, 냉장고, 생필품 보관함, 기타 물건 보관장에는 모두 자물쇠를 채우고 필요한 것은 주인이 직접 꺼내준다. 인도에서 생산되는 가정용 냉장고에는 잠금 장치가 있는 디자인도 있다. 열쇠 구멍이 있어서 잠글 수 있게 되어 있다. 부엌에서 일하는 요리사는 마음대로 재료를 꺼내지 않는다. 안주인이 재료를 꺼내놓고 음식의 메뉴를 정해주기를 기다린다. 필요한 것이 있다고 마음대로 냉장고를 열지 않는다. 일하는 사람들의 손길이 냉장고에 보관하는 재료나 음식에 닿는 것이 싫거나 다른 이유가 있거나, 아니면 둘 다일 것이다.

자물쇠뿐만이 아니다. 인도 가정에서 일하는 사람들은 자신에게 주어진 일을 할 뿐 식구들과 일상

문에 붙어 있는 각종 자물쇠.
© Park Jongmoo

적인 대화를 나누지 않는다. 유일하게 안주인만이 그들과 대화를 나눈다. (주인이 앉으라고 하지도 않지만) 그들은 집 안에 있는 의자에 앉아서도 안 된다. 오직 자신들에게 주어진 의자에 앉거나 바닥에 앉아서 식사를 한다. 친구 집에서 부엌일을 하는 아주머니는 텔레비전에서 좋아하는 드라마를 할 때 서서 보거나 바닥에 앉아서 본다. 의자가 비어 있어도 앉지 않는다. 하위 계층에 대한 상위 계층의 불신이 때로는 거의 강박증에 가까울 정도로 보일 때도 있다. 누리는 것이 많은 만큼 불안은 더 커지는 것처럼 보인다.

신의 축복, 몬순

인도에서 더위가 가장 기승을 부리는 기간은 4~6월이다. 기온이 거의 섭씨 45도까지 올라가는 더위는 모든 만물을 숨죽이게 한다. 나뭇잎들은 타들어 가고 야생 동물들은 물을 찾아 이동하다가 죽음을 맞기도 한다. 그때는 대부분의 집들이 낮 동안에는 창문을 닫고 지낸다. 창을 열면 뜨거운 바람이 들어오기 때문이다. 인도의 여름은 직접 살아보지 않고는 알 수 없을 만큼 견디기 힘들다. 그래서 한여름에는 기숙사 방바닥에 물을 뿌리고 천장에 달린 선풍기를 돌린 적도 있었다. 그렇게 더위를 견디며 더이상 참기 힘들어질 무렵 서서히 먹구름이 몰려오고 벼락과 천둥을 동반한 세찬 빗줄기가 내린다. 바

로 몬순(계절풍)의 시작이다.

남서쪽의 따뜻한 계절풍과 히말라야의 차가운 공기가 부딪혀 구름이 만들어지고 많은 비가 내리는 계절이 찾아온 것이다. 6월부터 8~9월까지 집중된다. 세찬 빗줄기에 온 세상이 다시 깨어나는 것만 같다. 나뭇잎들은 두꺼운 흙먼지 외투를 벗어 던지고 눈부신 초록을 되찾는다. 짐승들과 새들과 날벌레들이 다시 나타나기 시작한다. 메마른 땅에서 싱싱한 어린 풀들이 쑥쑥 돋아난다. 그때는 그 어리고 겁 없이 쑥쑥 자라는 어린 풀들을 뽑아서 한쪽으로 던져버린다는 생각은 절대 할 수 없다.

몬순은 6월 중후반에 불어오기 시작해서 길어야 9월까지 간다. 인도 강우량의 거의 80퍼센트 정도가 이때 내린다. 동북부 아삼주가 최고의 강우량을 자랑한다면, 서북부 라자스탄주의 사막 지역은 연 강우량이 100밀리도 안 된다. 또 이때 내리는 비의 양은 곧 인도 경제의 중요한 바로미터이다. 몬순에 비가 많이 내리면 풍년이 들어 농민들의 소득이 올라가서 소비가 증가되고 경기가 좋아진다. 반대로 비가 적게 내리면 가뭄으로 수확이 줄어든다.

몬순을 알리는 첫 비가 내리면 집에 가만히 있을 수 없다. 도시나 시골 할 것 없이, 어른이나 아이 모두 밖으로 몰려나와 빗속에서 춤을 춘다. 대부분의

라자스탄주에 있는 분디 왕의 여름 별장. © Ha Jinhee

도시는 배수 시설이 빈약해서 비만 오면 도로와 마을 전체가 물바다가 된다. 시골보다 도시는 비에 더 취약하다. 물론 시골도 허술한 가옥 구조 때문에 안전하지는 않지만. 도시는 배수가 제대로 되지 않아서 위험이 도사리고 있다. 한번은 캘커타에 아마 30분 정도 세찬 비가 내렸을 것이다. 시내 한가운데 파크 거리가 순식간에 물바다가 돼서 거의 걸을 수도 없을 만큼 물이 찼다. 그래서 물이 빠질 때까지 옥스퍼드 서점에서 책 보다가 깜빡 졸아 산티니케탄으로 돌아오는 기차를 놓쳐버린 적도 있다. 그래도 쉽게 개선할 생각은 하지 않는다. 매년 반복되는 모습이다.

하지만 열렬히 몬순을 환영하는 것은 늘 변함없다. 이 기간 동안 바깥 활동이나 여행이 힘들어지는 것은 사실이지만, 집 안에서 몬순을 즐기는 이들에게는 재미난 일들이 많다. 라자스탄의 왕들은 일부러 연못이나 호수 가까이에 여름 별장을 만들고 빗소리를 들으며 음악과 향연을 즐긴다. 시인들은 주옥같은 시를 써내고, 아이들은 집에서 다양한 게임을 즐기고, 여인들은 끊임없이 맛있는 간식거리를 만들어내야 하고, 도비왈라들은 잠깐 해가 반짝하고 나올 때 빨래를 말리기 위해 호시탐탐 기회를 노린다. 서로 해야 할 일과 하고 싶은 일을 하면서 몬순을 보낸다.

몬순 기간에는 비만 많이 내리는 것이 아니다. 천둥과 번개로 전력이 끊기거나 수돗물이 나오지 않는 비상사태까지 벌어진다. 전기가 안 들어오면 등잔이나 촛불을 켜면 되지만, 물이 안 나오면 정말 낭패다. 때로는 나무가 뿌리째 뽑히고, 집에서 키우던 가축들이 떠내려가기도 한다. 그런데 신기하게도 인도 사람들은 별로 불평하지 않으면서 받아들인다. 일단 일어난 일에 대해서는 불평 없이 적응하고 받아들이는 데 익숙하다. 그들은 일단 일어난 일에 대해서는 늘 '노 프라블럼!'을 외친다. 반면에 일어나지 않은 일에 대해서는 뭐든 꼼꼼히 따지기를 좋아한다. 엄청난 시간을 들여 따지고 분류하는 것까지는 좋아하지만, 막상 그것을 실천에 옮기기까지는 어마어마하게 시간이 걸린다. 아니, 아예 실천에 옮기지 않고 서류철 속에서 잠자고 있는 것들이 더 많을 것이다.

몬순 기간 내내 비가 오는 것은 아니다. 천둥과 번개를 동반한 세찬 빗줄기가 잠깐 내렸다가 언제 그랬냐는 듯이 따가운 햇살이 물기를 순식간에 말려버린다. 그러다 다시 세찬 비가 내리기 시작하면 잠시 시간이 멈추고 만다. 길에 사람 하나 보이지 않는다. 순식간에 다 어디로 그렇게 잘 숨어드는지.

인도 사람들은 몬순이 신이 인간에게 내린 축복이라고 생각한다. 그래서 몬순의 어떤 심술도 불평 없이 받아들인다. 매년 몬순 때면 홍수가 나는 마을에서도 몬순은 늘 환영이다. 행운과 불운을 한꺼번에 몰고 오는 몬순이 어김없이 찾아와야만 농사가 순조롭기 때문이다. 몬순은 또 전문적인 일을 하는 이들을 일에 집중하게 만든다. 타고르도 산티니케탄에서 몬순 기간에 수많은 시와 소설, 드라마를 썼다. 야외 활동을 할 수 없으니 실내에서 할 수 있는 일에 집중하게 된다. 몬순 기간에 인도에서 지내보면 시골 사람들이 어떻게 자연과 소통하며 사는지

알 수 있다. 자연이 원하는 것만 주지 않고 때로는
재난을 불러와도 불평하지 않는다. 오히려 부족한
것이 많을수록 감사의 기도는 더 늘어난다.

결혼과 지참금

    결혼식의 주인공이 신랑과 신부라는 것을 모르는 사람은 없다. 그러나 인도에서 정작 신랑과 신부에게는 브라만과 지루한 푸자를 치르느라 결혼식이 고역이기만 하다. 그것도 한 번이 아니라 여러 번. 신랑 집과 신부 집에서 각기 따로, 나중에 공동으로 같이. 그리고 첫날밤을 치르는 날, 3일이 지난 날, 일주일이 지난 날. 신부는 무거워 보이기까지 하는 화려한 금 장신구로 잔뜩 치장하고 무거운 비단 사리를 입고 앉아서, 온통 하객들에 둘러싸여 며칠을 보내야 한다.

    고대 인도의 성애(性愛)에 관한 경전 《카마수트라》에는 갓 결혼한 신혼부부는 첫 3일 동안은 바닥에서 그저 잠만 자야 한다고 되어 있다. 그다음 7일 동안은 서로 옷을 잘 갖춰 입고 함께 식사를 하며 얘기도 나누고 음악과 춤을 감상하기도 한다. 그리고 10일째가 되는 날 첫날밤을 치르게 된다. 결혼이 가족 간의 중매인 경우 신랑과 신부는 얼굴 한 번 제대로 보지 못하고 결혼을 하기 때문에 서로 상대방에게 적응되는 시간으로 7일이 주어진다. 전혀 모르고 부부가 되는 것이 아니라 조금은 서로 친근해진 다음에 정식으로 부부가 되는 것이다. 요즘은 그런 정해진 순서를 따르려는 사람이 오히려 더 이상할 것이다.

인도 사람들에게 결혼은 남녀 두 사람의 결합보다는 가족과 가족 사이의 결속이라는 데 더 중요한 의미가 있다. 그래서 중매결혼을 신뢰하며, 당사자들은 제쳐두고 두 집안의 어른들이 결혼을 결정한다. 딸을 둔 부모는 가능하면 빨리 딸을 시집으로 보내려고 호적을 바꿔서 나이를 올리기도 한다. 시골에서 자주 일어나는 일이다.

결혼식은 대개 전통 방식으로 치른다. 가장 중요한 의식은 브라만이 주관하는 푸자다. 신랑과 신부 양측 삼촌을 앉혀놓고 긴 푸자를 한다. 푸자 의식을 위해 금잔화, 쌀, 베틀 잎, 현금, 신성한 물, 코코넛, 흙으로 만든 항아리 등이 놓인다. 브라만이 끊임없이 산스크리트어 축원을 암송하고 신랑과 신부 양측 삼촌은 승려의 지시에 따라 주문을 따라 외우기도 하고 머리, 이마, 가슴에 신성한 잎을 대거나 물을 찍어 바르기도 한다. 모든 의식은 엄숙하게 진행되기보다는 조금은 시끌벅적하고 소란스러운 가운데 진행된다.

브라만은 우선 옷차림부터 그렇게 승려다운 면모를 보여주지는 않는다. 좀 더 승려다운 옷차림으로 의식을 진행하면 좋을 것 같은데, 그런 데는 전혀 신경을 쓰지 않는 모양새다. 그저 브라만이 주관하면 된다. 실리를 추구하는 인도인들의 면모가 엿보인다. 내가 참석한 결혼식에서 의식을 주관했던 브라만은 겨울이라 머리에다 얇은 스카프까지 두른 모습으로 때가 많이 낀 낡고 작은 노트를 넘기면서 산스크리트어 구절을 낭송했다. 무슨 축원을 낭송하는지 궁금했지만 아무도 그 내용에는 관심이 없었다. 그 축원을 따라 하는 신부 삼촌도 잘못 알아들어서 잘 따라 하지 못했다. 신랑도 그 의식이 마냥 지루한 표정이었으나 시키는 대로 잘 따라 했다. 브라만의 조수는 더 흐트러진 복장으로 곁에서 조수 노릇을 했는데, 가끔은 브라만이 조수에게 핀잔을 주기도 했다.

신랑은 마른 수수깡으로 만든 귀여운 머리 장식

을 쓰고 있다. 나는 오래전 시장에 있는 그런 종류의 머리 장식을 파는 가게에서 그것이 수수깡으로 만들어진 것을 알고 깜짝 놀랐던 적이 있다. 그것이 신랑과 신부의 머리 장식이라는 것을 알고는 더 놀랐다. 정확히 말하면 왕관의 형태이면서 남녀의 차이는 크기와 문양이다. 잠깐 방심했으면 아마도 그 큰 머리 장식 두 개를 사고 말았을 것이다. 아니! 요즘 누가 그렇게 귀여우면서도 유치한 머리 장식을 쓰고 결혼식을 올린단 말인가! 재밌게도 내가 참석한 모든 결혼식의 신랑과 신부는 그 머리 장식을 쓰고 있었다. 멀리서만 보면 수수깡으로 만들었다는 생각은 들지 않을 정도로 섬세하고 정교하다. 아직도 인도 사람들은 이렇게 귀여운 구석이 있다.

또 신랑은 재스민과 붉은 장미로 만든 화려한 꽃 목걸이를 걸고 의자라고 하기에는 너무나 낮은, 단단한 나무로 만든 납작한 좌대에 앉아서 한 시간 이상을 브라만의 지시에 따라 의식을 행한다. 그러고 나면 반얀(banyan) 나무 잎 두 개로 얼굴을 가린 신부를 신랑과 같은 낮은 좌대에 앉히고, 신랑 친구들이 그 좌대를 좌우에서 어깨에 이고 나타난다. 신부가 앉은 좌대가 신랑 주변을 몇 차례 맴돌고 나면 신부와 신랑이 마주 앉아 또다시 브라만의 주문과 함께 푸자를 진행한다. 산스크리트어 주문을 계속 외우는데 이번에도 브라만은 그 때 묻은 노트를 보면서 주문을 외운다.

의식의 중간쯤 브라만이 돈을 놓으라고 하면 신부 아버지나 친척들이 돈을 놓는다. 그러면 브라만이 베틀 잎 위에 돈을 얹고 그 위에 꽃과 쌀을 조금 얹어서 신부 삼촌에게 주거나 신랑에게 준다. 이런 행동을 여러 번 반복하면서 계속 축원한다. 결혼 생활 내내 곡식이 넘치고 재물도 풍요롭고 행복하길 축원하는 것이 분명하다. 브라만은 축원을 외우면서 가끔씩 따라 하라고 지시한다.

일정한 의식이 끝나면 브라만이 신랑과 신부의 오른손을 얇은 천으로 묶은 다음 그 위에 꽃과 쌀을 뿌리고 또다시 주문을 외운다. 주변에 그 주문을 이해하거나 그 의미를 알려고 하는 이들은 거의 없어 보이지만, 브라만은 주어진 임무를 계속 수행한다. 그 의식이 끝나고 나면 브라만이 두 사람을 얇은 천으로 묶고 바닥에 신성한 잎을 깔아놓은 길을 따라 한 바퀴를 돌도록 한다.

아직 불의 제식이 남아 있다. 두 사람을 다시 나란히 앉게 하고, 향나무를 쌓아 만든 나지막한 장작더미에 불을 붙인다. 역시 신성한 주문을 낭송하고 다시 신랑과 신부가 같은 방향으로 몇 바퀴 돌고나면 의식은 거의 끝난다. 그제야 신랑과 신부는 꽃으

하객들이 지켜보는 가운데 브라만이 주관하는 푸자 의식을 치르는 신랑과 신부. © Ha Jinhee

로 화려하게 꾸며놓은 무대 위의 의자에 나란히 앉아서 하객들의 축복을 받는다. 인도 전통 결혼식을 볼 때마다 결혼식 의식에서도 이 이야기꾼들은 재미난 소꿉놀이 장면을 계속 연출한다는 생각이 든다. 소꿉놀이를 이토록 진지하게 받아들이는 어른들이 많은 곳이 바로 인도다.

모든 의식이 끝나고 하나로 묶인 신랑과 신부가 원을 그리며 돌 때, 둘러선 하객들이 단체로 혀를 굴리는 소리를 낸다. 아프리카 원주민들이 사냥에 나가기 전에 춤을 추며 내는 것과 같은 그 소리의 의미가 축하의 의미인 것은 확실하다. 의식이 끝나기도 전에 하객들이 뷔페로 차려진 음식을 먹기 시작하는 것은 우리와 별 차이가 없다. 메뉴는 주로 생선튀김, 탄두리치킨, 큰 잔치에는 꼭 등장하는 닭고기 비리아니, 닭고기 커리, 야채 커리, 완두콩을 갈아 넣어 튀긴 루찌, 아이스크림, 벵골 사람들이 가장 좋아하는 스위트 라사골라, 다양한 향신료와 선택이 가능한 젤리나 과일 말린 것을 잔뜩 집어넣어 조제한 입가심용 빤 등.

결혼식 하객들은 최대한 잘 차려입고 오는 것이 예의인 것은 다 마찬가지지만, 특히 여성들은 최대한 화려하게 치장하고 온다. 저녁 10시가 넘어서 오는 하객들도 많다보니 피로연은 12시가 훨씬 넘어서까지 계속된다. 하객들이 돌아간 뒤에도 친척들이나 친구들은 거의 새벽 1~2시까지 남아서 논다. 신랑과 신부도 하루 종일 피곤하겠지만 계속 남아 있다.

하객들이 가져오는 선물은 사리, 전자 제품, 생활용품 등 다양하다. 현금으로 가져오는 경우는 드물다. 아주 친하거나 친척인 경우에는 현금이나 금으로 만든 장신구를 선물한다. 그런 경우를 빼고는 거의 크고 작은 선물을 가지고 온다. 돈이 편하긴 하겠지만 아직은 체면상 돈으로 하는 것이 품위가 없다고 생각한다. 그들은 결혼식 비용에 대해서는 아낌없이 지출한다. 하객의 숫자가 많으면 많을수록 풍성한 결혼식이라고 생각해서 시골 사람들은 거의 온 동네 사람들을 초대하는 잔치를 벌인다.

인도에서 결혼식은 신에게 바치는 제식을 제외하고는 가장 중요한 의식이다. 《마누(Manu) 법전》에 의하면 딸의 경우 초경을 하기 전에 혼사를 정해 놓아야만 한다. 신랑 집에 처녀를 증여한다는 생각 때문이었을 것이다. 그렇지 않으면 훗날 저승에서 조상 볼 면목이 없어진다고 생각했다. 임신에 대한 걱정 때문에 혼사를 미리 정해놓아야 안심이라고 생각했다. 남녀의 나이 차이는 보통 14~18세이며, 남성은 교육을 받아야 하고 여성은 임신이 가능한 나이이면 결혼할 조건을 갖췄다고 생각한다. 딸의 혼인을 정하면 결혼식을 치르기 전에 먼저 신랑 집으로 보내서 생활하게 하는 경우도 있다. 시집의 가풍을 배우도록 한다는 목적도 있겠지만, 하루라도 빨리 신랑 집으로 보내야 안심이 되는 속내도 엿보인다.

신부가 시집갈 때 신랑 집으로 가지고 가는 지참금도 딸 가진 집에서는 부담이다. 하지만 평생 딸을 먹여 살려준다고 생각하기 때문에 무엇이든 가치 있는 것을 주려고 하는 것이 딸 가진 부모의 생각이다. 딸에게도 미리 재산의 일부를 떼어줘야 한다고 생각하기에 아직까지도 인도 사람들에게는 지참금에 대한 걱정이 많다.

리어카에 코코넛을 쌓아놓고 파는 아저씨는 딸이 둘인데 늘 고민이 많다. 큰딸이 결혼할 때 신랑에게 비싼 오토바이를 사주기로 했는데 벌이가 영 시원치 않기 때문이다. 신랑은 사우디아라비아 노동 현장에서 일하고 있어서 결혼하면 딸만 시집에 두고 다시 돈 벌러 가야 한다. 사우디아라비아에 돈 벌러 가면 오토바이 탈 시간도 없을 텐데 오토바이는 왜 사주느냐고 했더니, 그 정도는 해주어야 한다고 말한다. 신랑이 없는 동안에도 딸이 시집 식구들의 사랑을 받으며 떳떳하게 살도록 하려면 최소한

신랑 신부가 결혼식의 푸자를 치르는 동안 하객들은 마음껏 즐긴다. 여성 하객들은 그날의 베스트 하객을 뽑기 위해 사방으로 분주한 눈길을 보내느라 바쁘다. Getty Images

그 정도는 해줘야 한다는 것이다.

모든 결혼식은 꽃 장식과 예물과 하객 접대에 돈이 많이 든다. 멀리서 온 친척들에게는 거리에 따라 차등을 둔 교통비를 봉투에 담아서 주거나 선물을 주기도 한다. 나도 인도 친구 아들의 결혼식에서 봉투를 받아본 적이 있다.

신랑 신부와는 달리 정작 신나게 결혼식을 즐기는 이들은 바로 하객들이다. 여성들은 가지고 있는 값비싼 장신구들로 치장하고 온다. 의상은 사리를 입고 오는 경우가 대부분이지만, 패션쇼에 나가도 될 만큼 개성적이고 멋진 의상을 입고 등장하는 젊은 여성 하객들도 많다. 서양식의 멋진 드레스에 하늘거리는 얇은 숄을 걸치고 긴 치맛자락으로 바닥을 쓸고 다니는가 하면, 정교한 문양에 고급스러운 광택을 지닌 바라나시 비단 사리나 무슬림 아가씨가 몇 달에 걸쳐 수놓은 까타 사리(사리 전체에 정교하게 수를 놓은 벵골 지역의 사리)를 걸치고 나온다.

신랑 신부가 결혼식의 푸자를 치르는 동안 하객들은 마음껏 즐긴다. 여성 하객들은 그날의 베스트 하객을 뽑기 위해 사방으로 분주한 눈길을 보내느라 바쁘다. 남성 하객들도 여성에 못지않은 패션 감각을 드러낸다. 여성들은 서로 상대방의 사리가 어느 지역 제품인지 맞추는 놀이도 좋아한다. 놀이를 하면서 서로 상대방의 사리를 칭찬하는 것 같지만, 실은 자신의 눈썰미가 칭찬받기를 원한다. 또 내가 놀라는 것은 어떻게 그토록 많은 장신구들을 다 걸치고 나올 수 있는가 하는 것이다. 그럴 때마다 인도 사람들이 집을 온통 자물쇠로 열심히 잠그고 다니는 이유가 수긍이 가기도 한다. 그들의 장신구에 대한 집착은 대단하다. 인도 사회에서는 여성들이 아름답고 화려하게 꾸미는 것을 미덕으로 여긴다.

결혼식은 10월 말부터 2월 사이에 가장 많이 치러진다. 날씨가 가장 좋은 12월이나 1월은 거의 매주 결혼식 초대가 있는 경우도 많다. 결혼식은 인생

최대의 이벤트로 아낌없이 돈을 쓴다. 거의 몇 달 동안 결혼 물품을 쇼핑하는 데 시간을 쓴다. 아예 결혼식 쇼핑을 위해 큰 도시로 나가 친척 집이나 호텔에 머물기도 한다.

결혼식에 필요한 꽃은 모두 생화를 사용하는데, 아마도 평생 동안 집을 장식할 꽃을 그 며칠 동안 소비하는 것은 아닌지. 겨울에는 결혼식이 몰려서 실력 있는 플로리스트는 몇 달 전부터 예약해야 한다. 피로연을 위한 음식은 채식과 비채식으로 나누어지는데, 채식은 주로 다양한 야채 커리와 튀김 요리, 콩 요리가 주를 이룬다. 비채식은 생선과 닭고기, 양고기 커리와 결혼식에 빠지지 않는 닭고기 비리아니가 있다. 후식으로는 전통 아이스크림 쿨피와 양식 아이스크림, 보기만 해도 단맛이 느껴지는 다양한 스위트들이 준비된다. 그리고 소화와 입가심을 위해 취향대로 조제해주는 빤이 귀여운 젤리와 함께 준비된다.

정작 딸을 결혼시키는 부모는 무작정 행복할 수만은 없다. 바로 지참금 때문이다. 굳이 지참금이라는 단어를 쓰지 않을 뿐이지 딸이 시집갈 때 현금, 금이나 보석 장신구, 신랑에게 필요한 값나가는 것을 선물로 주어야 한다고 생각한다. 딸이 평생 동안 살아갈 시집에서 귀한 대접을 받도록 하려면 많으

면 많을수록 좋다고 생각한다. 빚을 내서라도 기꺼
이 그 짐을 떠안는다.

　"지참금 살인"이라는 제목의 기사가 가끔 신문
에 실리기도 한다. 새 며느리를 맞아서 더 많은 지
참금을 받기 위해 시어머니가 며느리를 살해하는
것이다. 지참금 때문에 시집에서 쫓겨나서 거리에
서 살아가는 여인들이 있는가 하면, 평생 인간 대접
을 못 받으면서 살아가기도 한다. 아직도 인도에서
는 여성에게 불합리하고 비정한 일들이 많이 일어
난다.

다중적 이미지의 여성상

인도에서 여성의 역할은 거의 경이롭기까지 하다. 우선 신화에 등장하는 신들을 보면 남신들이 하기 힘든 일이나 귀찮은 일은 거의 모두 여신들에게 주어진다. 공주였던 사비트리는 저승까지 죽은 남편을 따라가 염라대왕에게서 남편의 목숨을 되찾아온다. 죽음과 파괴의 여신 칼리는 남편 시바의 명령을 따라 사람들의 목숨을 앗아가는 저승사자의 역할을 한다. 라마의 아내 시타는 남편에게 정절을 증명하기 위해 스스로 불길 속으로 뛰어든다. 고대 힌두교 전통에 의하면 열녀는 남편을 화장하는 불길속으로 스스로 뛰어드는 여인이다. 다음 생에도 남편과 함께하기 위해 죽음을 자청하는 것이다. 사티

(Sati)라는 의식이다. 이처럼 인도 사회에서는 강인하면서도 순종적이고, 아름다우면서도 지혜롭고, 용감하면서도 희생적인 완벽한 여성을 숭배한다. 현실에서 존재하기 힘든 상상 속의 여성을 원한다.

전통적으로 인도 여성에게는 권리보다는 의무가 더 많다. 딸로서, 아내로서, 어머니로서 지켜야 할 도리와 의무에 대한 상세한 언급들이 많다. 남편은 아내의 모든 행동에 관여할 권리를 지닌다. 아직도 인도에서는 여성의 사회 활동을 권장하는 사회 분위기는 아니다. 심지어는 아직도 남자들이 장바구니를 들고 시장에 장을 보러 간다. 중소 도시나 시골에서는 식생활에 필요한 재료와 생필품을 구입하는 일은 남자의 몫이다. 여자가 의류와 장신구를 직접 구입하는 경우를 제외하고는 남자가 장바구니를 들고 나간다.

인도에서는 남자들이 장바구니를 들고 다니는 것이 너무나 익숙하다. 부부가 함께 나오는 경우도 드물다. 슈퍼가 아닌 시장에서 물건을 파는 상인들도 거의가 남자다. 직접 재배한 야채나 계란을 팔러 나오는 시골 아주머니들을 제외하고는 남성들이 시장을 움직인다.

남자가 장을 보는 여러 가지 이유가 있을 텐데, 내가 아는 인도 친구들의 경우에는 대부분 경제 주

사자를 타고 전쟁터를 누비는 무적의 여신 두르가

도권을 지닌 남편이 장을 본다. 아내는 거의 불만이 없다. 그리고 남편은 가족을 위해 어떤 야채가 필요하고 어떤 것이 싱싱한지도 다 안다. 아직도 인도에는 남성이 밖에서 즐길 만한 유흥이 별로 없다. 별로 없는 것이 아니라 거의 없다. 직장과 집을 오가며, 여가 시간에는 사원을 방문하거나 가족과 함께하는 시간을 가장 소중하게 생각한다. 가족, 친척, 친구 모임 이외에는 모든 행사가 신과 연관된 축제인 경우가 대부분이다. 인도 사람들은 비교적 활동 반경이 좁은 가족 위주의 단순한 삶을 살아가는 사회 분위기에 길들여져 있다.

인도에 혈액형 A가 많다는 이야기를 들은 적이 있다. 모든 일에 소심, 세심해서 돌다리를 두드리고 또 두드리는 성격의 사람들이 바로 인도 사람들이기에 나온 말일지도 모른다. 확실히 인도 사람들은 지나치게 생각을 많이 한다. 어쩌면 고대로부터 모든 것을 스스로 선택하기보다는 주어지고 지켜야 할 규칙들이 많아서 굳어진 것일 수도 있다.

인도 사회가 원하는 다중적 이미지의 여성상은 현실에서는 존재가 불가능하다. 칼릴 지브란은 《모래, 물거품》이라는 작품에서 "모든 남자는 두 여자를 사랑한다. 한 사람은 그의 상상력이 탄생시킨 여자이며, 다른 한 사람은 미처 태어나지 않은 여자

시바의 주검 위에 선 죽음과 파괴의 여신 칼리. © Raj인도

다."라고 했다. 이처럼 남성의 여성에 대한 바람은 현실적으로는 결코 이루어질 수 없는 것이다.

전통적으로 인도에서 여성에게 원하는 가장 중요한 역할은 바로 가정을 만드는 지혜로운 어머니상이다. 인도 사람들은 행복한 가정을 위해서 여성의 역할은 절대적이라고 생각한다. 언제나 가족들을 따뜻하게 안아주는 그런 포근한 어머니의 이미지! 그래서 여성의 사회적 역할보다도 어머니로서 가족 구성원을 보살피고 무한한 애정을 주는 존재로 인식하고 있다. 실제로 인도 여성들이 가사로부터 자유로운 경우에도 사회 활동을 많이 하지 않는 이유는 아이들 양육 때문이다. 아이들은 나라가 키워주거나 이웃이 대신 키워줄 수 없다고 생각한다. 물론 국가나 사회가 혹은 이웃이 도움을 줄 수는 있지만 어머니의 역할은 오직 어머니만이 할 수 있다. 가정 교육이 갖는 의미를 돈이나 물질로 대신할 수는 절대 없다. 아직까지 인도에서는 어머니의 사랑이 가정의 구심점이다.

전통 의상 사리

　고대 인도의 건축과 조각을 연구한 제임스 퍼거슨(James Fergusson)은 무슬림 정복자들이 들어오기 전 인도 여인들은 부끄럼 하나 없이 가슴을 노출하고 다녔다고 주장했다. 물론 그 주장이 논란의 여지는 많지만 어느 정도는 타당성도 있어 보인다. 인도 고대 조각이나 벽화에 그려진 여인들 모두 상체를 드러낸 모습으로 표현된 것을 보면 그렇다. 그림 속에 묘사된 인물들의 옷차림이나 장신구의 착용이 현재까지도 그대로 이어져오는 것을 보면, 미술가들이 상상력을 발휘해 상체를 드러낸 여성을 표현한 것으로 보기는 어렵다. 오히려 당시의 일상적인 모습이었을 것으로 보는 것이 더 타당하다.

인도 여성들의 전통 의상 사리는 바느질이 없는 5~6미터 길이의 천을 몸에 두르는 것이다. 마하라슈트라주의 사리는 거의 8미터나 된다. 사리는 입는다기보다는 걸치거나 두른다는 표현이 더 정확하다. 사리는 걸치는 방법에 따라 얼마든지 다양하게 연출이 가능하다. 한여름에는 천 자락을 머리까지 끌어올려 얼굴을 가리고, 겨울에는 두꺼운 스웨터를 껴입고 사리를 걸칠 수도 있다. 재료에 따라 다르지만 접으면 가장 부피가 작은 옷이기도 하다. 바느질이 없고 접히는 부분이 없어서 입으면 마음까지 가벼워지는 옷이다.

물론 길이가 길다보니 웬만한 빨랫줄에는 다 펼쳐 널 수도 없다. 그래서 바닥에 길게 펼쳐서 말리는 것이 편하다. 땅바닥이나 풀밭에 줄지어 널린 빨래들이 마치 미술 작품처럼 보이는 풍경을 자주 보게 된다. 빨아서 땅바닥이나 풀밭에 말리면 다시 먼지가 묻을 수도 있지만 전혀 개의치 않는다. 강렬한 태양의 천연 살균 효과 때문이다. 그리고 대대로 빨래를 해왔던 도비왈라들은 우기에도 빨래에는 물방울 하나 묻지 않도록 하는 완벽한 날씨 정보를 몸으로 체득한 이들이나.

인도 사람들은 바느질이 없는 옷을 순결하다고 생각한다. 그래서 남녀 모두 전통 의상은 바느질이

인도 여성들의 전통 의상 사리는 바느질이 없는 5~6미터 길이의 천을 몸에 두르는 것이다. ⓒ Ha Jinhee

없는 천을 몸에 걸치거나 두르는 방식이다. 옛날에는 지금처럼 블라우스를 입지 않고 알몸에 사리를 두르고 걸쳤다. 그러다 근대에 와서 촐리(Choli)라는 블라우스를 착용하기 시작했다. 타고르의 형수인 야나다난디니(Jnanadanandini)가 처음으로 소개한 촐리는 서양 여성의 코르셋에서 그 아이디어를 얻은 것이다.

블라우스는 최대한 꼭 끼게 입는 것을 좋아한다. 속치마는 언제부터 입기 시작했는지 알 수 없지만, 속옷의 개념이 없는 것이 전통 의상이다. 아마도 무더운 날씨 탓도 있었겠지만, 화장실에서 휴지를 사용하지 않고 물로 뒤처리를 하는 것과 연관이 있을 듯하다. 내가 다녔던 산티니케탄 학교의 화장실 어디에도 휴지는 없었다. 그 대신 수도꼭지 아래 물컵 하나가 놓여 있었다. 그걸로 알아서 잘 처리하라는 뜻이다. 필요하면 휴지를 가지고 다니면 된다. 아니면 큰일을 해결하기 위해 집에 가도 되고.

사리는 키나 체형에 상관없이 걸칠 수 있다는 최대의 장점이 있다. 나이에 상관없이 여성에게 주는 가장 품위 있는 선물은 당연히 사리다. 자신의 취향이 아닐 경우에는 가지고 있다가 나중에 누군가에게 다시 선물로 주면 된다. 직조 방법과 문양을 보고 어느 지역 사리인지 또 가격대까지도 비교적 정확하게 알아맞히는 이들도 많다. 다양한 재질의 천에 수천 가지의 문양을 넣어, 아직도 손으로 움직이는 직기로 짜내는 사리가 대부분이다. 사리 끝자락에는 블라우스 천이 세트로 붙어 있는 경우도 많아서 따로 블라우스를 구입할 필요도 없다. 그저 의상실에 갖다주고 몇 천 원 안 되는 가격으로 원하는 디자인의 블라우스를 만들면 된다.

축제, 결혼, 파티 등 모임에서 격식을 갖추려면 나이에 상관없이 사리를 입는다. 사리는 여성들이 가장 격식을 갖추고 싶을 때 입는다. 하지만 나이든 여성들은 집에서도 사리를 입는다. 날씨가 더울

사리는 키나 체형에 상관없이 걸칠 수 있다는 최대의 장점이 있다.
© Ha Jinhee

때는 매일같이 갈아입는다. 사리는 여성의 신체를
다 가릴 수도 있고, 원하면 많이 드러낼 수도 있다.
사리 안에 입는 블라우스는 유행에 따라 가슴이나
등 쪽을 많이 혹은 적게 파기도 한다. 블라우스는
가슴에 딱 맞게 입어야 맵시가 난다. 블라우스 소매
의 길이가 길고 짧은 것은 개인의 취향이다.

　사리는 재료가 거의 다 면이나 비단이지만 그 다
양성은 상상을 초월한다. 나도 직조를 해본 적이 있
어서 5~6미터의 천을 짜려면 얼마나 시간과 인내가
필요한지를 안다. 나 같은 사람은 거의 상상도 할
수 없다. 나는 직기에 실을 매는 작업을 배우는 것
만으로도 진땀을 뺐다. 그것도 그들의 직기에 비하

면 콩알만 한 크기였다. 전문 장인이나 여인들은 대부분 한두 사람이 그것도 재미난 이야기를 나누며 슬렁슬렁 짜는 것 같은데도 결과물은 완벽했다. 내가 더욱 감탄한 것은 그들이 거의 밑그림을 걸지 않고도 원하는 문양을 만들어낸다는 것이다. 그들은 천재!

사리를 선택하는 일은 정말 힘들다. 선물로 줄 사리는 주고나면 그 반응을 크게 생각할 필요가 없지만, 내가 걸칠 사리를 고르는 일은 참 어렵다. 많은 사리를 보고나서 고른 사리일수록 잘못 고를 확률이 높다. 색채와 문양이 다른 사리를 너무 많이 구경하다보면 마지막 순간에 잘못된 선택을 하고 만다. 몇 시간 동안 그 긴 천들을 구경하다보면 나중에는 정신이 혼미해지는 것 같다. 그래서 결국에는 무엇에 홀린 듯 엉뚱한 것을 고르고 만다. 너무 지쳐서 온전한 선택을 할 수 없게 된다. 될 대로 되라는 식으로 그냥 아무거나 선택해버린다. 사리 선택은 한두 시간으로는 거의 불가능하다. 그래서 마지막에는 정말 가게 바닥에 잠시 드러눕고 싶다는 생각까지 한 적도 있었다. 인도 사람들 특유의 인내심은 이때도 여지없이 발휘된다.

사리 쇼핑은 바느질이 있는 옷을 선택하는 것과는 완전히 차원이 다른 경험이다. 밖에서 인도 여성

사리를 파는 가게. 어린 조수들은 펼친 사리를 다시 접는 일을 한다.
Getty Images

들이 입고 다니는 사리를 떠올리며 선택하는 것도
마찬가지로 실수를 저지르게 만든다. 나는 그들의
피부색이나 체형과는 다르기 때문이다. 인도 여성
들은 잘도 멋지고 품위 있게 사리를 걸치고 다닌다.
그리고 그 긴 천을 걸치고도 못하는 일이 없다. 요
리도 하고, 누워서 낮잠도 자고, 대중교통도 이용하
고, 뭐든 다 할 수 있다. 문제는 화장실이다. 그 긴
천 자락을 잘 단속하지 못하면 어찌 될 것인가는 뻔
하다.

사리는 재질과 색채도 중요하지만 가장자리의
문양과 등 뒤로 넘기는 부분의 문양이 선택의 결정

적 역할을 한다. 그래서 전체를 펼쳐서 걸쳐봐야 한다. 가게 점원은 그냥 눈길만 보내도 그 긴 천을 바닥에 던져서 전체를 펼친다. 마침내 수십 벌의 사리가 펼쳐져서 만든 언덕이 모습을 드러내면 손님은 드디어 결정을 내릴 때가 왔음을 감지한다. 그렇게 언덕까지 쌓으면서 구경을 했는데 사지 않고 그냥 나오는 이는 거의 없을 것이다. 그래서 그 언덕이 높아질수록 점원은 의기양양해지며 멈추지 않고 이것저것 더 보라고 한다. 그들만의 상술이다.

인도 여성들은 특정한 지역의 사리를 선물로 받는 것을 아주 좋아한다. 캘커타에 사는 인도 친구는 200벌 이상의 다양한 사리를 갖고 있다. 외할머니가 남겨주신 사리까지 합치면 더 많다고 했다. 거기에다가 사리에 어울리는 블라우스와 속치마까지 수십 벌을 갖추고 있다. 다른 주나 지역을 여행할 때 가족 가운데 가장 연장자나 아내에게 그 지역의 사리를 선물로 사다주는 것을 당연하게 여긴다. 마음에 들지 않으면 나중에 언제든 선물로 사용해도 되니까.

바라나시는 고가의 수공으로 짠 비단 사리로 유명하다. 주로 결혼식이나 파티 사리로 많이 구매하는데 그 가격이 서민들은 상상도 할 수 없을 정도다. 은사나 금사를 섞어서 짜는 경우에는 값도 비싸

비단 사리를 파는 상점의 진열대. ⓒ Ha Jinhee

고 무겁지만 부유층이 선호한다. 직기에서 손으로
날실을 끼운 색색의 바늘을 일일이 움직여가며 한
올 한 올을 짜야 하기에 한 벌을 짜는 데 거의 서너
달 이상 걸리는 작업이다.

사리는 블라우스의 길이에 따라 뱃살이 드러나
는 부분이 달라진다. 신기하게도 사리는 뱃살이 전
혀 없는 마른 서양 여성들이 입었을 때보다도 살집
이 좀 있는 인도 여성들이 입었을 때 옷태가 난다.
사리는 바느질이나 이음새가 없어서 세탁도 용이하
고 어디서든 펼쳐놓으면 쉽게 마른다. 단점이라면
다림질을 해야 하고, 때로는 풀을 먹여서 다려야 한

다는 것이다. 그래도 아직은 전문 다림질 선수들이 많이 있으니 그리 염려할 것은 없다. 세탁과 다림질을 해서 사방 네 귀퉁이가 정확하게 맞아떨어지게 접어서 배달해주는 이들이 있으니 5~6미터의 사리를 늘 새 옷 같이 손질해 입을 수 있다. 하지만 그들이 도시나 공장에서 일하게 되면 인도에서 사리를 입은 여인들을 보는 것도 쉽지 않을지 모른다.

알포나, 신을 위한 그림

힌두교도들의 삶에서 가장 중요한 것은 신과의 만남, 푸자 의식이다. 대부분 힌두교도의 집에는 그 집의 경제 규모에 걸맞은 성소가 꾸며져 있다. 그럴 만한 공간도 없는 집에서는 벽에 신의 얼굴이 인쇄된 인쇄물을 붙이고, 그 위에 플라스틱이나 종이로 만든 꽃목걸이 한 줄로 장식한다. 시골 사람들은 아무리 집이 작고 초라해도 장식하고 꾸미고 싶어 한다. 자기 집의 벽에 집에서 키우는 소나 말, 코끼리의 형상을 그리거나 단순화된 꽃이나 식물 문양을 그려 넣어 마치 예술가의 작업실처럼 보이게 만든다. 대충 그리는 것 같은데, 마티스의 단순한 선과 야수적인 색채가 느껴진다. 때로는 피카소의 천재

마두라이 미낙시 사원의 바닥에 그려진 암포나. © Ha Jinhee

자신의 집 마당에 알포나를 그리는 여인. © Ha Jinhee

와 직관이 만들어낸 거침없는 형태를 연상하게 한
다. 배워서는 절대 흉내도 낼 수 없는 솜씨들이다.

집 밖에만 그림으로 장식하는 것이 아니라 현관
이나 방 입구에 들어오는 이를 환영하는 의미의 자
수를 걸어두기도 한다. 시골 사람들은 자기 집에 오
는 손님을 신이 변장하고 찾아오는 것일지도 모른
다고 생각한다. 그 손님의 행색이 초라하면 할수록
더 잘 대접해야 한다고 생각하는 것도 그것 때문이
다. 대접이 소홀하면 신이 분명 벌을 내릴 것이라고
생각한다. 때로는 돌아가신 조상들이 찾아올 수도
있다고 믿는다. 아무튼 시골 사람들의 생각은 도시
에 사는 사람들보다 훨씬 더 복잡하다. 모든 생명체
에 눈에 보이지 않는 기운이 깃들어 있다고 생각하
니, 얼마나 조심하고 경계해야 할 것들이 많을지 상
상만 해도 힘들다. 하지만 그들은 우리가 알아듣지
못하는 언어로 그 다양한 생명체들과 소통하며 더
불어 살아가는 방법을 터득한 고수들이다.

여인들은 큰 노력을 들이지 않고도 자신의 집 흙
바닥을 금세 성소로 바꾸어놓는다. 매일 새롭게 신
을 맞이하기 위해 아침에 자신의 집 마당에 아름다
운 문양을 그린다. 곱게 빻은 쌀가루 반죽을 손가락
으로 찍어서 흙바닥에 그린다. 이렇게 인도 여인들
이 신을 위해 자기 집 대문 앞, 마당, 거실 등의 바닥

집 마당에 쌀가루 반죽으로 알포나를 그리는 시골 여인. ⓒ Ha Jinhee

에 쌀가루로 그린 문양을 뱅골 지역에서는 알포나
(alpona)라고 한다. 그 문양이 완벽하고 완벽하지
않고는 그리 중요하지 않다. 다만 여인이 온 마음으
로 그리는 것이 느껴진다. 그리고 몇 시간이 채 지
나기도 전에 그 문양이 흔적도 없이 사라져도 괜찮
다. 내일 아침 다시 그리면 고만이다.

　이처럼 신을 맞이하기 위해 그리는 문양은 주로
여인들의 일과처럼 자연스럽다. 주마다 이름도 다
르고 문양의 형태도 다르지만, 거의가 추상 문양이
며 원의 변형이다. 매일 똑같은 문양을 그리는 것은
아니고, 그리는 이의 마음에 따라 조금씩 달라진다.

그러나 신을 맞이하기 위해 그리는 것인 만큼 온 마음을 다한다.

밑그림 하나 없이 즉흥적으로 그려내는 문양이 거장의 자유로운 드로잉을 연상케 해서 감탄을 연발하게 한다. 그런 즉흥적이며 멋진 선이 시골 여인의 손끝에서 매일같이 태어난다. 아마 그들은 우리가 흔히 생각하는 잘 그린 문양을 본 적도 없을 것이다. 아니, 아예 그런 것을 그리고자 하는 욕심도 없어 보인다. 소박한 삶 속에서 우러난 순수한 마음 이외에는.

매일 아침 그림으로 하루를 시작한다. 그것도 신을 맞이하기 위해. 쭈그리고 앉아서 한 손으로 칭얼대는 아기를 안고 다른 한 손으로는 별 생각 없이 그린다. 그 무의식적인 손놀림에서 아름다운 문양이 만들어지는 것을 보면 왠지 경건함마저 느껴진다. 가장 순수한 것은 집착을 내려놓을 때 비로소 모습을 드러내는 것이라는 생각이 든다.

그려진 문양 위에 작은 등잔을 가져와 불을 밝히는 순간 그 흙바닥은 성소로 바뀐다. 문양을 그리는 과정 자체가 기도이기에 따로 기도는 없다. 잠시 후 아이들이 몇 번 그 위를 왔다 갔다 하면 문양은 온데간데없이 다 지워진다. 이처럼 매일같이 그리는 문양의 종류는 집집마다 다르다. 오래전 고행승이 명상을 할 때 나쁜 기운이 침입하는 것을 막으려는 종교적 의도에서 주변에 원을 그렸는데, 거기서 생겨난 문양의 일종이다. 여인들이 어떻게 이런 추상적인 문양들을 밑그림 하나도 없이 술술 그려내는지는 그리 놀랄 일이 아니다. 아마도 수천 년 동안 이어져 내려오면서 그들의 유전자 안에 쌓인 것이라고 생각하면 이해가 된다. 그렇지 않으면 어떻게 그렇게 자연스럽게 잘 그려내는지 설명하기 힘들어진다.

삶 속에 녹아버린 카스트

　인도에는 눈에 보이지는 않지만 엄연히 존재하는 것들이 많다. 인도의 계급 제도는 수천 년간 이어져오는 동안 그들의 삶 속에 녹아서 보이지 않지만, 그들의 핏줄 속을 흐르고 있다. 존재하지만 눈에 보이지 않기에 정작 그들은 계급이 무슨 말이냐고 반문한다. 고대로부터 인도 사람들에게 계급은 다르마(dharma, 올바른 길)를 유지하기 위한 하나의 수단으로 여겨졌으며, 아직도 그런 측면에서 유효하다. 특정 계급 간의 불협화음은 별로 눈에 뜨이지 않지만, 상위 계층과 봉사 계층 간에 묵인된 오랜 생각과 행동들은 마치 잘 짜인 씨실과 날실의 관계처럼 보인다. 그 천에서 씨실과 날실을 한 올 한 올

인도 아삼주 브라마푸트라강에 있는 마줄리 섬의 여인들이 직기에 밑실을 걸고 있다. ⓒ Ha Jinhee

풀어내기가 힘든 만큼 촘촘히 짜인 관계. 그러다보니 서로 상대방의 입장에 대해 무심해져서 관심조차 없는 그런 사이가 되고 말았다.

인도의 세습적 계급 제도인 카스트는 크게 네 계급으로 나뉜다. 그러나 실제로는 그보다 훨씬 더 복잡하게 세분화된 계급이 존재했다. 시대에 따라 그 우위가 살짝 바뀌기도 했고, 그 역할이 서로 섞이기도 했으며, 카스트와 무관하게 살아가는 다양한 무리들도 탄생했다. 브라만과 크샤트리아는 서로 우위가 바뀌기도 했다. 왕이나 귀족은 브라만에게 제식에 필요한 물질적 후원을 하는 동시에 안전을 보장한다. 브라만은 제식을 바치는 의무를 수행하고 크샤트리아 계급에게 영적 지식과 지혜를 전달하지만, 그들의 보시와 후원에 의존하는 만큼 때로는 왕이 브라만보다 더 힘을 과시한 때도 있었다. 상업에 종사하는 바이샤 계급이 장사를 통해 부를 거머쥐게 되는 것은 당연하지만, 때로는 수드라 계급에서 특정한 분야에 뛰어난 수완을 가진 이들이 장사 수완을 발휘해서 부자가 되기도 했다.

그뿐만 아니라 브라만이어서 성직에 종사하면서도 겨우 생계를 유지할 정도로 가난한 이들도 많다. 부를 가졌다고 해서 계급을 바꿀 수는 없지만 일상생활에서 많은 것을 누릴 수는 있다. 봉사 계급인 수드라 가운데 직물이나 금속을 다루는 이들이나 식생활과 관련된 농업에 종사하는 이들이 그 마을의 유지가 되기도 한다. 그런 경우에는 그들이 곧 브라만의 후원자가 된다.

인도에는 상위 계층과 하위 계층의 사람들이 사는 동네가 구분되어 있는 경우가 많다. 봉사 계급의 사람들은 상위 계층 사람들이 사는 지역의 외곽에 산다. 특히 작은 도시나 시골에는 브라만 계층이 사는 동네가 따로 있어, 그 구역에 다른 계층은 살지 않는다. 브라만이 가장 상위 계층이긴 하지만 그들의 직업은 각기 다르다. 브라만 계층 가운데 일부만이 푸자 의식에 필요한 공부와 제식의 방법을 배운다. 나머지는 각기 다른 일을 하지만 한동네에 모여서 산다. 신에게 푸자를 바치는 지식을 배운 브라만은 존경받으며 다양한 제식에 불려 다닌다. 그러나 그것만으로 풍족한 생활을 누리기는 힘들어서 돈을 받고 운세를 봐주기도 한다. 그래서 시골에 사는 브라만 가운데는 소박하게 살아가는 이들이 많다.

예전에는 제식을 주관한 브라만에게 현금을 지불하지 않았다. 그들의 생계에 필요한 쌀, 유채기름, 렌틸콩, 강황, 소금과 과일을 보시했다. 요즘은 거의 현금이다. 금액은 정해지지 않고 대부분 집안의 경제 사정에 맞게 주는 대로 받는다. 많으면 좋겠지만 적어도 그냥 받는다.

작은 도시나 시골에 사는 인도 사람들은 겉으로는 카스트와는 상관없이 평화롭게 살아가는 것처럼 보인다. 그러나 계급이 이미 그들의 삶 속에 녹아서 눈에 보이지 않는 영역을 지배하고 있다. 탄생에 의해 계급이 결정되는 것은 가혹하고 부조리하지만. 고대 카스트는 다르마 실현의 수단이었다. 그것이 차츰 세분화되고 체계화되는 과정에서 구체적인 조항들이 추가되었다. 인도 사람들이 고대로부터 이어져온 삶의 방식을 고스란히 간직할 수 있었던 데

뭄바이에 있는 미하락슈미 도비 가트. 세계에서 가장 큰 야외 빨래터다.
© Park Jongmoo

는 카스트의 영향이 크다. 각자에게 주어진 일을 대대로 하다보니 기록하지 않아도 전통은 계속 이어졌다. 그 과정에서 상위 계층은 계속 유리한 고지를 점유하고 하위 계층은 그 상위 계층에게 봉사하는 관계로 고착되었다.

가장 상위 계급인 브라만은 성직자, 승려, 학자로 신의 직계 자손이다. 브라만의 가장 주요 임무는 신에게 바치는 제식, 즉 푸자를 주관하는 일이다. 요즘은 그 외에도 다양한 직업을 가질 수 있게 된 걸 보면 겉으로는 계급 제도가 완전히 사라진 것처럼 보일 수 있지만, 아직도 과거로부터 자신들의 조상이 하던 일을 하는 사람들은 셀 수 없을 만큼 많다.

힌두교도는 태어나면서부터 푸자와 함께 늙어간다고 해도 과언이 아니다. 평생 동안 치르는 푸자의 숫자는 셀 수도 없이 많다. 집에서 일상적으로 하는 푸자와 달리 특정한 푸자에는 리그베다 낭송과 신의 축복을 대신해주는 브라만이 필요하다. 시골에서는 브라만이 마을의 가장 어른으로 대접받기도 한다. 마을에서 일이 생길 때마다 그의 중재를 구한다. 브라만의 아들이 대를 이어서 그 일을 하게 된다.

아주 작은 가게부터 큰 상점에 이르기까지 아침에는 꼭 브라만이 와서 축원을 한다. 가게 문을 여

라자스탄주 자이프루의 염색 장인. 나무 도장에 물감을 묻혀 문양을 찍어낸다. © Ha Jinhee

는 시간 무렵 브라만이 특정한 구역의 가게들을 한 바퀴 돌면서 축원한다. 작은 금속 바구니에 금잔화 꽃 몇 개, 성스러운 물이 든 작은 금속 용기, 성스러운 붉은 가루를 담아 가지고 온다. 그 작은 금속 바구니는 아이들이 소꿉놀이하기에 딱 좋은 크기다. 어른이 들기에는 작고 귀여운 바구니를 들고 여기저기 축원을 해주러 다니는 브라만이나 그 축원 없이는 아무것도 할 수 없는 사람들이나 양쪽 다 순수하고 귀여운 점이 있다. 믿어주는 사람이 없으면 그런 축원은 아무런 의미도 없는 아이들의 놀이가 되어버리겠지만.

브라만은 가게 앞에서 먼저 성스러운 물 몇 방울을 가게에 뿌리고 금잔화 꽃잎 몇 개를 뜯어서 던진다. 마지막으로 가게 주인의 이마에 붉은 가루를 묻히며 산스크리트어로 축원한다. 그리고 돌아서 간다. 한 달에 두어 번 정도 가게 주인은 브라만에게 돈으로 사례를 한다. 브라만은 '제사' 또는 '제의'라는 뜻이다. 신으로부터 제식을 담당하라는 사명을 받은 사람이다. 그래서 브라만이 해주는 축복은 곧 신의 축복이나 마찬가지다. 이런 생각이 수천 년을 이어지다보니 브라만 없이는 아무것도 할 수 없게 됐다.

아침에 가게가 열리면 브라만이 와서 축복을 내려주어야만 비로소 장사를 시작한다. 매일같이 반복되는 장면이다. 푸자 없이 하루를 시작한다는 것은 상상조차 하기 힘들다. 건강을 지키기 위해 매일 밥을 먹는 것처럼 그들은 신의 축복을 받기 위해 브라만을 필요로 한다. 힌두교도들의 숫자가 그렇게 많은데 다들 매일같이 브라만으로부터 직접 축복을 받기는 힘들다. 그래서 대부분은 집에서 개별적으로 푸자를 치르지만, 좀 더 강력한 축복이 필요한 사업장에는 이처럼 매일 아침 브라만이 싱싱한 꽃과 성스러운 물을 가져와서 축복을 내려주고 간다. 축복을 내리는 브라만과 그 축복의 힘을 믿는 가게 주인과의 관계는 상호 보완적이다. 서로 필요한 것을 주고받는. 어느 한쪽도 잃을 것이 없는 그런 관계!

19세기 초 인도 서남쪽 마이소르주('카르나타카 주'의 전 이름)에서 30년 이상 거주한 프랑스 신부 뒤쇼수아는 인도가 다양한 인종과 언어와 전통을 지녔음에도 평화를 유지하며, 물질적 부가 사회를 움직이기보다는 전통의 숭배를 중시하는 이유는 바로 카스트 때문이라고 주장했다. 돈과 권력이 아니라 혈통에 의해 불평등이 생겨나긴 하지만, 다양한 직업의 전문성을 확고히 구축하게 된 것도 모두 카스트 때문이라고 했다. 인도 사람들이 자신들의 그 오랜 신화와 고대의 농사법 하나까지도 잊어버리지 않고 기억하고 있는 것도 모두 생활 속에서 그대로 변함없이 이어져왔기에 가능하다. 그래서 수확이 많은 새로운 농사법을 배우는 것에 대해 별다른 흥미를 갖지 않는다. 시골 사람들은 아직도 자연이 주는 만큼의 수확을 감사히 받으며 살아간다. 수확이 적으면 더 열심히 일하며 조상신의 노여움은 아닐지 염려한다. 그런 이들이 있어서 인도는 건강하다.

왕, 신의 선택을 받은 자

인도 초기 신화에 의하면 신들과 악마들이 전쟁을 벌이던 한 시절이 있었다. 사악한 악마들의 활약으로 위험에 처한 신들이 모여서 위기를 면할 대책을 찾으려 했다. 마침내 신들은 자신들을 대신해 악마와 싸워줄 자를 임명하기로 결정한다. 바로 인드라의 탄생이다. 인드라에게 신들을 수호하는 임무를 부여하고 동시에 하늘의 왕이라는 칭호를 내린다. 왕의 탄생이다. 왕의 첫 번째 임무는 전쟁에 나가 싸우는 것이었다. 왕을 마하삼마타(mahasammata), 즉 신의 선택을 받은 위대한 자라고 부르며, 백성을 즐겁게 만들어야 할 의무를 지녀서 라자(raja)라고도 부른다.

온통 세밀화가 그려져 있는 코타 왕국의 왕의 휴식 공간. ⓒ Ha Jinhee

왕이나 왕족, 무사는 두 번째 크샤트리아 계급이다. 왕은 무엇보다도 전쟁에 나가 싸워서 승리해야 한다. 그래서 왕국을 지키고 신들과 인간들을 보호하고 소유권을 지켜주어야 하는 막대한 임무를 수행해야 한다. 왕은 부귀영화를 누리며 아름다운 여인들에 둘러싸여 향연을 즐기는 것과는 거리가 먼 목적으로 만들어졌다. 《마누 법전》에는 "악마들이 활개를 치자 빛이 사라지고 세상은 어둠과 두려움으로 가득 차게 되었다. 그러자 신들은 모두를 지켜줄 용맹한 이, 왕을 만들었다."라고 기록되어 있다.

1571년 무굴 황제 악바르가 조성한 파테푸르 시크리 왕궁. © Ha Jinhee

왕의 일과는 4시간 30분 수면, 3시간 식사와 휴식, 나머지 시간은 나라를 돌보는 것으로 정해져 있었다. 이처럼 왕은 즐기는 자가 아니라 헌신해야 하는 역할로 태어났다.

고대 인도의 서사시 《라마야나》에서는 "왕이 없는 나라엔 먹구름이 몰려오고, 번개는 치지만 비는 내리지 않고, 왕이 없는 나라엔 아들이 아버지를 공경하지 않고, 아내도 남편을 존중하지 않는다. 왕이 없는 나라에서는 강물이 마르고, 숲에는 나무들이 자라지 않고, 양 떼들에게 양치기가 없는 것과 같다."라고 하면서 왕의 중요성을 강조했다.

《라마야나》와 더불어 인도의 2대 서사시의 하나인 《마하바라타》에는 "이 세상에 왕을 대신할 자는 없다. 남자는 아내를 선택하기 전에 먼저 섬길 왕을 선택해야 한다."라고 기록되어 있다. 왕이 존재해야만 세상이 제대로 돌아간다고 생각했다. 왕은 전쟁을 통해 용맹을 과시하고, 획득한 많은 전리품을 자신이 소유하지 않고 백성과 나누었다. "왕이 다른 왕보다 나약하면 평화를 유지하는 것이 낫고, 그렇지 않다면 당연히 전쟁이다."라고 하는 것을 보면, 이해득실을 따져 실리를 추구하는 인도 사람들의 오래된 생존의 법칙을 알 수 있다.

인도를 처음 방문한 서양인들은 하나같이 인도

왕들의 화려한 궁궐과 그가 누렸던 부와 호사에 놀라워한다. 왕의 주변에는 늘 수많은 시종들과 아름다운 여인들이 있었다. 궁궐의 종교 의식을 담당하는 브라만과 미래를 예언하는 점성가도 있었다. 왕의 마차를 모는 이는 종종 왕이 속내를 털어놓는 친구가 되기도 했다. 그 외에 지식인, 음유 시인, 의사, 화가, 음악가, 광대 등 왕에게 필요한 지성과 감수성을 제공하는 이들은 궁궐 가까이에 살면서 왕이 부르면 언제든 달려갈 준비가 되어 있었다. 그 옛날 왕들은 용맹한 것뿐 아니라 인문학과 예술을 사랑하는 이들이었다.

소를 돌보는 임무가 주어진 이들

세 번째 계급인 바이샤는 상업을 직업으로 하는 이들이다. 그러나 리그베다에 의하면 바이샤는 평범한 농부 계층으로 그 외 다양한 일을 하는 이들이었다. 《마누 법전》에 의하면 바이샤에게 주어진 가장 큰 임무는 소를 돌보는 일이었다. 소를 신성시하는 힌두교도들에게 소를 돌보는 것은 중요한 임무였다. 인도의 도시에서 소가 대로를 유유히 걷는 모습을 보는 것은 신기한 일이 아니다. 심지어는 길한가운데서 눈을 지그시 감고 생각에 잠긴 듯한 소를 피해서 운전하는 데도 익숙해져 있다. 앞차 운전자에게 수도 없이 경적을 눌러대는 성미 급한 운전자도 소에게만은 꼼짝 못 한다.

이는 고대 농경 사회에서 소를 중요시했던 이유도 있겠지만, 힌두교 신화에서 소는 시바 신의 탈것이었기 때문이다. 대부분의 주요 신들은 각자의 자가용이 있는데, 황소 '난디'는 시바의 자가용인 셈이다. 난디는 시바의 장인 닥샤가 시바에게 결혼 선물로 주었다. 입구나 난간에 소를 조각한 상이 놓여 있는 힌두교 사원은 시바의 사원이다. 난디는 '기쁨을 주는 자'라는 뜻으로 시바의 탈것이자 충복의 상징이기도 하다.

시바와 난디는 고대 인더스 문명에서부터 인장에 새겨지는 등 힌두교도들에게는 경배의 대상이었다. 아직도 인도 시골 사람들은 기꺼이 집에서 키우는 소를 위해 옆방을 내준다. 농부들에게 소는 경배의 대상이자 소중한 일손이자 재산이다. 소똥조차도 말려서 연료로 사용하기에 그들에게 소는 살림 밑천이다. 시골 사람들이 소똥이 굳기 전에 주먹만한 크기로 반죽해서 자기 집 흙벽에 납작하게 붙여서 말리는 것은 일상이다. 손바닥 자국이 선명한 여러 개의 소똥이 만들어낸 친환경 기능성 벽화가 시골 사람들의 손에서 수없이 태어난다.

힌두교도들에게 가장 중요한 임무였던 소 돌보기를 해온 바이샤의 주업은 상업과 농업으로, 대대로 이어진 장사 수완과 넓은 농토를 가진 농부들은 막대한 부를 소유하게 되었다. 산티니케탄에 사는 어떤 인도 친구는 조상 대대로 쌀농사를 지은 바이샤 집안의 후손이다. 그 친구는 화장실만 열 개가 넘는 집에서 사대가 함께 살고 있다. 방은 스무 개가 넘는다. 집안일을 돕는 이들이 사는 집이 정원 한편에 따로 있다. 그들은 삼대가 함께 살고 있다. 부엌에서는 집안의 큰며느리와 요리사가 하루 종일 음식을 만든다. 아이들, 어른들, 유동식을 필요로 하는 시어른 등 각각 취향이 다른 음식을 만들어야 하기 때문이다. 후식까지도 집에서 만들어야 하기에 안주인은 더 바쁘다. 이 집안의 안주인 격인 큰며느리의 허리춤에는 아주 무거워 보이는 열쇠 꾸러미가 달려 있다.

이 집안의 아이들은 대가족이 함께 사는 삶의 방식과는 달리 성격이 개방적이고 활발하다. 아이들은 힌디어와 벵골어 이외에 영어를 자유롭게 구사한다. 인도 부모들은 기본적으로 자식들이 영어를 잘해야 한다고 생각한다. 자식들을 위해 가정에서 영어를 사용하는 이들도 많다.

인도에는 '다문화'란 단어조차가 없다. 다양한 언어와 다양한 피부색이 어울려 살아가는 생활에 익숙하기 때문이다. 뛰어난 적응력과 위기 상황 대처 능력을 일상에서 배우며 자라나는 셈이다. 서너

소를 몰고 집으로 돌아가는 목동. © Ha Jinhee

명의 아이들이 같이 다니는 것만 봐도 피부색이 다 다르다. 다르다는 것이 자연스러운 것이다. 그래서 다름을 수용하는 그들의 감각은 천부적이다. 그러면서도 자신들의 전통을 고집할 수 있었던 것은 신화와 카스트의 상호 보완적인 역할 때문이다.

그 친구 집에서 가장 중요한 푸자 의식은 아직도 나이 든 시어머니의 몫이다. 그 푸자를 위해 이른 아침 싱싱한 꽃과 과일이 배달된다. 시어머니는 매일같이 푸자 제단 앞에서 한두 시간을 보낸다. 다른 식구들은 각자 알아서 자기 일을 한다. 할아버지는 저녁 식사를 위해 이 집에 오고 나머지 시간은 다른 집에서 보낸다. 물론 그 집에도 집안일을 돌보는 가족이 별채에 살고 있다. 할아버지는 아직도 농사와 관련해서 찾아오는 많은 사람들을 만난다. 아들과 손자가 가업을 관리하지만 가장 주요한 결정은 할아버지가 내린다. 할아버지가 저녁 식사를 위해 도착하면 어린 손주들이 가장 먼저 환영한다. 할아버지는 저녁 식사를 마치면 바로 자기가 머무는 집으로 돌아간다. 그렇게 매일 같은 시간에 잠깐 식구들을 방문한다. 할머니가 할아버지의 집을 방문하는 일은 없다.

내가 만난 인도의 노부부는 나이가 들면 서로 독립적인 인간으로 돌아가서 각자 곧 다가올 죽음을 맞이하기 위한 준비에 들어간다. 소박한 의식주와 신앙생활 이외에는 그다지 관심을 보이는 일이 없다. 그래서 나이가 들면 젊고 건강하게 오래오래 살고자 하는 마음을 내려놓고 자신의 내면으로 들어가려고 노력한다. 생각이든 물질이든 가진 것을 하나씩 하나씩 내려놓으면서 떠날 채비를 하는 것이다.

이 대가족은 식구들의 식사 시간도 각기 다르다. 먼저 집안의 남자 어른들, 다음에 학교 가는 아이들, 그다음이 어린아이들, 마지막으로 집안의 여인들이 함께 먹는다. 아직도 식탁이 아니라 바닥에 앉아서 손으로 먹는다. 밥이나 차파티(빵) 이외에 달(스프),

돌가리(카레)와 주요리 한 가지와 후식의 순서로 먹는다. 이 집안은 이런 큰 집이 한 채가 아니라 서너 채가 넘는다. 그리고 수십 개의 연못이 포함된 아주 너른 땅을 소유하고 있다. 그래도 다른 여느 집과 다르지 않게 소박한 음식을 손으로 먹고 전통 의상을 입은 안주인이 하루 종일 부엌을 들락거린다.

바이샤는 오랜 기간 동안 전문 분야에서 축적한 노하우를 바탕으로 그 분야에서 부를 거머쥔 이들을 양산했는데, 그중 장사로 부자가 된 이들도 많다. 시장에서 큰 사리 상점을 대대로 운영하고 있는 어떤 상인은 옷 장사로 번 돈으로 외곽에 관광호텔을 지었다. 그런데 그 상인은 아직도 사리 상점에 나와서 계산대를 관리하고 있다. 호텔은 큰아들이 관리한다고 했지만, 정작 돈이 되는 것은 호텔보다는 사리 상점이기 때문일 수도 있다. 아니면 다양한 사람들이 오가는 시장의 그 소란스럽지만 생기 넘치는 상점이 더 익숙해서인지 모른다. 그 상점은 내가 처음 갔던 1987년이나 지금이나 바뀐 것이 아무것도 없다. 돈을 벌기만 하고 상점 내부 인테리어한 번 바꾸지 않았다. 그래도 늘 손님은 많다. 가격이 정직하기 때문이다.

네 계급 가운데 가장 하위인 수드라는 상위 계층에게 봉사하는 이들이다. 하지만 정작 이들은 직조,

금속, 목공, 석공, 향신료, 보석, 농사 등 다양한 분야 가운데 한 가지의 전문가들이어서 계급과는 상관없이 번영을 누리기도 했다. 수드라는 둘로 나뉘는데 그 가운데 상위는 순수한 수드라이고, 후자는 다섯 번째 계급인 불가촉천민으로 분류했다. 불가촉천민은 접촉해서는 안 되는 계급으로 상위 계층이 사는 동네로부터 멀리 떨어진 외곽에 살았다. 찬달라 계급이라 불렸던 이들은 일상에서 가장 험한 일을 담당해야만 했다. 시신을 운반하는 일, 범죄자를 없애는 일, 화장터 일, 술을 제조해 파는 일 등을 했으며, 가죽이나 염색 공예가, 사냥꾼, 어부 등도 여기에 속한다. 이들은 살아 있으면서도 거의 없는 사람 취급을 받아야만 했다.

인도 동남부의 타밀나두에서는 수드라 계급을 좌우로 나누어 각각의 역할을 구분하기도 했으며, 오늘날에도 부분적으로 그 기능이 남아 있다. 오른쪽 수드라는 좀 더 정한 일을 하고, 왼쪽 수드라는 그보다 더 지저분한 일을 한다. 수드라 계급은 생각하는 것보다도 훨씬 더 세부적으로 그 역할이 나뉘어 있어서 수천 년 동안 각 분야의 전문가를 양성해 냈다. 각 분야의 전문가들은 자기들끼리 같은 구획에서 살아가며 서로 그 역량을 주고받을 수도 있었다. 부와 권력에 의해 신분이 결정되는 것이 아니라 태생과 전통에 의해 결정되다보니, 인도 남부에서는 신분 상승을 목적으로 하는 결혼이 유행하기도 했다. 낮은 계급의 처녀가 브라만 계급의 남자와 혼인하는 것이었다. 그 반대인 경우에 대한 언급은 없다. 인도 사람들은 결혼에서 혈통과 가문을 절대적으로 중시한다. 하지만 요즘은 자유연애를 통해 결혼하는 젊은이들도 많다. 결혼을 영혼과 영혼의 만남으로 생각하는 자세는 예나 지금이나 크게 변한 것 같지 않다.

인도의 카스트 가운데 수드라 계층의 사람들은 사람이 살아가는 데 가장 필요한 의식주는 물론이고 공예품을 만들어내기까지 했다. 그들은 인간의 만들어내고자 하는 본성을 능동적으로 발현하면서 사는 이들이다. 바로 호모 파베르, 만들어내는 인간이다. 베르그송이 말한 호모 파베르는 뭔가를 만들어내고 그것을 사용해 자신을 둘러싼 환경을 변화시켜 결국 자기 자신을 새로운 존재로 완성하고 창조해낸다. 그런 측면에서 보면 인간의 생각을 행동으로 옮겨 무언가 의미 있는 것을 만들어내는 수드라 계층은 낮은 계급임에도 인간 본성의 발현을 통해 완성되어가는 삶을 살아가는 이들이다. 가장 낮은 계급에게 가장 의미 있는 임무를 준 것이나 마찬가지다. 아이러니가 아닐 수 없다.

시골 사람들은 농사와 연관된 신과 조상신을 숭배하고 자연에 순응하며 살아간다. 가진 것이 없고 고단한 노동에 시달리며 살아도, 불평하기보다는 주어진 것에 감사하는 마음의 여유를 지닌 이들이다. 추수가 끝나면 수확물이 많든 적든 첫 수확한 곡식을 신에게 바친다. 그러고는 춤과 노래로 감사의 의식을 치른다. 그 수확이 자신의 노고가 아니라 햇살과 비와 땅의 미생물들이 도와준 것이라고 생각하기 때문이다. 이렇게 살아가는 그들의 삶을 보잘것없고 초라하다고 생각하는 이들에 의해 그 평화가 종종 깨지기도 한다.

7

힌두교

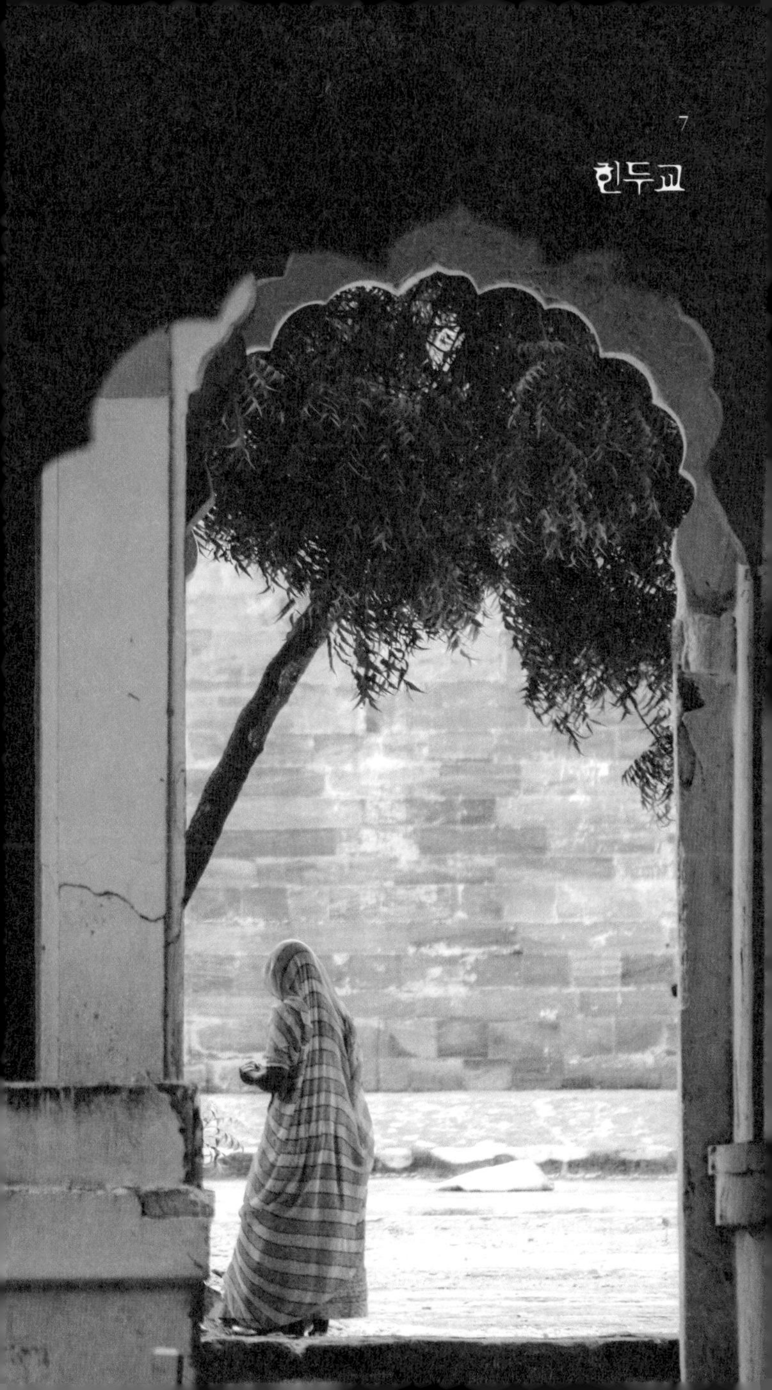

힌두교 사원, 인도 문화의 중심

　인도 전역에는 힌두교 사원이 분포되어 있다. 각
주의 주도에 대규모의 힌두교 사원이 있는가 하면,
작은 시골에도 한두 개의 힌두교 사원이 자리 잡고
있다. 힌두교도들에게 사원은 신의 거주지이며 신
이 모습을 드러내는 공간이다. 즉, 힌두교 사원은
인간에게 신과의 만남을 주선하는 장소이다. 사원
은 신에게 바치는 제사와 의식을 중심으로 건축되
었다. 사원의 건축과 형태는 모두 천상의 세계, 즉
신의 집을 상징하는 데 필요한 최상의 아름다움과
조화를 이루도록 설계됐다. 인간이 신에게 바치는
최상의 봉헌물이다. 그리고 신의 거주를 위해 하루
도 빠지지 않고 신성을 찬양하는 제식을 바친다.

힌두교 사원에서 도시락을 먹는 가족. © Ha Jinhee

사원에 봉헌된 주 신상은 사원의 중심부에서 수직으로 이어진 곳에 자리 잡는다. 그 방을 가르바그리하(garbhagriha, 지성소 또는 태실)라고 부른다. 사원의 규모나 제식을 위한 공간으로는 다소 협소하다는 느낌이 들 정도이지만, 어머니의 자궁을 상징하는 만큼 어둡고 작은 은밀한 공간이다. 여기 모셔지는 신상은 합당한 의식이 뒤따른 후에 신과 동일시된다. 브라만이 드리는 푸자는 일상적으로 하루 네 번, 즉 일출 무렵, 정오, 일몰 무렵, 자정에 치러진다.

신자들은 사원에서 사제들이 의식을 치르는 동안 참여할 수도 있고, 개인적으로 신에게 공양을 올리고 신을 예찬하는 기도와 소망을 기원할 수도 있다. 사원 내부는 신과의 만남이 이뤄지는 장소인 만큼 옷차림은 가급적 전통 의상을 입는 것을 권장한다. 남부의 많은 힌두교 사원에서는 힌두교 신자가 아니면 출입을 금하는 경우도 많다. 여성은 사리(sari)를 입고, 남성은 상체를 드러내고 전통 의상 도티(dhoti)를 걸쳐야만 한다. 처음 방문한 힌두교 사원에서 남녀 모두 삭발하는 의식을 갖는 이들도 많다. 세롭게 태어나는 것을 상징한다.

브라만이 거주하지 않는 사원은 신이 강림하기 힘든 죽은 사원이 되어버리는 경우도 있다. 사원의

케랄라주 티루바난타푸람에 있는 파드마나바스와미 힌두교 사원(비슈
누에게 봉헌). ⓒ Ha Jinhee

상층부에 깃발이 펄럭이면 브라만이 상주하는 사원
이며, 깃발이 없으면 그저 관광지로 전락한 사원이
다. 사원과 브라만의 존재는 실과 바늘의 관계이다.
브라만은 신의 강림을 주관하고 인간을 대신해 신
에게 경배와 찬양을 바치는 역할을 한다. 그리고 신
을 대신해 축복을 내려주는 역할도 한다.

　힌두교 사원에서는 브라만들이 고대 경전이나
주석서를 암송하는 정기적인 의식을 신자들에게 공
개하기도 한다. 또한 사원에서는 신을 위한 노래와
춤 공연을 여는 것도 중요한 의식으로 여긴다. 도시
나 마을 단위의 큰 축제는 모두 주요 힌두교 사원의

주관으로 열린다. 이때 화려한 거리 행렬은 신화와 관련된 테마들로 엮어진다. 거리 행렬에 동참하는 신상은 임시로 만들어지는 경우가 많은데, 주로 찰흙으로 만들어진 다음 화려하게 채색된다. 신상이 타고 다니는 수레 라타(ratha)는 신이 거주하는 사원의 형태를 모방하는데 나무, 대나무, 섬유 등으로 만든다. 이런 신의 행렬로 온 도시나 마을이 떠들썩하게 즐기는 축제 분위기가 무르익는다.

이때는 평상시 사원을 자유롭게 드나들 수 없는 이들도 마음껏 신을 경배하고 공양물을 바칠 수 있게 된다. 수천 년 동안 계속된 축제에서는 사실 어떤 행동을 해도 서로 마음에 두지 않을 만큼 들떠서 거의 광란에 가까운 춤과 노래로 며칠을 보낸다. 신을 위한 축제라고 하지만 정작 즐기는 것은 사람들이다. 이처럼 신과 인간은 서로 상호 보완적인 관계를 유지하면서 수천 년을 동고동락해왔다. 인도 사람들을 이해하는 가장 중요한 부분이기도 하다. 그들의 축제를 인파 속에서 함께 지내보면 인도 사람들이 얼마나 열정적으로 즐기는지 알 수 있다. 마치 오늘이 아니면 영원히 즐길 수 있는 날이 오지 않을 것처럼 온몸으로 즐긴다. 이 세상 마지막 날이라도 되는 듯!

힌두교의 삼신

힌두교의 신은 약 14억 인도 인구보다도 훨씬 더 많다. 인도 사람들이 정신없이 바쁘게 사는 이유 가운데 하나는 수백억 명의 신과 더불어 살아가야 하기 때문이다. 인도 전역에 흩어진 힌두교 사원을 참배하는 데만도 많은 시간이 필요하다. 그뿐인가 생애 동안 수많은 푸자 의식을 치르고 날마다 집에서도 신을 경배해야 하니 그야말로 바쁠 수밖에 없다. 신앙심이 깊은 힌두교도들에게 푸자는 신앙생활의 가장 중요한 부분이다.

고대로부터 오랜 세월을 이어오는 동안 인도 신화 속 신들의 지위와 역할은 다양한 변화를 거치게 된다. 인도 신화는 크게 베다 신화와 힌두교 신화로 나뉜다. 베다 시대에는 대체로 자연물을 숭배하여 신격화한 신들의 역할이 부각됐다. 태양의 신 수리야, 비의 신 인드라, 불의 신 아그니를 주요 삼신으로 경배했다. 리그베다(Rig-Veda)에 수록된 1028개의 찬가 가운데 대부분은 인드라 신을 찬양하고 경배했다. 베다 시대에는 인드라가 가장 주요 신이었음을 알 수 있다.

리그베다는 신들을 불러들이는, 즉 신들을 의식의 공간으로 모시기 위한 송가이다. 청하고자 하는 신의 아름다움과 고귀함을 찬양하고 경배하며, "어서 와주소서." 하는 기도이자 비밀스러운 주문이다. "아름다운 분이시여! 어서 오셔서 모습을 드러내시고 소마 한 잔 드시고, 당신의 권능을 드러내 보이소서."라고 청한다. 구절구절은 신의 아름다움에 대한 예찬으로 채워졌다.

베다가 최고의 문학적 재능을 지닌 현자들에 의해 쓰였다는 것은 의심할 여지가 없다. 그것이 기록되지 않은 채로 브라만 성직자들에 의해 끊임없이 수천 년 동안 구전으로 이어져 내려온 것은, 인도 사람들의 종교적 성향과 카스트에 의해 성직이 세습되어왔기 때문이다. 그야말로 청동기 시대의 사람들이 신에게 바쳤던 제식이 지금까지도 그 방식 그대로 하루도 빠지지 않고 이어지고 있다는 것은 상상조차 하기 힘든 일이다. 그리고 그 의식이 힌두교도들의 삶에서 가장 중요한 부분이라는 것은 더욱 놀랍다. 백 년 이백 년도 아니고 수천 년을 이어온 의식이라니! 그래서 인도 사람들이 사는 세상과 우리가 사는 세상은 너무도 다르다.

베다 시대의 자연을 의인화한 다신론적 신화와는 달리 힌두교 신화는 일원론적 다신론으로 정비된다. 즉, 힌두교도들은 신은 하나지만 다른 이름으로 불린다고 생각한다. 힌두교의 주요 삼신은 브라흐마(Brahma), 비슈누(Vishnu), 시바(Shiva)이며, 이 삼신은 삼위일체여서 실제로는 한 몸이다. 삼신은 주로 창조와 보존과 파괴를 담당한다. 그 이외의 신들의 역할이 다양한 만큼 지역이나 전통에 따라 다양한 신들이 숭배된다. 삼신의 역할이 중요한 것과는 달리 현실에서는 시바의 아들 가네샤(Ganesha), 음악과 목동의 신 크리슈나(Krishna), 죽음과 파괴의 여신 칼리(Kali), 여전사 두르가(Durga) 같은 신들이 사랑받는다. 이 신들은 사람들이 살아가는 데 절대적으로 필요한 역할을 담당하기도 하고 다양한 신화와 함께 널리 알려졌기 때문일 것이다.

창조의 신 브라흐마는 보존의 신 비슈누의 배꼽에서 피어난 연꽃에서 태어난다. 브라흐마가 두 눈을 뜨는 순간 빛이 생겨나고 어둠이 사라졌다. 그리고 브라흐마는 삼라만상을 창조했다. 브라흐마는 흔히 4~5개의 머리를 가진 신으로 묘사된다. 브라흐마는 자신의 몸에서 아름다운 여신 사라스와티를 창조했다. 그런데 태어난 딸의 아름다운 모습을 보는 순간 브라흐마는 그만 사랑에 빠지고 만다. 사라스와티는 그 눈길을 피하려고 사방으로 도망쳤다. 그것도 안 되자 마지막으로 하늘로 날아올랐다. 그때마다 브라흐마의 머리가 하나씩 생겨서 결국 다섯 개의 머리를 지니게 됐다. 브라흐마가 딸에게 말했다. "어서 내려와서 우리가 함께 이 세상의 모든 것을 창조해 보자꾸나!" 그렇게 브라흐마는 자신의 딸을 아내로 삼게 된다. 그리고 둘 사이에서 최초의 인간 마누가 탄생했다. 브라흐마는 함사(Hamsa)라고 부르는 백조를 타고 다닌다. 브라흐마는 창조를 담당하는 신의 위상과는 달리 현실에서 많은 이들의 경배를 받지는 못한다. 브라흐마를 위한 유일한 사원은 라자스탄주의 작은 도시 아지메르(Ajmer) 근처의 푸스카라(Puskara) 호수 가까이에 남아 있다.

힌두교의 삼신 가운데 두 번째 신 비슈누는 보존의 신이다. 배우자는 행운의 여신 락슈미(Lakshmi)이다. 비슈누는 최고의 신 나라야나가 창조해냈다. 나라야나는 우주를 창조하기로 마음먹고, 그 우주

시바의 아들이자 부와 명예, 지혜와 학문의 신, 가네샤. © Ha Jinhee

의 질서를 수호할 목적으로 비슈누를 창조했다. 그래서 비슈누는 우주가 위험에 처할 때마다 다양한 아바타로 태어난다. 그중 10개의 아바타가 가장 잘 알려져 있지만 그외에 무수히 많은 아바타가 있다. 비슈누의 아홉 번째 현신은 부처이다. 힌두교도들이 따로 불교를 믿지 않아도 되는 이유이기도 하다.

비슈누는 자신의 몸 오른쪽에서 브라흐마를 창조했고, 왼쪽에서는 자신을 창조했으며, 중간에서는 파괴를 위해 시바를 창조해냈다. 그래서 비슈누는 창조자, 유지자, 파괴자의 일체, 즉 삼위일체로 불린다. 비슈누의 네 개의 팔은 동서남북 네 방위와 네 개의 계급, 인생의 네 단계, 인생에서 추구해야 할 네 가지(정도, 풍요, 즐거움, 자유)를 상징한다. 또 우주를 크게 네 개의 유가(시기)로 상징하는 의미이기도 하다. 비슈누는 가루다라고 부르는 금빛 새를 타고 다닌다.

시바는 창조와 파괴를 담당하는 신이다. 삼신 가운데 가장 인기가 많다. 많은 힌두교 사원들이 시바에게 봉헌된 것만 봐도 알 수 있다. 사람들이 시바를 친근하게 느끼는 이유는 시바의 예측 불가능한 파격적인 행동 때문이다. 시바는 위엄을 과시하는 신의 이미지보다도 스스로를 낮추며 거침없는 삶을 사는 모습으로 그려진다. 시바와 관련된 신화는 지

비슈누. 작은 그림은 비슈누의 첫 번째 현신,
물고기 마트스야.

역마다 다양한 버전을 갖고 있다. 시바의 배우자로 파르바티(Parvati)가 가장 자주 등장하지만, 시바가 다른 모습으로 태어나면 배우자도 달라진다. 시바가 타고 다니는 황소 난디도 신으로 경배 받는다.

시바는 루드라의 다른 모습이다. 루드라는 베다 시대의 가장 강력한 신 인드라의 위상이 낮아짐과 동시에 그 자리를 차지하게 되었다. 루드라는 바람과 폭풍우의 신이자 사냥의 신이다. 리그베다에 루드라는 두 개의 상반된 성격을 가지고 있는 것으로 묘사됐다. 하나는 폭풍우처럼 거칠고 파괴적 이미지이고, 다른 하나는 친절하고 고요한 이미지이다. 오늘날 시바는 루드라의 이 두 가지 요소를 다 가진 신으로 묘사된다. 그래서 파괴와 창조의 신으로 불리게 되었다. 힌두 신들 가운데 시바만큼 다양한 이미지를 갖고 있는 신은 드물다. 그만큼 신화의 내용도 풍부할 수밖에 없다.

시바는 창조와 연관된 신인만큼 '링엄(Lingam, 링가 또는 시바 링가)'이라고 일컬어지는 남근의 형상으로 숭배된다. 여기에서부터 조각이 기원했다고 보는 학자도 있을 만큼 링엄은 인간의 함축적 조형 감각을 잘 드러낸 조각 작품이기도 하다. 추상 조각의 시원을 링엄의 형태에서부터 찾아야 하는 것이 아닌가 하는 생각도 해본다. 아마 서양 사람들이었

나타라자, 춤의 제왕 시바. © Ha Jinhee

다면 이 링엄의 형태에 엄청난 미학적 비평을 쏟아내서 미술사에서 중요한 작품으로 인식되도록 했을지도 모른다. 그러나 인도 사람들에게 링엄은 시바신의 상징이기에, 거기에 미술사적 의미를 부여하는 데에는 관심조차 없다.

시바가 요가와 예술의 구루인 닥시나무르티(dakshinamurti: 남쪽을 향하고 있는 현신, 시바)로 알려지기 시작한 것은 쿠샨 왕조 시대의 일이다. 산스크리트어에서 발생한 시바의 다른 이름이다. 시바의 역할이 다양한 만큼 시바의 행적 또한 예측이 불가능하다. 시바는 요기(yogi), 춤의 제왕, 보헤미안, 뜨거운 연인이었다가, 어느새 얼음처럼 차가운 명상에 빠져드는 다중적인 이미지의 신이다. 인도 신화에서는 한 명의 신이 다양한 기능을 담당하는 것이 흔한 일이지만, 시바는 고귀한 신이면서 자신을 가장 낮추는 신이어서 친근하다.

베다 시대의 삼라만상을 관장하던 신들의 개념에서 보다 더 구체적으로 인격화된 신들의 역할이 정립된 것이 오늘날의 힌두교이다. 힌두교는 삼신이 우주의 본질을 주관하고, 그 이외의 다양한 신들은 인간이 현실에서 살아가는 데 절대적으로 필요한 거의 모든 것들을 주관하는 역할을 한다. 그래서 베다 시대의 브라만이 주관했던 희생의 제식보다

뭄바이 근해의 아라비아해에 있는 엘레판타 석굴의 시바 링엄.
© Ha Jinhee

개인이 집에서 치르는 푸자가 구체적인 형식을 갖
추기 시작했다.

그렇다고 해서 개인에게 완전한 종교적 자유가
주어진 것은 아니고 출생에 의해 계급이 주어지고,
개인이 속한 카스트 내에서 허락하는 만큼의 자유
를 누릴 수 있었다. 낮은 계층에서 태어난 이들의
희망은 다음 생이다. 이번 생에서 할 수 있는 것은
신에게 헌신하며 다음 생을 기약하는 것이다. 수천
년을 카스트의 제약 아래서 살아야만 했던 고단한
삶에서 그들에게 가장 위로가 된 것은 바로 신과의

만남이었을 것이다. 카스트와 힌두교의 상호 보완적인 관계는 어느 한쪽이 없이는 결코 유지될 수 없다.

힌두교의 교리만으로 보면 우주를 관장하는 삼신의 역할이 가장 중요한 것처럼 보인다. 그러나 막상 현실에서는 삼신 이외의 신들이 더 많은 경배를 받는다. 그 다양한 신들의 축복이 없이는 삶이 팍팍해지기 때문이다. 다양한 신들에게 각기 다른 권능을 부여하고, 사람들은 그것을 위해 하루도 빠지지 않고 기도를 바친다. 사람이 살아가면서 필요한 부와 명예, 문화와 예술, 지식과 지혜, 전쟁과 평화, 효와 우애, 사랑과 헌신, 희생과 보시 등을 관장하는 신들의 역할은 절대적이다.

그래서 인도 신화에는 인도 사람들의 정신과 삶이 고스란히 담겨 있다. 고대 인도 사람들은 신들의 입을 통해 자신들이 말하고 싶은 이야기를 한 것이다. 자신들의 상상력이 허락하는 한의 거의 모든 이야기가 바로 그들의 신화다. 인도에서 신화는 단순히 오래된 과거의 이야기가 아니라 현재 진행형의 이야기이기도 하다. 인도 신화는 곧 인도 사람들의 이야기이다. 그래서 인도에서는 신과 사람이 둘이 아니라 하나다.

힌두교도들이 가장 사랑하는 신들

힌두교의 삼신 이외에 힌두교도들의 경배와 사랑을 가장 많이 받는 신으로는 가네샤, 크리슈나, 두르가, 칼리, 사라스와티를 꼽을 수 있다. 주요 삼신의 역할보다 훨씬 더 현실을 살아가는 데 필요한 것을 축복하는 신들이다. 삼신이 창조와 유지와 파괴를 담당하는 데 반해, 이 신들은 부와 명예, 문화, 사랑과 예술, 용기와 죽음 등 인간의 삶을 풍요롭고 행복하게 해줄 수 있기 때문이다. 힌두교의 신들은 너무나도 다양하고 역할도 세부적으로 구분 지어졌으나, 때로는 한 신이 여러 가지를 담당하기도 한다.

인도 사람들은 무엇이든 구분 짓고 세부적인 조항을 만들어내는 것을 좋아한다. 필요하다고 생각하는 부분에서는 구체적으로 세분화해서 명시하는 것을 무척 좋아한다. 아주 작은 부분까지도 놓치지 않고 따지고드는 성향이 많다. 그러나 반대인 경우도 허다하다. 관심이 없는 일에 대해선 손 하나 까딱하지 않는다. 이미 오래전에 구분 지어져서 세부적인 조항이 이어져 내려오는 일들에 대해선 그것을 철저하게 지킨다. 나머지 새로운 것들에 대해서는 여간해선 관심을 가지지 않는다.

그래서 합리적, 객관적 근거에 의해 상황이 처리되지 않는 일들이 많다. 예상치 못한 일이 발생하면 황당하고 두루뭉술한 방법으로 해결되기도 한다. 아니 영원히 해결되지 않고 책상 위나 선반 어딘가에 놓인 채 잊힐 수도 있다. 아직도 뜬구름 같은 신화 속 삶을 살아가는 그들에게 현실은 그저 스쳐 지나가는 바람! 그들이 신을 대하는 것처럼 진실되게 세상과 사람을 대한다면 인도는 어떻게 달라질까 궁금해진다.

힌두교도들이 특히나 좋아하는 신은 바로 가네샤다. 수많은 신들 가운데 가네샤를 좋아하는 이유는, 사람들이 부와 명예를 가장 중요하게 생각해서가 아닐까. 인도처럼 기후와 환경이 열악한 곳에서는 가진 자와 가지지 못한 자 사이의 괴리가 너무도 크다. 그래서 끊임없이 신을 경배하며 기도를 바치는 그들도 물질과 이익 앞에선 한 치의 양보도 없다.

시바의 아들인 가네샤는 우선은 그 생김새가 재미있어서 한번 보면 잘 잊히지 않는다. 코끼리의 머리에 사람의 몸을 한 것도 그렇고, 불룩 튀어나온 배도 인상적이다. 가네샤는 부와 명예의 신이자, 최초의 문학 작품을 받아 적은 학문의 신이며 지혜의 신이기도 하다. 모든 의식의 시작에 그의 이름을 부르는 것은 장애물을 제거해주는 상서로운 신이기 때문이다. 가네샤는 장사나 사업을 하는 이들에게 인기가 많은 대중적인 신이다. 힌두교도가 주인인 가게나 식당에서 가네샤를 모셔두고 경배하는 것은 당연한 일이다.

인도에서는 동물 가운데 코끼리를 가장 신성하게 여긴다. 구름이 코끼리를 낳았다고 믿는 전설도 있다. 코끼리는 힘과 지혜의 상징이다. 그래서 코끼리의 머리를 가진 가네샤를 지혜의 신으로 경배한다. 가네샤가 네 개의 팔에 들고 있는 기물의 상징성은 각기 다르다. 작은 손도끼는 허영심과 거짓 가르침을 끊기 위한 것이다. 막대기는 환상을 끊고 논리를 따르라는 지시의 상징이다. 올무는 열정과 욕망을 억제하라는 상징이다. 스위트는 우주를 상징하며 눈에 보이는 세계는 무의미하고 오직 내면세계의 존재를 알아차리는 것이 축복임을 상징한다.

가네샤의 튀어나온 배는 '쿤달리니(Kundalini)'의 상징이다. 쿤달리니는 '척추 아래 끝에 뱀처럼 똬리를 틀고 있는 에너지'라는 의미를 지니고 있다. 요기(yogi)들에게 '쿤달리니'는 깨달음을 상징한다. 가네샤의 자가용은 작은 생쥐다. '가자무카'라고 부르는 이 쥐는 원래는 악마였는데 가네샤가 선하게 만들어 탈것으로 애용하게 되었다. 가네샤의 큰 덩치로 이처럼 작은 쥐를 타고 다닌다는 것을 상상만 해도 저절로 웃음이 나온다. 신화가 주는 즐거움이다.

크리슈나는 비슈누의 여덟 번째 현신으로 태어난 신이다. 신들 가운데 일상적인 삶의 모습을 가장 많이 보여준 신이기도 하다. 크리슈나의 양어머니였던 야쇼다는 인도의 여느 어머니처럼 크리슈나를 대했다. 크리슈나 또한 천진난만한 장난꾸러기 사내아이처럼 굴었다. 엄마 몰래 요거트를 훔치거나 양들을 흩어놓는 등 개구쟁이 소년 시절은 크리슈나 신화에 자주 등장한다.

크리슈나는 악마를 무찌르기 위해 태어났지만, 정직 주어신 임무보다는 목동으로 떠돌며 한가하게 나무 아래서 피리를 불며 인생을 즐기는 모습으로 비친다. 크리슈나는 인드라 신을 섬기는 베다 전통의 신화에서 갈라져 나온 목축 부족의 신이다. 또 떠돌이 생활을 하는 외로운 목동들과 그 아내들과 함께 음악과 춤을 즐긴다.

인도 신화를 잘 들여다보면 그 안에 다양한 계층의 사람들의 삶에 활력을 불어넣으려는 배려와 친절과 해학이 담겨 있다. 높은 계층 또는 권력이나 부를 가진 사람들보다 낮은 계층의 지치고 소외된 사람들의 가슴에 즐거움을 불어넣어 주려고 한다. 다양한 신들이 하나같이 다른 모습으로 살아가며 사람들에게 누구나 나름대로의 가치 있는 삶을 살아가고 있다는 것을 알아차리게 한다. 크리슈나와 관련된 신화는 문학, 미술, 음악 등 다양한 예술 작품에 영감을 주었다. 크리슈나는 한 가지 성격으로 구분 짓기 힘들다. 다양한 이질적인 요소들로 구성된 신이 바로 크리슈나이다.

크리슈나는 잘생긴 데다 낭만을 사랑하는 신이다. 크리슈나가 피리를 불면 여기저기서 목동의 아내들이 일손을 놓고 쏜살같이 달려 나온다. 그리고 크리슈나의 손을 잡고 행복에 겨운 춤을 추며 즐긴다. 이때 크리슈나는 여인들의 숫자만큼 늘어난다. 이런 크리슈나의 모습은 연인 라다를 조바심치고 질투하게 만든다. 라다의 지나친 질투에 화가 난 크리슈나는 라다에게 백 년 동안 이별을 선언했다. 그래서 한동안 라다가 크리슈나 신화에 등장하지 않은 적도 있다. 크리슈나에 대한 라다의 맹목적 사랑은 신에 대한 인간의 헌신적 사랑의 상징이다. 인도 남성들이 여성에게 원하는 또 한 가지가 이 크리슈나 신화 속에 투영되어 있다.

브라흐마, 비슈누, 시바가 트리무르티(Trimurti)라면 파르바티, 사라스와티, 락슈미는 트리데비(Tredevi)로 불린다. 사라스와티와 락슈미는 각자 주체적인 여신으로 숭배를 받는 데 반해 시바의 아내 파르바티는 현모양처의 이미지로 묘사된다. 그래서 남편 시바와 두 아들, 가네샤와 카르티케야와 함께 가족으로 등장한다. 가족의 화목과 사랑을 주관하는 이미지이지만 단독으로 숭배되기보다는 시바의 아내로서 경배 받는다.

파르바티는 시바의 첫 번째 아내 사티(Sati)의 현신이다. 사티는 시바를 위해 희생의 제식 불길 속으로 뛰어들어 스스로 죽음을 맞는 희생적인 아내다. 사티를 잃은 시바는 슬픔을 이기기 위해 히말라야 정상에서 긴 명상에 빠져들었다. 그 순간 주변의 모든 것이 얼어붙을 정도의 한기가 몰려들었다. 그러자 악마들이 기승을 부리기 시작하고 신들은 시바를 명상에서 깨어나게 하기 위해 아름다운 파르바티를 히말라야의 딸로 태어나게 만들었다. 시바와 파르바티 사이에 아들을 태어나게 해서 악마를 무찌르게 할 목적이었다.

그러나 시바는 파르바티에게 눈길 한번 주지 않았다. 심지어는 시바에게 사랑의 화살을 쏜 카마를 제3의 눈에서 불길을 뿜어내 죽이기까지 한다. 온갖 방법으로 시바의 명상을 멈추게 해보지만 소용이 없었다. 그러자 파르바티는 조용히 시바 곁에 물이나 과일을 갖다놓으면서 기다리기만 했다. 마침내 어느 날 시바가 명상을 멈추고 파르바티를 바라보기 시작했다. 이렇게 시바와 파르바티의 사랑이 시작됐다. 파르바티는 히말라야 정상에서 오랫동안 명상과 요가에 빠져 얼음처럼 차가워진 시바의 마음을 녹여, 다시 꽃들이 피어나고 새들이 지저귀며 만물이 소생하는 봄을 불러왔다.

사라스와티는 브라흐마의 아내이자 교육, 문화, 예술의 여신이다. 사라스와티는 네 개의 손에 각각 전통 악기 비나, 책, 염주, 연꽃 봉오리를 들고 있다. 베다의 어머니로 불리는 그녀는 교육을 관장하는 여신이어서 공부하는 학생이 있는 가정에서는 늘 경배의 대상이 된다. 인도 달력으로 2월 중순경에 사라스와티 푸자가 열리는데, 이 무렵 봄비가 내리고 나를 긴장하게 하는 딱띠기 씨도 출현한다. 몇 달 동안 비 한 방울 내리지 않아서 황토 이불을 덮고 있던 나뭇잎들이 "아! 너무 힘들어. 숨쉬기조차 힘들어!"라고 고통에 겨운 외침을 토해낼 때 정말 비가 내린다. 그래서 봄비는 축복이다.

벵골 지역에서는 사라스와티 푸자를 바치는 날이 공휴일이다. 푸자 며칠 전부터 동네 아이들이 집집마다 찾아다니며 푸자를 위한 기부금을 걷는다. 그렇게 모인 돈으로 푸자 공간을 꾸민다. 여유가 있는 상인들이 많은 동네의 푸자는 제대로 격식을 갖추지만, 그렇지 않은 경우에는 재활용품을 이용해서 장식을 하기도 한다. 어떤 동네에서는 일회용 페트 용기를 이용해 신단 주변을 장식했는데, 그 아이디어가 너무 귀여워서 그들에게 나도 스위트 비용을 찬조한 적이 있다. 비용이 허락하는 만큼 신단을 꾸미고 동네 사람들이 와서 경배하게 만든다. 밤이 되면 스피커의 볼륨을 최대한 올리고 음악과 춤을 즐긴다. 평상시에 일만 하느라 놀 시간이 없었던 이들만의 시간이 온 것이다.

시골 사람들에게 이런 푸자는 곧 일상의 스트레스를 푸는 시간이다. 푸자가 끝나도 며칠은 음악 소리가 끊이지 않는다. 그렇게 푸자가 끝나서 한동안 조용하다가 곧이어 또 다른 푸자가 다가온다. 그들은 푸자를 놀이로 즐기는데 길들여져 있다. 그래서 푸자 당일이 되면 금세 거기에 몰입한다. 소꿉놀이에서 역할이 주어지는 순간 바로 그 역할에 빠져드는 어린아이들과 똑같다. 낮 동안의 경배 분위기에서 곧바로 노는 분위기로 전환하는 것이 신기할 만큼 근심 걱정을 잊고 즐긴다.

내가 보기에는 그렇게 대단해 보이지 않는데도 그들은 몹시 행복해 보인다. 돈을 별로 들이지 않고서도 그저 평상시와는 다른 분위기 자체를 즐기는 것이다. 밤새 요란한 음악을 마음껏 틀어놓고 삼삼오오 모여서, 꼭 춤을 추지 않아도 그 주변을 서성거리는 것만으로도 즐거운 것이다. 물론 집에서 빚은 술을 마시는 이들도 있다. 음악을 틀어둔 시간 동안 내내 춤을 춘다면 아무리 대단한 춤꾼이어도 지치고 말 것이다. 그래도 음악은 새벽까지 계속 이어진다. 푸자는 신을 위한 것이 아니라 사람을 경배하기 위한 의식이라는 생각이 든다.

락슈미는 비슈누의 아내로 부와 행운의 여신이다. 비슈누가 어디에나 존재하듯 그녀 또한 어디에나 존재한다. 아름다움으로 상징되는 모든 것에 락슈미가 존재한다. 즉, 여성미의 상징이며 번영의 여신으로 숭배된다. 행복한 사람들은 락슈미가 그들과 함께한다고 생각하며, 불행에 처한 이들은 락슈미가 그들에게 행운을 가져다주지 않아서라고 생각한다. 파르바티, 사라스와티, 락슈미 이외에 칼리와 두르가 여신이 많이 숭배된다.

칼리는 죽음과 파괴의 여신이다. 주마다 다르기는 하지만 벵골 지역에서는 칼리를 경배하는 이들이 많다. 내 인도 친구들의 성소에도 칼리가 주신의 자리를 차지하고 있는 것을 많이 봤다. 칼리는 검푸른 피부에 검은 머리채를 흩날리며, 붉은 혀를 내밀고 악마의 피를 사발에 받아 마시는 무시무시한 여신이다. 칼리가 목에 걸고 있는 50개의 해골로 만든 목걸이는 산스크리트 문자 50개를 상징하며 지식의 상징이다. 칼리는 죽음과 파괴의 여신이면서 곧 지혜의 여신이기도 하다.

두르가는 신들이 내린 무기를 들고 사자를 타고 전장터를 누비며 악마를 무찌르고 승리하는 무적의 여신이다. '결코 정복할 수 없는 여인'의 의미를 지닌 두르가는 시바의 여러 명의 아내 가운데 하나이다. 두르가는 비뉴수와 시바도 두려워하는 악마와 싸워도 늘 승리한다. 두르가 여신을 기리는 '두르가 푸자'는 9월과 10월 사이에 열리는데, 벵골 지역에서는 길게는 한 달간 두르가 방학이 주어진 적도 있다. 물론 지금은 그 기간이 보름 또는 짧게는 열흘로 난축됐다. 특히 벵골 지역, 비하르주, 오디샤주에서 가장 성대한 행사로 자리 잡았다.

힌두 신화에서는 남신이든 여신이든 각기 관장

하는 분야가 서로 중복되는 경우가 많다. 칼리는 그 모습만으로는 지혜의 여신으로 받아들이기가 쉽지 않다. 그녀의 허리띠는 사람의 손을 엮어서 만들었다. 손으로 하는 모든 행위가 곧 카르마(karma: 업)와 연관되는 것을 상징한다. 인간이 행위를 통제하지 않는 한 카르마의 사슬에서 벗어날 수 없다는 것을 암시한다. 칼리의 3개의 눈은 과거, 현재, 미래를 통치하는 영원히 변치 않는 힘의 상징이다.

나는 칼리의 붉은 혀와 검고 긴 머리채를 처음 봤을 때 으스스한 느낌이 들 정도였다. 그런데 이런 칼리를 숭배하는 이들이 인도에는 많다. 사람은 대개 같거나 아니면 아주 다른 대상에게 흥미를 느낀다고 하는데, 인도 사람들은 정말 아주 독특한 대상에게 흥미를 느끼는 것 같다. 나라면 집에 걸어두기도 무서운 저 칼리를 향해 매일같이 기도를 바친다. 두려워서 그런 것은 아닌지 모르겠다.

바라나시, 산 자와 죽은 자의 의식이 이곳에서

바라나시는 힌두교 최대의 성지다. 힌두교도라면 누구나 평생 한 번은 바라나시를 방문해 갠지스강에서 몸을 씻어야만 한다. 시바의 강 갠지스에서 몸을 씻는 것은 일종의 정화 의식이다. 새롭게 태어나는 것이다. 갠지스강의 지류에서 목욕할 수도 있지만 바라나시가 갖는 상징성 때문에 연중 끊임없이 순례자들이 이곳으로 몰려든다.

또한 갠지스강 가에서 화장되어 그 재가 갠지스강에 뿌려지길 소원하는 힌두교도들이 많다. 아예노년에 갠지스강 가에 방을 빌려 죽음을 준비하는 힌두교도들도 있다. 최소한의 소지품을 지니고 간소하게 살며 죽음을 맞이할 준비를 한다. 매일 아침

힌두교도라면 누구나 평생 한 번은 바라나시를 방문해 갠지스강에서 몸을 씻어야만 한다. ⓒPakr Jongmoo

강에서 목욕하고 경전을 읽고 명상과 기도를 한다. 나이가 들어 죽음을 맞이할 준비를 하기 위해 왔는데 아무리 기다려도 죽을 기미가 보이지 않아서 다시 집으로 돌아가는 이도 있다.

죽음이 임박해서 갠지스강 가로 와서 임종을 기다리는 이들도 있다. 가족이나 친지가 임종을 앞둔 이를 모셔와 방을 빌려 합숙하며 죽음을 기다린다. 그러나 정작 목숨이 언제 떨어질지 알 수 없기에 하염없이 기다리는 것은 쉽지 않아, 친지들이 거의 돌아간 후 죽음을 맞는 경우도 있다고 한다. 갠지스강가에서 죽음을 맞이하고 화장되길 원하는 것은 많은 힌두교도들의 소망이다. 이 생의 마지막 순간과 동시에 다음 생의 첫걸음을 시바의 강 갠지스에서 떼고 싶은 것이다.

갠지스강 가에서는 신화 속에서나 나올 만한 장면들이 매일같이 눈앞에서 펼쳐진다. 마치 신들이 걸어 나와서 여기저기를 활보할 것처럼 느껴진다. 시바의 분장을 하고 얼굴에는 화장터에서 나온 재를 바르고 파트라(patra, 수도승이 드는 물그릇) 하나를 들고 떠도는 승려가 사진을 찍으려는 관광객에게 자세를 취하고 손을 내밀기도 한다. 이른 아침 신의 잠을 깨우는 사원의 종소리가 울려 퍼지고 모든 어둠을 물리치는 태양이 서서히 모습을 드러낼 때 또다시 신화의 한 페이지가 열린다.

힌두교 최대의 성지인 이곳에서는 살아 있는 자들이 신에게 푸자를 바친다. 특히 갠지스강에 해가 잠기는 순간 바치는 아르티 푸자(Aarti puja, 불을 밝히는 힌두 종교 의식)는 어둠을 밝히는 불의 제식이다. 바라나시가 조성된 이후로 하루도 빠지지 않고 푸자를 바쳤다고 한다. 우기에 강가의 계단이 범람하면 푸자는 강으로부터 조금 더 거리 쪽으로 밀려난다. 예전에는 강둑을 따라 브라만들과 성자들이 많이 살았다고 한다. 지금은 강둑을 따라 호텔로 개조한 크고 작은 집들이 많이 눈에 띈다. 갠지스강가에 아예 집을 사서 살며 숙박업으로 생활비를 벌어 쓰는 외국인도 있다. 바라나시의 매력에 푹 빠진이들은 시간을 거슬러 살아가는 그 신화 같은 공간에서 마음의 평화를 찾는다.

아르티 푸자의 장소에서 조금 떨어진 곳에서는 죽은 자를 화장하는 불길이 24시간 타오른다. 어둠을 밝히는 푸자의 불빛과 주검을 태우는 거친 불길이 대조적이다. 그 옆에는 화장을 기다리는 시신들이 대기 중이다. 주황색 천으로 감싼 시신을 대나무 사다리 위에 얹어서 갠지스강 가로 메고 온다. 강가에 도착하면 먼저 빌린 나룻배에 망자를 태우고 마지막으로 강을 유람시킨 후 화장터로 옮겨 간다. 그

갠지스강에서 관광객을 태우는 나룻배들. © Park Jongmoo

바라나시의 아르티 푸자. © Park Jongmoo

갠지스강 가의 화장터. © Ha Jinhee

리 크게 슬퍼하는 이들이 없는 일상적인 모습이다.
화장터 주변에서 집안의 남자 유족들은 차례가 오
기를 기다린다. 그 주변을 주인 없는 늙은 소들이
어슬렁거려도 아무도 신경 쓰지 않는다.

갠지스강 가에선 푸자와 시신 화장 이외에도 다
양한 일들이 행해진다. 아침에는 장미꽃과 기름 심
지에 불을 밝힌 토기 등잔을 강에 띄우며 소원을 비
는 이들을 태운 작은 나룻배들로 북적인다. 차디찬
강물에 몸을 담근 후 명상과 요가로 하루를 시작하
는 이들이 다녀가고, 해가 뜨기 시작하면 도비
(Dhobi, 전문 빨래꾼)들이 바구니 가득 빨래를 담아

갠지스강 가에 해가 뜨기 시작하면 도비(Dhobi, 전문 빨래꾼)들이 바구니 가득 빨래를 담아와 빨래를 시작한다. ⓒ Park Jongmoo

와 빨래를 시작한다. 집에서 키우는 소를 데려와 목욕시키는 이가 있는가 하면, 고장 난 나룻배를 수리하는 이도 보인다. 오후가 되면 일이 없는 한 무리의 젊은이들이 시바 석상 옆에서 카드놀이를 한다. 갠지스강의 신 시바가 격식 없이 자유분방한 삶을 즐긴 것처럼 인도 사람들도 그렇게 따라 하는 것처럼 보인다. 그래서 바라나시에는 시바를 따라 하는 사람들 천지다. 다른 사람도 아닌 신을 따라 하는 인도 사람들이다.

바라나시는 가장 오래된 도시답게 그 오랜 시간의 흔적이 곳곳에 배어 있다. 힌두교 최대의 성지라는 명성과는 어울리지 않게 먼지와 쓰레기 더미들이 가득한 좁은 골목길을 걸으면서 많은 생각을 한다. 더구나 이 비좁은 골목에는 이방인의 냄새를 맡고 이빨까지 드러내며 짖어대는 개들도 많다. 나의 두려움을 눈치채고 골목을 빠져나올 때까지 따라붙는다. 남의 영역에 와서 불편한 표정을 짓는 것이 못마땅한 것일지도 모른다.

살아 있는 자들의 의식과 죽은 자를 위한 의식이 한 공간에서 치러지는 그곳의 강둑을 걸으면서 잠시 생과 사의 그 짧은 간극을 오고가는 듯한 체험을 한다. 생명 있는 자들의 기도와 죽은 자의 영혼이 경계 없이 만나는 곳이 바로 바라나시다. 이른 아침 해가 뜨기 전에 나룻배를 타고 소원을 담은 작은 등잔을 강물에 띄운다. 그 옆 화장터에서는 누군가가 이 세상과 작별한다. 삶과 죽음의 거리가 그리 멀지 않다. 수많은 사람들이 강물에 몸을 씻고, 푸자의 불빛이 어둠을 밝히는 것처럼 화장터의 불길도 꺼지지 않고, 시신을 화장한 재가 강물에 뿌려지고, 강물은 언제나 그렇듯 유유히 흐른다.

세상을 등지고자 하는 고행승들

아직도 인도의 시골에선 집 없이 떠도는 산야신 (sannyasin)을 자주 만나게 된다. 산야신은 전생에 지은 업으로부터 자유로워진 이들을 말한다. 시골 사람들은 산야신을 경배하고 시주도 한다. 그들이 가진 것은 오직 파트라(patra)라고 부르는 손잡이가 달린 물그릇 하나다. 나무나 금속으로 만들어진 이 그릇은 물을 마시거나 걸식을 할 때 등 다용도로 사용할 수 있다. 시바 신이 늘 가지고 다녔던 유일한 소지품이다. 그들은 하루하루를 걸식하며 천막이나 움집 같은 데서 지낸다.

고행을 주로 하는 고행승들이 모여 사는 마을도 있다. 이들에게 음식과 생필품을 시주하는 것 역시 시골 사람들이다. 만약 시골 사람들의 경배와 시주가 없다면 고행승들은 사라질 것이다. 시골 사람들이 진정 이들을 경배하는 것인지 아닌지는 알 길이 없다. 하지만 시골 사람들이 그 고행승들의 삶의 자세를 존중하는 것은 확실해 보인다. 그들의 고행하는 모습을 보면서 자신의 삶을 돌아볼 것이다. 그리고 주어진 삶이 아무리 힘들어도 그들의 고행보다는 안락하다는 생각을 하게 되는 것은 아닐까. 그런 의미에서 고행승들은 고단하게 살아가는 시골 사람들에게 경전의 글귀나 신성한 축복의 말보다 더 많은 용기를 불어넣어 준다. 그 고마움으로 시골 사람들은 가진 것이 없는 고행승들에게 아낌없이 시주하고 경배한다.

고대로부터 인도에선 수행자들에게 시주하는 것을 고귀한 전통이라고 생각했다. 그러나 시골 사람들에게는 시주를 통해 공덕을 쌓으려는 그런 계산은 아예 없어 보인다. 인도 최고의 부자 암바니(Ambani)와 유명 배우 아미타브 밧찬(Amitabh Bachchan)은 독실한 힌두교도이다. 그들이 자주 찾는 힌두교 사원에 시주하면 시주한 것이 두 배로 불어나 되돌아온다고 믿는 힌두교도들이 많다. 3세기에 세워진 티루파티 사원이 바로 그 사원이다. 그 사원을 세계의 모든 사원 가운데 가장 부유한 사원

갠지스강 가의 떠돌이 승려. © Ha Jinhee

이라고 인도 사람들은 믿는다. 아마도 시주를 해서 두 배로 돌려받은 이들이 계속 더 많이 시주를 해서 그렇게 된 것일지도 모른다. 그 사원이 쌓은 부가 어느 정도인지 계산할 수도 없을 정도라고 한다.

티루파티(Tirupati) 사원은 비슈누의 현신 바라하에게 바쳐진 사원이다. 티루파티는 지역 이름이고, 원래는 벤카테스와라(Venkateswara) 사원으로 비슈누의 다른 이름이다. 비슈누는 인류를 구하기 위해 세 번째로 멧돼지의 모습을 한 바라하(Varaha)로 현신했다. 언덕 위에 서 있는 이 사원을 매년 3500만이 넘는 힌두교도들이 순례한다.

한때는 영국인들이 세운 동인도 회사가 이 티루파티 사원을 인수받아 운영한 적도 있다. 그때는 그 사원에서 신에게 제식을 바치는 브라만을 영국인이 임명하기도 했다. 아마도 힌두교에 대한 관심보다는 다른 숨은 의도가 있었을 것이다. 1940년대가 되어서야 비로소 우타르프라데시주 정부로 이관되었다. 티루파티 사원은 힌두교도라면 평생에 한 번은 꼭 순례를 해야 한다고 생각할 만큼 중요한 힌두교 사원이다. 나는 1987년에 이 사원을 처음 순례하긴 했는데, 시주를 너무 조금 해서 그런지 돌려받은 기억이 거의 없다. 다음에는 좀 넉넉히 할 생각이다. 아마도 사원에 시주한 돈의 두 배를 현실에서 돌려

받아본 경험이 있는 사람이라면 더욱 열심히 찾아 갈 수밖에 없을 것이다. 사원에 시주하면 그냥 축복을 받는다고 생각하는 것보다 두 배로 돌려받는다는 말은 왠지 더 구체적이다. 그래서 신자들이 몰려가는 것은 아니겠지만, 마음속으로는 그런 셈법이 싫지는 않을 것이다.

하지만 시골 사람들은 아직 그런 셈법을 모르는 것 같다. 아니, 아예 큰 사원에 넉넉하게 시주할 만한 돈도 없다. 시골 사람들이 제대로 된 큰 힌두교 사원을 순례할 기회는 일생에 몇 번 되지도 않는다. 마을 근처의 작은 사원이나 떠돌이 승려에게 시주하는 것은 가진 것을 나누고자 하는 마음에서일 것이다. 도시에는 그런 떠돌이 승려도 눈에 띄지 않지만, 아마 있다 해도 시주를 하지는 않을 것이다. 도시인들에게 시주를 받으려면 떠돌이의 모습으로는 불가능하다. 화려한 사원이라는 겉옷을 걸쳐야 가능하다.

고행승들은 고행을 통해 자신의 생물학적인 욕망을 넘어서고자 한다. 그들의 목표는 오로지 자신의 내면세계로 관통해 들어가는 것이다. 그래서 선택한 것이 바로 고행이다. 고행의 방법도 다양하다. 하루 종일 왼쪽 팔을 들고 있는가 하면, 뜨겁게 달군 쇠똥을 토기에 담아 머리에 이고 있기도 하고, 연꽃 자세 같은 요가의 고난도 자세를 몇 시간 동안 유지하기도 한다. 한 다리로 20년 이상을 서 있었던 고행승도 있다. 그러나 그런 혹독한 고행에도 불구하고 깨달음은 마치 신기루처럼 잡히지 않는다. 세속의 모든 안락함을 버리고 삶과 죽음도 초월하고자 하는 구도의 길에도 고단한 여정의 그림자가 드리워져 보인다. 어느 편에 속하든 쉽지 않은 삶! 승과 속을 떠나 살아가는 일 자체가 결국은 고행이자 수행이다.

고대 힌두교 전통에서는 인간의 생애를 네 시기로 나누었다. (하지만 여기서는 남성에 대한 언급이다.) 첫 시기는 숲속에 있는 스승의 집에서 숙식을 하며 베다에 담긴 지식과 스승의 지혜를 배운다. 두 번째 시기는 베다를 배우고 집에 돌아와 결혼하고 가장이 된다. 세 번째 시기는 가정이 안정되고 손자를 보게 되면 집을 떠나 숲으로 가서 성자가 된다. 성자가 되어서는 여름에는 한낮의 뜨거운 태양 아래 앉아 있고, 우기에는 야외에서 생활하며, 겨울에는 젖은 옷을 입는다. 고행의 강도를 높이기 위해서다. 마지막 시기는 집 없는 떠돌이 승려가 된다. 아무것도 소유하진 않은 채 그동안 맺은 모든 인연을 끊는다. 낡고 닳아 온통 조각으로 기운 누더기를 걸치고 걸식하며 죽음을 맞이할 준비를 한다. 현재는 이대로 실천으로 옮기기보다는 이상적인 힌두교도의 삶으로 동경할 뿐이다.

나가(naga) 승려들은 실오라기 하나 걸치지 않고 벌거벗은 채로 온몸에 재를 바르고 수행한다. 하늘을 지붕 삼아 떠도는 이들이다. 이들이 2년에 한 번 여는 쿰브 멜라(Kumbh Mela)는 벌거벗은 채로 행진을 하다가 갠지스강이나 그 지류에서 목욕하는 의식이다. 정부에서 나가 승려들에게 중요한 부위를 가리고 행렬에 참가할 것을 다양한 방법으로 권유해도 소용이 없다. 막상 그날이 되면 벌거벗은 채로 거리로 몰려나온다. 그 행렬과 순례자들의 행렬이 너무나 많아서 사상자가 나오기까지 한다. 예전에는 쿰브 멜라가 끝나면 부모를 잃어버린 고아들이 많이 생겨날 정도였다고 한다. 그 고아들을 승려들이 돌보다보니 자연스레 아이들은 커서 삭발 의식을 치르고 승려가 될 수밖에 없다.

힌두교에는 다양한 종파가 있는데 그 가운데 시바 종파와 비슈누 종파가 가장 우세하다. 이 두 유파와 연관된 예술 작품은 문학, 미술, 음악, 춤 등으로 표현되어 힌두교 문화의 구심적 역할을 한다. 신들의 제왕인 시바는 춤의 제왕 나타라자(Nataraja), 시바 링엄, 달과 히말라야의 신, 갠지스강의 신, 바람과 폭풍우의 신, 사냥꾼과 어부들의 신이다. 이렇게 다양한 얼굴을 가졌으니 신화의 스토리 또한 다채롭다. 당연히 경배자들의 수는 말할 것도 없고, 시바에게 봉헌되는 사원의 수는 압도적으로 많다. 시바는 자유분방한 신이어서 더욱 매력적이다. 비슈누는 법을 수호하기 위해 자신의 아바타를 만들어내고 임무를 주어서 행동하게 한다. 그러니 당연히 관심이 10개로 분산되어 나타날 수밖에 없다. 그러나 그 열 명의 현신을 다 합쳐도 시바가 갖는 카리스마를 따라잡기 힘들다.

이마에 세 줄의 수평선 표식을 그리면 시바 종파이고, ㄷ자를 90도 돌린 표식은 비슈누 종파이다. 시바 종파는 시바의 파괴를 상징하는 무기인 삼지창이나 춤을 출 때 장단을 맞추는 작은 북을 상징으로 지니고 다닌다. 신들마다 소지하는 기물이 다르고 타고 다니는 자가용이 다르다. 자가용이라고는 하지만 실은 동물이나 가축 혹은 독수리나 백조를 타기도 한다. 자가용이라고 말할 만큼 편안한 탈것은 아니지만 자연과 소통의 상징이다.

떠돌이 승려들은 걸인처럼 보이는 이가 있는가 하면 광대처럼 치장한 이들도 많다. 시골에서 벌거 벗은 몸에 재를 바르고 있어서 스스로를 비슈누 신의 현신이라고 하는 승려를 본 적이 있다. 시골 사람들은 그의 발에 오른손을 대고 자신의 이마를 갖다 대며 경배했다. 그런 장면을 보고 있자면 그들의 생각과 행동은 아직도 신화가 쓰였던 그 시대에서 멈춰 있는 것 같다.

인도 사람들은 세계가 아무리 빠르게 변해도 자신들만의 오랜 방식대로 살아가고 싶어 한다. 우리가 생각하기에는 말도 안 되는 계급 제도, 혹독한 기후 조건, 불합리한 환경 속에서도 그것을 바꾸고 싶은 마음은 없어 보인다. 방법을 모르는 것인지 아니면 알면서도 귀찮아서 노력조차 하지 않는 것인지. 그래도 각자 주어진 역할에 충실하게 살아왔다. 그것이 깊은 체념에서 생겨난 것이라 할지라도 주어진 상황에 적응하며 서로 조화를 이룬다.

에로틱한 사원, 카주라호

　카주라호(Khajuraho)는 북인도 힌두교 사원의 화려함과 정교함의 정점이다. 10세기 초 인도 북동부 지역을 통치하던 찬델라(Chandella) 왕조는 수도 카주라호에 85기의 힌두교 사원을 세웠다. 찬델라 왕조는 북쪽에서부터 호시탐탐 기회를 노리던 이슬람 군대를 두 번이나 물리친 승리를 사원 건립의 촉매로 삼았다. 더 나아가 카주라호를 신성한 지식을 배우는 종교 센터로 만들고자 했다. 카주라호의 사원들은 거의가 힌두교 사원이고, 후기의 몇몇 사원은 자이나교와 연관된다.

　현재는 25기의 사원이 비교적 온전하게 남아 있다. 사원들은 대개 시바, 비슈누, 태양신 수리야

(Surya)와 여신들에게 바쳐졌다. 한 장소에 이처럼 많은 힌두교 사원이 조성된 것은 카주라호가 유일하다. 카주라호를 힌두교의 거점 도시로 만들고자 했던 찬델라 왕조의 야심은 부분적으로 성공했다. 힌두교도이든 아니든 카주라호를 한번 방문하고나면 누구나 기억하는 한 가지는 사원의 외벽을 가득 채운 성에 대한 적나라한 묘사들일 것이다. 물론 신앙심 깊은 이들은 그런 남녀교합상이나 관능적인 여인상을 보면서도 신이 인간에게 축복하고자 하는 풍요나 번창을 떠올릴 것이다. 아무튼 찬델라 왕조가 목적으로 했던 종교의 거점이 되기 위해서는 많은 신자들이 찾아오도록 만들어야 했을 것이고, 그런 점에서는 대성공이다.

현재 카주라호에 남아 있는 사원 가운데 시바에게 바치는 칸다리야(Kandariya) 사원과 비슈누 신에게 바치는 바이쿤타(Vaikuntha) 사원은 가장 규모도 크고 인체 크기에 가까운 남녀교합상으로 유명하다. 칸다리야 사원은 높이가 31미터로 거의 10층 건물 정도이다. 사암으로 만들어진 이 사원에는 650명 정도의 신들과 여신들, 그리고 경배자들의 모습이 부조되어 있다. 주요 인물상은 거의 실물 크기의 절반 정도나 될 정도로 크다. 사원은 대부분 붉은 사암으로 지었는데 카주라호 인근에서는 얻을 수 없

카주라호 사원의 외벽을 장식하는 다양한 형상들. Getty Images

는 석재이다. 수백 킬로미터나 떨어진 사암 산지에서 미리 계획된 조각을 다 마무리한 단위들을 옮겨와, 현장에서는 쌓아 올리기만 한 것이다. 그런 대규모의 사원 조성에는 대규모의 장인 집단이 고용되었다. 장인들의 사회적인 지위는 낮았지만 브라만과 왕족들은 그들과 상호 보완적인 긴밀한 관계를 유지해야만 했다. 장인 집단 없이는 눈에 보이지 않는 종교의 교리를 시각화할 수 없었기 때문이다.

신전의 표면에는 신들, 관능적인 여신들, 경배자들, 그리고 화려한 장식 문양이 빈틈 하나 없이 정교하게 새겨져 있다. 특히나 에로틱한 남녀교합상이나 S라인을 자랑하는 아름다운 반라의 여인들이 취하는 현란한 몸동작은 사원을 방문하는 이들에게 신이 내려주는 즐거움이자 통 큰 선물의 의미로도 충분하다. 이미 그 당시에 테마가 있는 사원을 지을 생각을 했다는 것이 무엇보다 대단하다. 역시 인도 사람다운 생각이다. 그들의 문화의 핵심에는 늘 스토리텔링이 있다. 무엇이든 이야기로 풀어내기를 좋아하고, 그 이야기는 필연적으로 재미와 즐거움을 추구한다. 그들이 매일같이 신에게 바치는 푸사 또한 놀이의 다양한 요소를 다 충족시켜준다.

카주라호에 힌두교 사원을 지은 이들은 신의 거주지라는 일반적 사실에 카주라호 사원만의 차별화

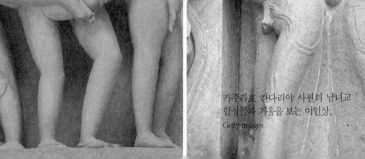

카주라호 칸다리야 사원의 남녀교
합상들과 거울을 보는 여인상.

가 필요했을 것이다. 신성시하는 사원에 그런 에로 틱한 성에 대한 묘사를 마음껏 하도록 허용하는 승려들의 여유 만만함과 포용의 자세는 더더욱 놀랍다. 그런 차별화를 거부 반응 없이 수용하는 신자들 또한 대단하다. 그 당시 일반 사람들의 성에 대한 지식이 어느 정도였는지는 알 길이 없지만, 아마도 그들이 상상조차 하기 힘든 에로틱한 장면들을 그 것도 신전에서 자유롭게 감상할 수 있어서 낯 뜨거우면서도 즐거웠을 것이다. 신자들이 사원을 자주 찾아갈 수밖에 없는 강력한 이유 하나가 추가된 것이다.

힌두 신전에 가장 많이 등장하는 주제 가운데 하나는 바로 아름답고 관능적인 여인상이다. 인도 사람들은 여성이 없는 곳은 즐거움이 사라진 공간이라고 생각한다. 여성은 곧 기쁨이자 즐거움이다. 그래서 힌두교 사원에는 여인의 다양한 일상이 표현된다. 거울을 보는 여인, 화장을 마무리하는 여인, 편지를 쓰는 여인, 악기를 연주하는 여인, 기지개를 펴는 여인, 꽃향기를 맡는 여인, 앵무새를 든 여인, 요가 자세를 취하는 여인, 이외에도 다양한 일상의 장면들이 생생하게 눈앞에서 펼쳐진다.

인도 인체 조각의 도상학적인 표현의 단위는 앙골라(Angula)이다. 앙골라는 손 한 뼘으로 가늠하는 단위이며, 이 단위에 의해 남자와 여자의 인체 비례가 만들어졌다. 고대 인도 조각가들은 인체를 표현할 때 프라나(prana: 숨결, 호흡)를 불어넣는 것을 중요시했다. 살아 숨 쉬는 것처럼 보여야만 하기에 볼륨이나 S라인의 표현을 강조했다. 인체의 생명력을 보여주기 위해 다양한 자세를 취하는 방법을 고안하기도 했다. 신상의 경우에는 손에 들고 있는 상징과 연관된 기물이나 다양한 손의 자세로 주인공의 행위를 알 수 있다. 또 다리와 발로는 요가 자세를 취하거나 양쪽 다리를 X자로 교차하면서 한쪽 발뒤꿈치를 든 모습으로도 표현했다. 살아서 숨 쉬는 것처럼 보이기 위해서는 풍부한 동작이 필요했기 때문이다.

카주라호뿐 아니라 힌두교 사원의 외벽을 장식하는 아름다운 여인들은 풍성한 형태와 부드러운 선으로 관능적으로 표현되었다. 특히 여성상은 목, 허리, 다리에서 세 번 부드럽게 꺾이는 트리방가(tribhanga)라는 자세를 취하고 있다. 트리방가는 힌두교의 신상은 물론 불상에서도 자주 표현되는 기법이어서 인도 조각을 언뜻 보면 모두 비슷해 보이기까지 한다. 얼굴과 신체 표현이 서로 거의 닮아 보이는 이유이다. 그래서 기물이나 자세를 통해 차별을 두어야 했다.

인도 미학에서 여인의 아름다움은 화려한 장신
구와 헤나로 그린 문양으로 더욱 돋보인다. 고대 조
각에 나타난 여인들처럼 장신구를 주렁주렁 걸친
여인들을 실제로 보고 싶으면 결혼식에 참석해보면
된다. 인도 사람들은 여성은 아무리 치장을 해도 지
나치지 않다고 생각한다. 오히려 장신구로 치장하
지 않은 여성을 이상하게 생각한다. 미망인의 경우
를 제외하고는 치장을 일종의 예의처럼 생각한다.
치장이 미덕인 사회다.

타지마할, 천상의 무덤

인도를 방문하는 사람은 누구든 꼭 가보고 싶어
하는 곳이 바로 타지마할이다. 타지마할은 인도 무
굴 제국의 제5대 황제 샤자한(Shah Jahan, '세계의
왕'이라는 의미)이 왕비 뭄타즈 마할(Mumtaz
Mahal, '왕궁에서 사랑받는 이'라는 의미)을 추모
하여 세운 궁전 형식의 묘지다. 샤자한은 36세이던
1627년 제위에 올라 30년 동안 제국을 다스렸는데,
그 가운데 22년을 타지마할 건설에 바쳤다. 그는 아
버지 자한기르(Jahangir, '세계의 정복자'라는 의
미)의 대를 이어 제위에 오르면서 영토를 확장하고
용맹한 황제의 위상을 과시했다. 그러나 1631년 뭄
타즈의 죽음과 함께 정사를 멀리하고 오직 왕비의

타지마할. © Ha Jinhee

무덤을 짓는 데만 온 정성을 쏟았다.

　뭄타즈는 39세에 14번째 아이를 출산하다 죽었
다. 그녀는 다른 후궁들보다 뛰어난 미모를 지니지
는 않았지만 소박하고 진실한 성품을 지녔다. 당시
의 내관들에 의하면 샤자한은 거의 다른 후궁들은
쳐다보지도 않고 오직 뭄타즈만 사랑했다고 한다.
다른 여인들보다 수천 배는 더 뭄타즈를 사랑했다
고 한다. 잠시도 그녀와 떨어지고 싶지 않아 심지어
는 전쟁터에도 그녀를 대동하고 갈 정도였다니.

　뭄타즈가 죽은 후 샤자한은 며칠 동안 식음을 전
폐하고 슬픔에 빠져서 방 밖으로 나오지도 않았다.
수염도 다듬지 않고 마치 넋이 나간 사람처럼 서성
이며 잠을 이루지도 못했다. 뭄타즈 이후에는 다른
후궁을 맞이하지 않은 것만 봐도 그녀에 대한 사랑
을 짐작할 수 있다. 그리고 마침내 그녀를 위해 세
상에서 가장 아름다운 무덤을 만들어주기로 결심한
다.

　그러나 타지마할을 완성한 후 샤자한은 비극적
운명을 맞이했다. 1657년 샤자한이 병석에 눕자 그
의 네 아들이 왕자의 난을 일으킨다. 셋째 아들 아
우랑제브(Aurangzeb, '왕좌의 장식' 이라는 의미)가
세 명의 형제들을 제거하고 아버지를 폐위한 후
1658년 제위에 오른다. 이때부터 샤자한은 아들에

의해 자신이 지은 붉은 성에 유폐되어 날마다 타지마할을 바라보면서 뭄타즈를 그리워했다. 그는 자무나강 너머의 타지마할이 가장 잘 보이는 무삼만 버즈에 갇혀 있다가 죽었는데, '포로의 탑' 이라는 뜻의 무삼만 버즈는 팔각형의 탑이다. 붉은 성과 타지마할은 그리 멀지 않은 거리이다. 샤자한과 뭄타즈의 슬픈 러브스토리는 샤자한이 나이 74세로 세상을 떠나서야 끝이 난다. 1666년 샤자한은 마침내 붉은 성을 벗어나 그토록 사랑하던 아내 뭄타즈 곁에 영원히 잠들게 되었다.

샤자한은 용맹한 황제였으나 사랑했던 아내의 무덤을 짓는다는 명분으로 나라의 재정을 거의 소진했다. 그것도 모자라 타지마할 옆을 흐르는 자무나강 건너편에 검은 대리석으로 자신의 무덤을 지으려는 무모한 계획을 세웠다는 이야기도 떠돈다. 정확한 기록은 아니니 알 수 없지만, 샤자한의 건축에 대한 집착이 결국 화를 자초하게 된다. 샤자한은 건축과 보석 수집에 엄청난 열정을 보였다. 자신이 유배당한 아그라의 붉은 성과 델리의 자마 마스지드 모스크는 모두 샤자한의 재위 기간에 지어졌다. 1656년에 완공된 자마 마스지드(Jama Masjid, '금요일의 모스크' 라는 의미)는 2만 명이 넘는 사람들이 한꺼번에 예배를 볼 수 있을 정도로 거대한 이슬람교의 예배당이다.

타지마할은 샤자한의 건축과 보석 수집에 대한 집착과 뭄타즈에 대한 사랑의 결과물이다. 샤자한은 인도 전국뿐 아니라 유럽, 중동, 중앙아시아, 중국으로부터 진귀한 보석을 수집했다. 중국에서 가져온 황옥으로 만든 술잔에 술을 마시고, 궁정 화가들에게 자신이 수집한 화려한 보석들로 치장한 초상화도 많이 그리도록 주문했다. 또 수백 개의 다이아몬드를 박고 에메랄드, 루비, 진주로 장식된 화려한 왕좌를 주문하기도 했다. 흰 대리석으로 지은 타지마할의 표면에는 온통 준보석 수준의 원석을 집어넣은 상감 문양이 화려하다. 그 화려함에 묻혀서 샤자한의 뭄타즈에 대한 사랑은 욕망이라는 다른 이름으로 기억되기도 한다.

샤자한의 아들 아우랑제브는 독실한 이슬람교도로, 이전 황제들이 펼쳤던 타 종교에 대한 관용 정책을 모두 폐지하고 인두세를 부활했다. 아우랑제브는 인도 남부까지 이슬람의 기반을 구축할 정도로 영토 확장에 힘을 쏟았다. 그는 힌두교도들에게 이슬람교로 개종하라고 강요했다. 전국 각지에서는 반란이 일어나고 안정적 통치 기반이 흔들리기 시작했다. 그렇게 18세기에 접어들면서 인도는 혼돈과 혼란의 격동기를 맞는다. 이 혼돈과 혼란의 시기

타지마할의 입구. © Ha Jinhee

에 인도에 진출한 세력이 바로 유럽 국가들이었다. 특히 영국의 진출은 두드러졌으며, 무굴 제국의 운명에는 검은 그림자가 드리우기 시작했다.

이상적 국가를 꿈꿨던 아소카 황제의 야망

아소카(Asoka, 기원전 304~기원전 232, '위대한 이' 라는 의미)는 독실한 자이나교 신자였던 찬드라굽타(Chandragupta)의 손자이다. 찬드라굽타는 왕 좌에서 물러난 후 자이나교 성자들의 방식대로 죽음을 맞이하기 위해 자이나교 성자가 될 만큼 신앙심 깊은 왕이었다. 찬드라굽타의 아들 빈두사라(Bindusara, '영롱한 진주처럼 진실된 이' 라는 의미)는 지혜로운 왕이었다. 그는 그리스와 우호 관계를 유지하고 있던 시리아 왕 안티오코스 1세 소테르(재위 기원전 281~기원전 261)와 교류하면서 그리스 무화과와 포도주, 그리고 철학자를 보내달라고 요청할 정도로 서양 철학에 대한 관심도 컸다. 안티

오코스 1세는 무화과와 포도주는 얼마든지 보낼 수 있지만 철학자는 수출할 수 없다고 거절했다.

이처럼 철학에 많은 관심을 가졌던 빈두사라의 둘째 아들이 바로 인도를 최초로 통일한 아소카다. 그러나 아소카는 통일 제국의 완성을 위해서 전진하는 과정에서 그의 야망을 방해하는 자에게는 가차 없이 칼을 휘둘렀다. 기원전 261년 칼링가 전투에서는 살아남은 사람이 거의 없을 정도로 많은 칼링가 왕국의 사람들이 목숨을 잃었다. 아소카와 그의 군대가 죽인 칼링가 왕국의 백성들은 자유를 사랑하는 선량한 사람들이었다. 아소카의 영토 확장과 하나의 인도를 만들기 위한 대가는 혹독했으나, 사람들은 대개 자신의 불행이 아니면 금세 잊는다. 그래서 인도 역사에서 아소카의 광기 어린 폭력의 전쟁은 지워지고, 그는 아힘사를 선포하고 다르마를 따른 인도 역사상 가장 위대한 군주로 기록됐다. 승자의 편에서 기록되는 역사의 아이러니다.

아소카는 잔인한 전쟁을 이끈 장본인이었다가, 등극하면서부터 인도 역사상 가장 강력하고 현명한 황제로 다시 태어났다. 물론 개과천선이라는 말이 있으니 가능한 일이다. 그래서 황제가 되자마자 자신의 과거를 참회하는 다양한 정책들을 수립했다. 아울러 모든 백성을 자신의 자식이라고 선포했다.

그가 선택한 가장 현명한 정책은 아힘사와 다르마, 인간애였다. 그는 모든 종교인들에게 동물을 희생하는 제식을 금지했다. 적어도 그의 도시 안에서는 가축이나 동물을 식용 목적으로 살육하는 것도 금지했다. 고대 인도 왕들이 전통 스포츠로 즐겼던 사냥터를 불교 성지로 전환하는 사업도 추진했다. 아소카 스스로도 육식을 하지 않았다. 아소카의 이런 다양한 정책을 시작으로 인도 사람들에게 채식은 상생의 길을 가는 첫걸음으로 인식되기 시작했다.

그가 공식적으로 선포했던 다르마는 고대 인도의 힌두 전통과 불교의 영향을 받은 것이다. 그러나 아소카는 특정 종교의 신자라기보다는 모든 종교를 다 인정하는 보다 더 폭넓은 관용의 마음을 지닌 황제가 되고 싶었다. 그래서 그는 백성들의 삶을 개선하는 인간 중심의 정책도 펼쳐나갔다. 거리에 다양한 과일나무를 심어 수확하게 하고, 약용 식물을 재배해서 질병을 치료하도록 했으며, 마을 곳곳에 우물을 파서 식수를 공급하고, 피곤한 여행객들을 위한 휴게소도 만들도록 했다. 그는 모든 백성들이 소박한 일상생활의 즐거움을 함께 누릴 수 있는 유토피아를 꿈꿨다. 정치나 종교를 뛰어넘어 인간에 대한 사랑이 가장 중요시되었던 아소카의 시대를 인도 역사의 황금시대로 부르는 이유일 것이다.

부처의 첫 설법지 사르나트의 대탑 ©Ha jinhee

아소카의 업적에 대한 평가는 다양하고, 그와 관련된 흥미로운 전설도 많이 전해진다. 그가 남긴 칙령과 명문은 대부분 브라흐미 문자로 기록되어 있었는데, 이 문자는 5세기경 멸종되었다가 19세기 중엽 해독이 가능해졌다. 산스크리트어로 기록된 '아소카의 전설'에 의하면, 그는 매우 추한 모습으로 태어났으며 피부가 너무 거칠어서 보는 사람의 눈살을 찌푸리게 했다. 심지어는 후궁들조차도 싫어할 정도라고 했다. 그가 그렇게 흉측한 피부를 가지고 태어난 것은 바로 그의 전생에 부처에게 흙을 공양했기 때문이다.

어느 날 부처가 발우를 들고 마을로 탁발을 나갔다. 길가에서 어린아이 둘이 흙장난을 하며 놀고 있었다. 자야와 비자야라는 이름을 가진 아이들이었다. 아이들은 발우를 든 부처의 모습을 신기하게 쳐다보았다. 그때 어린 자야가 "자! 가루로 빻은 음식을 드세요." 하며 한 줌의 흙을 부처의 발우에 넣었다. 친구 비자야도 옆에서 거들었다. 부처의 발우에 공양을 한 자야는 "이 공덕으로 제가 미래에 왕이 되어 이 땅을 통일하게 해주십시오. 그리고 위대하신 부처님을 경배하게 해주십시오."라고 서원했다.

그 어린 자야가 바로 아소카였고, 비자야는 신하 라다굽타(Radagupta)였다. 부처에게 순수한 마음으로 흙을 공양했기에 자야의 서원은 이루어져 통일을 이룩한 왕이 되었다. 그러나 부정한 공양물로 여겼던 흙을 부처에게 공양한 탓에 거친 피부를 가지고 태어나게 된 것이다. 인도의 위대한 인물과 연관된 전생 설화는 모두 이렇게 원인과 결과에 대해 끊임없이 지속적으로 설명한다. 주어진 모든 것이 다 내 탓임을 인정하지 않을 수 없게 만들어버린다.

전설인 만큼 다양한 해석도 많다. 흙은 대지를 상징하기에 실은 자야는 세계 전체를 부처에게 공양한 것이다. 흙을 가지고 놀았던 것은 그가 장차 세계를 지배하게 될 것이라는 것을 암시한다. 이처럼 아소카를 전설적 인물로 만들어서 그가 지닌 선과 악의 양면을 극대화시킨다. 선을 강조하기 위한 수단으로 악을 강조하는 것은 전설이나 신화에 늘 등장한다.

아소카는 표면상으로는 다르마를 따르는 불살생을 선포했다. 그러나 그의 잔인하고 야만적 성향은 그가 만든 '아소카의 지옥'이라는 감옥에서 잘 드러난다. 그는 지리카를 집행관으로 임명해 죄수를 고문하고 처형하는 감옥을 만들도록 지시했다. 지리카는 아소카의 하수인이 되는 것을 만류한 자신의 부모를 살해하고 아소카의 수하가 됐다. 그리고 불교의 지옥처럼 무시무시한 형벌을 가하는 감옥을 만들었다. 아소카는 지리카가 만든 감옥을 보고 지옥이 눈앞에 있는 것 같다고 했다. 나중에 그는 과거 자신의 모습이 아수라(阿修羅)와 같은 형상이었음을 깨달았다. 그런데 그 감옥의 외부는 아름답고 멋진 문양들로 치장했고 주변에는 잘 익은 과일이 주렁주렁 달린 나무들과 향기로운 꽃들을 잔뜩 심어서 사람들은 전혀 그 지옥을 눈치 채지 못했다.

이 전설에서 아소카는 갖은 악행을 저지르는 모습으로 묘사된다. 자신에게 불복종하는 신하 500명의 목을 자르고, 자신을 비웃었다는 구실로 500명의 후궁을 불태워 죽인다. 심지어는 불교도가 된 뒤에도 1만 8000명의 무리 가운데 한 사람의 잘못을 참지 못하고 모두를 학살했다. 자이나교도들을 학살하고 비불교도들의 머리에 현상금을 걸기도 했다. 이러한 악행은 그가 얼마나 잔인하고 권력에 굶주렸는지 보여주기 위한 것이지 설득력은 떨어지는 내용이다. 불살생이나 무소유가 자이나교의 교리였던 점만 봐도 그렇다. 하지만 그가 불법을 만나 따르면서 달라진 것을 강조하기 위해 악행을 더욱 강조할 필요가 있었을 것이다.

이처럼 아소카에 대한 다양한 비진의 전설이 있다. 그 가운데 내가 좋아하는 버전은 아소카의 인간적인 면모를 강조한다. 인도를 통일한 왕으로서보다는 한 여인을 사랑한 인간 아소카의 모습이 훨씬 더 친근하다. 그 과정에서 겪는 사랑의 갈등과 고독을 통해 조금씩 인간 본연의 모습을 찾아가는 아소카가, 불법을 만나서 180도 달라지는 아소카보다도 훨씬 더 감동적이다.

아소카는 젊은 시절 우자인이라는 작은 마을에 사는 한 여인과 사랑에 빠졌다. 그녀는 평범한 상인의 딸이었으며 독실한 불교 신자였다. 그녀의 이름은 비디샤 데비(Vidisha Devi)이다. 아소카는 첫눈에 그녀에게 반해 청혼을 했으나 비디샤는 그 청혼을 거절한다. 그러나 시간이 조금 지나 아소카가 전투에서 부상을 입고 비디샤가 그를 불교 사원에서 간호해준다. 그러는 사이 두 사람은 서로 가까워지고 마침내 산치(Sanchi, 기원전 3세기에 조성된 불교 스투파로 유명한 작은 마을)에서 혼례를 치른다. 부부가 된 두 사람은 마우리아 왕국의 수도 파탈리푸트라(Pataliputra, 파트나 인근의 인도 고대 도시)로 함께 갔다. 그러나 아소카의 모든 가족은 그녀가 왕족이 아닌 상인의 딸이기에 그 결혼을 인정하지 않는다. 그래서 아소카는 아버지의 왕궁을 떠나 비디샤와 함께 다시 우자인(Ujjain, 인도 고대 도시)으로 돌아간다. 우자인의 지사 자격으로 몇 년을 지내는 동안 아들 마헨드라(Mahendra)와 딸 상가미트라

(Sanghamitra)가 태어난다. 그 무렵 아버지 빈두사라 왕이 세상을 떠나자 왕좌를 놓고 형제들 간의 살육이 시작됐다. 아소카는 혼자서 파탈리푸트라로 돌아와서 많은 의붓형제들을 죽이고 왕위에 오른다. 빈두사라 왕에게는 1백 명의 아들이 있었다고 한다. 그렇게 왕좌에 오른 아소카는 다시 폭력과 전쟁의 길로 들어섰다.

비디샤도 아이들을 데리고 남편의 왕궁으로 왔다. 그러던 중 아소카는 칼링가 왕국과 전쟁을 벌이기 위해 출정한다. 비디샤는 아소카에게 그만 전쟁을 멈추라고 애원했지만 소용없는 일이었다. 그녀는 아소카가 야만적이고 잔인한 전장에서 승승장구하며 그 왕국의 공주들과 강제 혼인을 했다는 소식도 듣는다. 그녀는 남편에게서 더 이상 희망을 발견할 수 없다고 생각한다.

전장에서 돌아온 아소카는 비디샤가 남긴 편지한 통을 발견한다. "한때 사랑했던 분이시여! 당신은 우리가 결혼 전에 했던 약속을 모두 저버리셨더군요." 그때서야 아소카는 자신이 저지른 전쟁의 참상을 떠올리며 참회한다. 그리고 아내의 소원대로 불교도가 된다. 하지만 우자인으로 떠난 비디샤는 다시는 돌아오지 않았다. 마침내 그가 원하던 통일은 이루었으나 가족은 흩어지고 행복은 흔적도 없이 사라졌다. 아소카는 비디샤에 대한 그리움으로 하루하루를 비탄에 잠겨 보내야만 했다. 비디샤 또한 아소카를 몹시 그리워했지만 결코 그의 곁으로 돌아가지 않았다. 아들과 딸은 모두 불교 신자가 되어 포교 활동을 하기 위해 왕국을 떠났다. 아소카에게 빈디샤의 죽음을 알리는 전령이 도착했을 때 아소카의 입에서 탄식이 새어 나온다. "아! 이 어리석은 자를 용서하시오."

아소카는 비디샤의 사후에 전국에 많은 사찰을 세우고 그녀의 이름으로 불교 학교를 세우기도 했다. 그들이 결혼했던 산치에도 부처의 사리를 모신 대탑을 세웠다. 인도를 통일한 황제의 이야기나 불교도로서 아소카가 남긴 업적보다도 한 여인과의 사랑에 충실하지 못했던 한 남자의 회한이 더 애절하다.

천년의 세월이 여기에, 아잔타 석굴

　아잔타는 '인적이 드문'이라는 뜻이다. 석굴이 조성된 곳에서 멀지 않은 주변 마을 이름이 '아잔타 (Ajanta)'여서 붙여진 이름이다. 아잔타 석굴 바로 앞에는 와고라강이 흐르고 있다. 강이라기보다는 실개천에 가깝지만 승려와 순례자에게는 그야말로 오아시스였을 것이다. 우기에는 석굴이 조성된 석산에서 안쪽으로 더 들어가면 폭포가 쏟아져 내리는 곳도 여러 군데 있다.

　석굴 조성 당시 이 지역은 봄베이 항구로 들어와서 내륙으로 이동하는 거상들의 무역 통로이기도 했다. 그러다보니 자연스레 석굴도 참배하고 머물기도 하며 시주도 이루어졌을 것이다. 천장이나 벽에 이방인의 모습이 그려진 경우도 있다. 시주하는 이방인들의 신기한 옷차림이나 모습을 화가들이 그려 넣은 것이다. 아잔타 석굴의 승려들은 시주 받은 돈이 남아돌아 주변 마을 사람들에게 무이자로 돈을 빌려주기도 했다고 한다. 당연히 당대의 왕이나 귀족들의 시주가 석굴 조성의 가장 큰 재원이었을 것이다. 기록에 의하면 왕과 귀족들은 힌두교와 불교를 구분하지 않고 석굴이나 사원 건립에는 시주를 했다. 사원에 시주하는 것이 큰 공덕을 쌓는 일이라는 전통은 현재까지도 그대로 이어진다.

그런 거대한 규모의 불사를 이루기 위해서는 무엇보다도 신심과 인내와 시간과 재정 모두가 조화를 이루어야 했을 것이다. 물론 당시에는 석굴 조성을 담당하는 장인 집단이 있어서 그들이 단체로 이곳에 거주하면서 일했다. 그 장인 집단은 철저한 분업으로 이뤄져서 석공, 화공, 도구 담당, 식사 담당, 식재료 담당, 등잔 기름 담당, 그 집단의 아이들을 가르칠 교사, 심지어는 그들이 병에 걸리거나 부상을 당했을 때 돌봐줄 의사까지도 한 팀을 이뤘다고 한다.

아잔타 석굴은 기원전 2세기경부터 7세기까지 장장 900여 년 동안 조성된 불교 석굴 사원이다. 29개의 석굴이 남아 있으며, 절벽 아래로 흐르는 와고라강의 하류에서 상류 쪽으로 번호가 매겨져 있다. 석굴은 천장과 기둥 할 것 없이 장식 문양과 조각으로 가득 차 있다. 벽면은 회화로 장식했는데, 특히 석가모니의 전생에 관한 이야기인 《자타카(Jataka, '출생'이라는 의미)》의 내용이 가득 그려져 있다. 석굴은 승방과 법당으로 나뉜다. 아잔타 석굴은 1819년 발견될 때까지 1000년 이상을 망고 나무숲 속에서 깊은 잠에 빠져 있었다. 오직 들짐승과 박쥐들에게만 안식처를 제공했다. 어쩌면 다행스러운 일이기도 하다. 석굴 사원의 존재가 알려졌다면 과연 오늘날까지 온전하게 그 모습을 유지할 수 없었을지 모른다.

1819년 영국군 장교 존 스미스(John Smith)가 호랑이 사냥을 나갔다가 우연히 석굴을 발견했다. 눈앞에서 사라진 호랑이를 찾으려고 수풀을 헤치고 다니다가 석굴에 다다르게 됐다. 그러나 당시 인도는 영국이 실질적으로 지배하고 있었기 때문에 유적 발굴에 신경을 쓸 여력이 없었다. 그로부터 20여 년이 지난 후, 다수의 서양학자들이 아잔타의 벽화에 관심을 보이기 시작했고 동시에 벽화의 그림을 모사하기 시작했다. 아잔타 석굴이 서서히 그 모습을 드러내기 시작한 것이다. 아잔타 벽화의 장면들을 《자타카》이야기와 연관시켜 규명한 사람도 독

아잔타 석굴 2번 석굴의 설법하는 부처상. © Ha Jinhee

아잔타 석굴 전경. © Park jongmoo

일 학자 디터 슐링로프(Dieter Schlingloff, 1928~)였다.

이처럼 인도 사람들은 유적이나 유물의 중요성보다는 힌두교 신화를 통해 신들을 만나며 사원을 찾아가 신을 경배하는 데 더 열심이다. 아직도 인도에는 잠자고 있을 유적지가 무척 많을 것이다. 인도에도 고고학회가 있지만 그리 활발한 활동을 하고 있지 않다. 유적에 대한 관심이 없어서이기도 하고, 일상의 많은 것들이 아직도 과거의 방식 그대로이니 딱히 과거를 들여다보려는 노력을 하지 않는지 모른다.

이런 대규모의 석굴 불사의 배경에도 역시 카스트가 존재한다. 아마도 석굴 조성 기간 동안 태어난 장인의 아이들이 그곳에서 성장하면서, 자연스럽게 대를 이어 보고 배우고 현장에서 작업하며 수백 년의 세월이 무르익어갔을 것이다. 아잔타 석굴 밖에서 잠시 생각에 잠기다보면 어디에선가 장난꾸러기 아이들의 천진한 웃음소리가 들려오는 듯도 하다. 아들은 자라서 아버지의 정과 끌을 가지고 그 고단한 여정을 이어갔을 것이다. 그렇게 아이들이 어른이 되어서 생을 마감할 때까지 석굴을 떠나지 않고 작업하는 과정이 900여 년 동안 계속되었다. 그들이 석굴을 조성하면서 석산에서 쪼아낸 돌무더기들이 쌓여서 주변 어딘가에 또 다른 산을 만들었을 것이다. 진정한 예술가는 거의 요기(yogi)의 자세로 자신을 녹여서 그 영혼을 작품에 담아낸다. 그런 요기의 자세가 아니라면 상상할 수도 없는 일이다. 최고의 예술은 결국 신의 영역이다. 그래서 종교와 예술 사이에는 거리가 없다. 그 둘은 하나다.

이처럼 아잔타 석굴은 이름 모를 장인들의 신심과 인내가 녹아들어 만들어졌다. 그들의 정과 끌이 만들어낸 둔탁한 소리는 온통 메아리가 되어 하늘까지 울려 퍼졌을 것이다. 더 이상 흘릴 땀방울도 눈물도 고갈되자 주변의 와고라강의 물도 마르고 비도 내리지 않았다. 그들의 간절한 기도가 하늘에 이르고 카르마와 윤회로부터 자유로워진 이들에게 비로소 휴식이 주어진 것! 알려지지 않은 이유로 석굴 조성은 7세기 말경 막을 내리게 되고, 승려들도 모두 떠나고 석굴은 버려졌다.

정과 끌만으로 바위산을 파내는 일은 그야말로 초인적인 인내가 필요한 작업이다. 아무 생각 없이 무심의 마음으로 했다면 그들은 이미 보살의 경지였을 것이고. 공을 들인다는 것은 나를 서서히 녹여서 자아를 없애는 일! 인간이 할 수 없는 일은 없다는 생각과 함께 아잔타 석굴 순례는 늘 많은 생각을 하게 한다. 그것도 거의 천년의 세월이 녹아 있는 석굴 안에서 가만히 앉아 눈을 감으면 그 오래전 승려들의 독경 소리가 들려오는 듯하다. 아니! 그 이전에 석공들의 한숨 섞인 기도가 메아리처럼 허공을 메운다.

고대 인도 사람들의 삶이 어두운 석굴 안에서 순례자의 눈길을 사로잡는다. 벽화의 주제는 부처의 전생 이야기들이다. 자칫 종교적이어서 따분하게 생각될 수도 있지만, 막상 잘 들여다보면 너무도 세속적이어서 놀랍다. 전생 부처의 번뇌와 출가, 남은 자의 슬픔과 그리움, 고행과 깨달음, 유혹과 결단, 헌신과 사랑, 배신과 연민, 욕망과 해탈, 무지와 지혜, 생명 존중과 평등 등 다양한 삶의 모습과 지혜가 담겨 있다. 900여 년 세월 동안의 인도 사람들의 삶을 들여다보는 것과 같을 정도로 다양한 삶의 장면들이 그려져 있다.

당시의 궁궐의 장면, 왕과 왕비, 궁궐의 여인들, 무희들과 악사들, 성자들, 걸인들, 무료 급식소의 장면, 굽 높은 신발을 신은 멋쟁이 여인, 당시 유행하던 줄무늬와 체크무늬, 귀여운 오리 문양 의상도 등장한다. 요즘도 유행하는 헤어스타일과 전통 의상은 물론이고. 심지어 재스민꽃으로 만든 꽃줄 디자인은 남부 지방에서 지금도 그대로 만들어진다. 그뿐만 아니라 코끼리, 말, 개, 원숭이, 비둘기, 오리도

아잔타 석굴 1번 석굴의 부처를 수호하는 비즈라파니(금강수보살). 아잔타 벽화 가운데 가장 아름다운 보살 가운데 하나다. ⓒ Ha Jinhee

그려졌다. 벽화의 바탕에는 늘 향기로운 꽃이 흩뿌려져 있어서 인도 사람들이 얼마나 꽃을 사랑했는지도 알 수 있다. 아직도 귀한 손님을 맞이할 때 집에서는 물론이고 자동차 안과 밖을 온통 꽃으로 장식하고 의자 위에도 꽃잎을 흩뿌려놓는다. 꽃목걸이를 걸어주는 것은 당연하고. 그래서 때로는 붉은 장미 꽃잎을 깔고 앉아야 하는 경우도 생긴다.

승가와 세속을 자유자재로 넘나들며 부처의 전생을 보여주는 벽화들을 들여다보며 당시의 불교가 얼마나 설득력 있었는지 알아차린다. 처음에는 불교적 관점에서 석굴 순례를 시작하지만, 마지막 석굴 앞에서는 지혜롭게 살아가는 것이 곧 부처의 길이라는 생각으로 순례를 마친다. 다양한 생명체가 만들어내는 자비와 평등의 메시지! 그래서 경전이나 법문이 아니더라도 하루하루 살아가는 삶 속에서 진리의 길을 찾아가라고 말해준다.

왕들의 도시, 분디와 코타

델리에서 밤 기차를 타면 아침에 분디(Bundi, 라자스탄주의 작은 도시)에 도착한다. 기차가 연착을 하면 정오가 다 되어서 도착하는 경우가 많다. 어차피 인도에선 기차가 연착하지 않으면 오히려 이상할 정도다. 안내 방송이 없어도 인도 승객들은 왜 기차가 연착하는지 알려고 하지도 않는다. 기차가 어떤 정거장에서 멈춰 있으면 '아! 기차 연착하겠구나.' 생각하면 그만이다. 어쩌다 지나가는 승무원에게 왜 연착하는지 물으면, 승무원은 몹시 의아한 표정으로 '알면 어쩔 건데.' 라는 시큰둥한 표정을 짓는다. 차라리 묻지 않는 것이 속 편하다. 한두 시간이 아니라 서너 시간! 때로는 출발에서부터 시작해 반나절 이상 연착하기도 한다. 부득이 다음 스케줄을 바꾸거나 건너뛰어야 할 때도 있다. 그래도 불평하는 이들은 거의 없다. 불평해서 얻을 것도 없다는 것을 알기 때문이다. 분디에서 자이푸르로 갈 때는 기차가 12시간 이상을 연착했다. 12시간이 걸릴 거리를 하루가 걸려서 도착한 셈이다. 기차로 인도를 여행하면서 시간을 계획대로 사용하려고 하면 되는 일이 없다.

한국에서는 지하철이나 기차가 연착하면 그날 뉴스에 나온다. 인도에서 그런 소식이 뉴스에 나오게 되면 하루 종일 그 뉴스로 방송이 마비될지도 모른다. 그냥 거기에 길들여지면 속 편하다. 인도에선 인도 사람 따라 하면 그만이다. 혼자서 아무리 서둘러도 되는 일이 없기 때문이다. 그럴 바엔 차라리 천천히 무심해지는 것을 익히는 것이 훨씬 낫다. 그러는 것이 '빨리빨리' 보다 더 마음 편하다는 것도 곧 알게 된다. 인도에서는 모든 것이 마음먹기에 따라 달라진다는 것도 배운다. 주어진 상황을 긍정의 눈으로 보는 순간 세상은 빛난다. 내가 늘 인도에서 두고 쓰는 말이 있다. "Not bad!" 무슨 일이든 잘 들여다보면 늘 조금은 괜찮은 것도 있다. 그뿐만 아니라 좋은 것도 잘 들여다보면 그 안에 분명 모자란 뭔가가 있다. 뭐든 생각하기 나름! "그냥 받아들이기

분디 왕궁으로 가는 오솔길. © Ha Jinhee

로 하자." 그 순간부터 마음이 편해지고 손해 볼 것
도 없다. 그냥 마음만 먹는 것이니까.

　분디와 코타(Kota)는 라자스탄주에 있는 작은 왕
국이었는데, 지금은 아주 퇴락한 오래된 마을이다.
분디와 코타는 주로 개별적으로 인도를 여행하는
이들이 찾는 곳이다. 특별히 유적이 많이 남아 있는
지역도 아니고, 연결 교통편도 많지 않은 곳이다.
하지만 분디의 왕들이 사랑한 세밀화로 온통 장식
된 왕궁을 보고 싶다면 찾아가볼 만하다. 분디와 코
타는 한때 세밀화의 본고장으로 알려졌던 곳이기도
하다. 코타는 분디보다 약간 작은 도시이며, 역시

왕궁이 남아 있지만 분디보다 훨씬 규모가 작다.

분디와 코타는 라자스탄주의 다른 도시들만큼 인기 있는 도시는 절대 아니다. 그런데 나는 분디와 코타가 아주 마음에 들었다. 그냥 살살 걸으면서 퇴락한 왕궁을 둘러보는 것이 좋았다. 기사 아저씨가 길을 잘못 들어서 거의 20분 이상을 돌아서 가야만 했던 적이 있다. 좁고 긴 인적이 없는 오솔길은 낯설지만 신비스러웠다. 아! 그 길은 참 조용했다. 겨울이어서 길 양옆으로는 잎이 다 떨어진 잿빛의 관목들이 나지막이 줄지어 서 있었다. 모든 것이 정지된 것처럼 고요하고 평화로운 그 길이 어딘가로 계속 이어질 것 같은 분위기였다. 아직도 기억에 생생하지만 아마 다시는 찾아갈 수 없는 길이라는 생각에 더 아련하다.

만약 길을 잃지 않았다면 그런 신비한 분위기의 오솔길을 따로 찾아갈 수는 없었을 것이다. 같이 간 친구는 두려운 기색이 역력했다. 이럴 때 여지없이 발휘되는 상상력 때문이었을 것이다. 나는 아저씨에게 조금 불평을 했지만, 속으로는 탄성이 튀어나올 만큼 멋진 오솔길 때문에 불평할 마음이 전혀 없었다. 하지만 속으로 그 길의 신비를 즐기는 것이 친구에게 미안하기도 해서 아저씨에게 마음에도 없는 잔소리를 했다. 물론 그 아저씨도 내 말을 기분

나쁘게 생각하는 눈치는 아니었다. 그래서 여행은 혼자 하는 게 제일 마음이 편하다.

그 멋진 오솔길을 길게 돌고나서 겨우 왕궁의 입구를 찾아냈다. 왕궁의 규모나 구조로 보아 분디는 부유한 왕국이었던 것 같다. 왕궁 내부는 온통 세밀화로 장식되어 있다. 입구에서부터 벽과 천장 모두 그림이다. 왕의 행렬, 궁궐 연회 장면, 왕의 초상, 왕의 여인들, 사냥 장면, 다양하고 아름다운 장식 문양과 크리슈나와 라다를 그린 신화 그림도 있다. 그 당시 왕의 모든 생활은 궁궐에 상주하는 화가들에 의해서 그림으로 그려졌다. 카메라가 없던 시절 화가들의 역할은 절대적이었다. 이제 왕궁은 텅 비어 있고 관광객 몇 사람의 발길이 겨우 이어질 뿐이었다. 화려했던 그 시절의 그림 속 주인공들은 다 어디로 사라지고, 왕의 방에는 주인 잃은 낡은 의자와 침대가 덩그러니 놓여 있다. 왕비의 방 한편에 매달린 멋진 그네에는 먼지가 두껍게 내려앉아서, 손가락으로 살짝 줄을 그려보니 은으로 상감한 꽃문양이 반가운 듯 얼굴을 드러낸다.

번창하던 시절에는 여기저기서 여인들의 웃음소리가 들려오고, 그녀들의 발목에 매달린 방울에서 울리는 경쾌한 소리로 가득했을 것이다. 궁궐에는 여인들의 공간이 따로 있지만, 왕의 방에는 은밀하게 후궁이나 여인들의 방으로 연결되는 통로가 있다. 주로 좁은 계단으로 이어진다. 그래서 왕이 이동하는 통로에 매혹적인 향을 바른 여인이 서 있다가 왕을 특정 후궁의 처소로 안내하기도 했다. 어떤 왕은 그 통로가 너무 좁아서 밤에 계단에서 실족해 죽기도 했다.

왕궁이 아무리 크고 화려해도 왕이 없는 왕궁은 의미가 없다. 폐허가 된 왕궁의 발코니에서 내려다보니 분디 전체가 한눈에 들어온다. 작은 마을일지라도 왕은 가장 전망 좋은 곳에 왕궁을 소유하고 있었다. 우기에는 빗소리를 들으며 더위를 피하기 위해 호숫가에 지은 여름 별장에서 아름다운 여인들의 춤과 음악을 즐겼다. 마치 외계인의 건물처럼 생긴 힌두교 사원을 중심으로 작은 사각형의 집들이 틈새 하나 없이 다닥다닥 붙어 있다. 아주 복잡한 레고 조립처럼 보이는 사원 건물을 빼고는 거의 닮은꼴의 집이다.

왕은 밤마다 마을의 불빛을 내려다보면서 무슨 생각을 했을지 궁금해진다. 오래전 그 작은 도시에 살았던 사람들의 후손들은 여전한데, 정작 왕은 그 왕궁과 백성들을 남겨둔 채 어디로 떠나버린 것인가. 그 왕궁 크기만큼의 외로움이 왕을 마을로 내려오게 만들었을지도 모른다. 그래서 왕궁 호텔에서 며칠을 지내고나면 시끌벅적한 보통 사람들의 동네가 훨씬 더 마음 편하게 다가온다.

분디의 세밀화는 분디 양식이라고 불릴 만큼 널리 알려진 적도 있다. 왕궁을 온통 세밀화로 장식한 것만 봐도 이 지역에 세밀화 화가들이 얼마나 많았는지 짐작하게 한다. 왕들의 미술에 관한 취미도 알 수 있다. 세밀화가 한때 번창한 곳임을 실감나게 한다. 상업이 번창하던 시절 부유한 왕들은 실력 있는 화가들을 많이 고용해서 왕궁에 상주하도록 했다. 그리고 자신들의 일상을 그림으로 그리게 했다. 무굴 제국의 황제들 가운데 아크바르, 자한기르, 샤자한은 모두 세밀화 화가들의 적극적 후원자였다. 무굴 황제들에게 세밀화는 그림으로 기록하는 그들의 일기장이나 마찬가지였다. 그래서 자한기르는 자신이 후원에 들었을 때나 아편을 피우는 장면까지도 사실대로 그리게 했다. 심지어는 죽어가는 사람을 궁궐로 데려와 화가들에게 그리게 했다. 요즘 같으면 당연히 비난을 받을 일이지만, 자한기르는 화가들에게 거의 모든 것을 그림으로 그려볼 기회를 제공해주고자 했다.

라자스탄주의 작은 도시에는 분디 왕궁처럼 돌보는 이 없이 방치된 왕궁이 꽤 많다. 후손들이 약간의 리모델링을 해서 호텔로 꾸며 관광객을 받는

곳도 있다. 나도 호기심에 비싼 숙박료를 내고 몇 군데 머물러본 적이 있다. 겨울에는 대리석 바닥에서 한기가 올라오고 방이 너무 넓어서 춥다. 욕실은 너무 커서 썰렁하고 뜨거운 물도 시원하게 잘 나오지 않는다. 특히나 거슬렸던 것은 넓은 식당의 벽에 가득 걸린 박제된 동물의 머리였다. 사냥을 스포츠로 여겼던 왕들이 잡은 호랑이, 표범, 사슴 등이었다. 식사하는 동안 내내 나를 내려다보고 있는 동물들의 눈빛은 지금 생각해도 현기증이 난다. 아무튼 나의 왕궁 호텔 체험은 그리 유쾌하지 못했다.

분디에서는 팔키아 하벨리라는 부유한 상인의 집에서 머무는 이색 체험도 했다. 하벨리는 저택이라고 부르기는 그렇지만 방이 20~30개나 되는 집이다. 대문을 들어서면 큰 나무들이 있는 중정이 나오고 바깥채와 안채로 나뉜다. 대개 안채는 주인 가족들이 사용하고 바깥채를 손님에게 내준다. 내가 머문 하벨리는 비교적 규모가 큰 편이었다. 호텔과는 달리 마치 친척 집에 머무는 느낌이 들어서 편하다. 거의 200~300년이 넘는 집이지만 비교적 깔끔하다. 넓은 방에는 오래된 가구들이 놓여 있고 색유리로 만든 조명등까지 그대로 남아 있다. 왕궁만큼은 아니지만 집 구석구석에 세밀화가 그려져 있다. 손님 방은 10개 정도이다. 방은 넓고 화장실도 깨끗하며 응접실도 딸려 있다.

손님들은 중정의 나무 그늘 아래 식탁에서 아침 식사를 한다. 인도식이나 서양식 가운데 미리 주문할 수도 있다. 원하는 만큼 과일이나 차를 마음껏 달라고 해도 된다. 나는 홍차와 레몬, 토스트와 버터, 사과와 파파야, 삶은 계란을 원했더니 푸짐하게 차려주었다. 음식을 나르는 젊은이는 우리에게 이것저것 질문을 하며 부엌과 식탁을 오갔다. 시간이 꽤 걸려서 아침 식사를 끝냈다. 부엌이 본채에 있어서 그런지 한번 가면 한참 있다가 필요한 것을 갖다 주었지만 기다리는 재미가 있어 나쁘지 않았다.

오후 티타임 후에는 중정에 있는 보리수나무 그늘에서 이 집의 가장 어른인 할아버지가 힌두교 산스크리트 경전을 베껴 쓰시는 모습을 볼 수 있었다. 분디와 코타에서는 왕궁 이외에는 딱히 구경할 것도 없어서 할아버지가 추천한 세밀화 화가 쉐이카 모하마드 루크만(Sheikh Mohammad Lugman, 1957~)의 집과 작업실도 찾아가고 세밀화도 몇 점 구입했다. 분디와 코타에서는 아직도 자신의 집을 세밀화로 장식하고 결혼 선물로 특별한 세밀화를 주문하는 이들도 있다.

힌두 여신도 사랑한 루이비통 문양

고대 인도 사람들은 가장 먼저 면직물을 생산했다. 인더스강 유역에서 발견된 기원전 약 3000년 고대 인도의 것으로 짐작되는 무명천이 가장 오래된 면직물 유물이다. 인도는 목화의 원산지로 세계에서 가장 많은 목화를 재배했다. 그러나 정작 면직물 산업으로 막대한 부를 얻은 것은 영국이었다. 영국은 1745년부터 200년 동안 인도를 공식적으로 강점했다. 그 전 100년은 경제로 인도에 첫발을 내디뎠던 긴 탐색의 시간이었다.

캘커타에 세운 동인도 회사가 바로 그 시작이었다. 영국은 거의 300년을 인도에서 활개 치고 다녔다. 인도 전역에 철로를 놓고, 그 철로를 이용해 다양한 원자재를 모아서 영국으로 가져갔다. 그때 영국 사람들이 깔아놓은 철로 위로 지금도 기차가 시골 구석구석을 달리고 있다. 인도 사람들은 석굴이나 사원은 수백 년에 걸쳐서 조성하면서도, 정작 편의 시설에는 아예 관심조차 없어 보인다. 상위 계층은 카스트 제도의 가치 체계에 갇혀 영적 세계에만 집중하며 자신들의 지위를 유지하기 위해 노력했다. 하위 계층은 그 상위 계층을 받쳐주는 지지대의 역할을 담당해야만 했다. 그렇게 수천 년 동안 이어진 계층 간의 철저한 역할 분담이 긴 세월 영국의 지배를 받으면서도 그들의 오랜 전통과 문화를 지켜내도록 했다. 그래서 인도 사람을 '기이한 승리자'라고 부르기도 한다.

캘커타는 벵골 지역의 면직물과 다르질링의 차를 영국으로 가져가는 데 최적의 장소였다. 영국 사람들이 벵골 시골 사람들이 베틀에서 짜내는 면직물의 품질과 싼 가격에 놀랐을 것은 너무도 당연하다. 또 문양의 종류로 따지면 인간이 생각해낼 수 있는 거의 모든 문양이 인도에 있다고 해도 과언이 아닐 것이다. 당시 영국은 모직물이 주류를 이루던 때였다. 인도에서 가져간 면직물로 의상을 맞추는 것은 영국에서도 상류 사회 여성에게나 가능한 일이었다고 한다. 그렇게 시작된 영국 사람들의 면직물 사랑이 결국에는 인도를 통째로 가지고 싶도록 만들고 말았다.

또 해발 2300미터에 위치한 다르질링에서 생산되는 차는 영국 사람들이 그때까지 맛보지 못한 품격을 지닌 맛이었을 것이다. 영국 사람들은 다르질링에 철로를 놓았다. 장난감 기차를 연상케 하는 작은 기차로 거의 정상까지 오를 수 있었다. 그리고 다원을 운영하며 양질의 차를 통째로 가져갔다. 전망 좋은 곳에 별장을 세우고 여름 별장으로 이용했다.

캘커타를 첫 여행지로 선택하는 이들은 많지 않다. 인구가 많고 낙후한 도시로 인도인들조차도 길 가다가 뱀과 벵골 사람을 동시에 만나면 우선 벵골 사람을 더 조심해야 한다는 속담이 있을 정도다. 이처럼 이들은 상대하기가 어렵다는 뜻이다. 가장 먼저 영국인들의 강점기를 겪은 후유증일 수도 있다. 영국인들은 캘커타의 중심 구역을 자신들만의 전용 거리로 지정하고 인도인들의 출입을 금했다. 물론 자신들에게 봉사하는 사람들만 출입하게 했다. 그래서 파크 거리(Park Street)에는 아직도 영국 사람들이 세운 오래된 건물들이 즐비하다. 현재는 주로 호텔, 상점, 맨션, 골동품 가게, 음식점이 들어서 있지만 당시에는 영국인들의 거리였다.

캘커타 인도 박물관은 파크 거리에서 걸어서 10

바르후트(Bharhut) 불교 유적에서 발굴한 스투파를 그대로 옮겨놓은 캘커타 인도 박물관 1층의 불교 고대 유물실. ⓒ Ha Jinhee

분 정도 거리에 있다. 인도 박물관이 캘커타에 세워지기까지는 아주 오랜 시간이 걸렸다. 영국인 윌리엄 존스(Sir William Jones, 1746~1794, 영국의 문헌학자)가 1784년 캘커타에 세운 아시아 벵골 학회(Asiatic Society of Bengal)에서부터 서서히 그 싹이트기 시작했다. 인도를 포함 아시아 문화의 연구와교류를 시작으로 인도 고대 유물을 한자리에 정리하고 공개하려는 움직임이 일었다. 그 생각이 모습을 드러낸 것은 1808년 인도 정부로부터 현대의 땅을 획득하면서였다. 그리고 우여곡절 끝에 1814년인도 최초의 박물관으로 등록되고 1875년에 건물의 일부가 완성되었으며, 그 뒤 여러 차례 확장되어 현재의 모습을 갖췄다. 박물관이 시내에 있어서 접근성도 좋고 건물이 별로 크지 않아서 전시물을 찬찬히 감상할 수 있다. 캘커타 박물관은 초기 불교 조각과 굽타 왕조의 힌두 신상 등 훌륭한 유물을 많이 소장하고 있는 것으로 유명하다.

바르후트(Bharhut) 불교 유적에서 발굴한 스투파(stupa, 탑)를 그대로 옮겨놓은 1층의 불교 고대 유물실에서는 쉽게 발길을 옮길 수 없다. 아무리 보고 또 봐도 도대체 누가 이렇게 만들 수 있었을까 하는 궁금증에서 헤어나지 못한다. 특히나 이 유적은 어떤 시골 사람이 마을 뒷산 쪽에서 도마로 사용하려고 가져온 붉은 돌 하나 때문에 발굴되었다. 사용하다 보니 그 도마가 너무 마음에 들어서 한 개 더 찾으러 갔다가 그 주변에서 거대한 불교 유적의 흔적을 발견했다. 그 유적을 1873년 영국의 고고학자 알렉산더 커닝엄(Alexander Cunningham)을 비롯한 고고학자들이 발굴해서 박물관으로 옮겨왔다. 바르후트 유적에서는 초기 불교 미술 유물이 많이 발견되었다.

나는 캘커타 인도 박물관을 수도 없이 자주 갔다. 그래서 요즘은 아예 좋아하는 유물 앞에서 오랜 시간을 보내는 것을 좋아한다. 나는 특히 5세기의 마투라 여인상을 좋아한다. 그 여인상은 남아 있는

5세기의 미투라 여인상. 하체만 남아 있지만 생동감이 넘친다. 캘커타 인도 박물관. ⓒ Ha Jinhee

부분만으로도 숨결이 느껴질 정도로 생동감 있다. 인도 미술가들이 가장 중요하게 생각하는 프라나의 표현이 느껴진다. 조각가가 불어넣어준 그 숨결이 1500년이 지난 현재까지도 생생하다. 여인상에 표현된 근육의 탄력만으로 보면 긴 세월을 늙지도 않은 채 살아가고 있는 셈이다. 여인의 자태는 어느 방향에서 봐도 역동적이다. 갈 때마다 앞에서 옆에서 뒤에서 보아도 완벽하다. 그 앞에 서면 늘 마음속으로 내가 표현할 수 있는 최고의 찬사를 보낸다. 박물관을 나오기 전에 마지막으로 다시 한 번 그 앞에 서는데, 그때도 같은 심정이다.

코로나19 팬데믹 이전에 친구 딸과 함께 캘커타 인도 박물관에 갔다. 친구 딸은 미술사학이 전공이어서 인도에 관심도 많았다. 각자 자유롭게 관람을 하던 도중에 친구 딸이 나를 잡아끌었다. "루이비통 문양이 있는데요. 여신이 걸친 의상에 있어요." 친구 딸이 이끄는 대로 가보니, 맞다! 굽타 왕조 시대에 제작된 상체를 드러낸 여신상이 아랫도리에 걸친 천을 들여다보니 영락없는 루이비통의 꽃문양이었다.

몇 번 들여다봐도 거의 똑같았다. 만약 내가 발견했다면 시력이나 명품에 대한 안목이 젊은 사람에 비해 떨어지기에 그리 신뢰할 수 없을지도 모르지만 친구 딸은 아니었다. 시력도 좋고 나보다는 훨

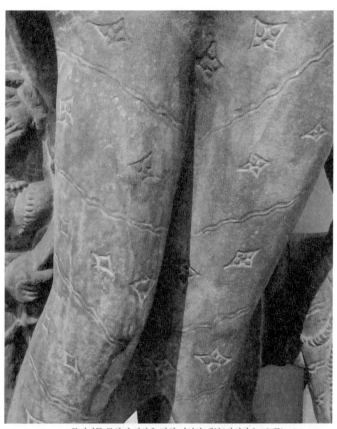

루이비통 문양의 의상을 걸친 여신상 세부(전신상은 363쪽). ⓒ Ha Jinhee

썬 더 루이비통 꽃문양을 많이 봤을 것이다. 친구 딸은 전공을 잘 선택한 것 같다. 눈썰미도 좋다. 나는 수도 없이 봤지만 찾아내지 못한 것을, 그것도 한 번에. 맞다. 정작 나는 인도를 너무 자주 가서 놓치는 것투성이였다는 것을 그때 알았다. 루이비통 문양보다 더 중요한 것을 알아차리게 됐다.

굽타 왕조 때 그려진 아잔타 석굴의 벽화에는 이미 체크무늬나 줄무늬가 등장했다. 심지어 싯다르타 왕자가 왕궁을 떠나는 출가의 장면에는 군중 속의 한 남자가 귀여운 오리 문양이 있는 의상을 입고 있다. 중년으로 보이는 그 남자의 의상에 오리 문양을 그려 넣은 화가의 재치가 놀랍다. 더구나 그 순간은 싯다르타가 몰래 왕궁을 떠나 출가하는 심각한 분위기임에도 화가는 순례자에게 웃음을 선사한다. 나는 아잔타 석굴의 벽화에서 그 오리 문양을 찾아내고 한참을 그 자리에 멈춰서 들여다봤다. 인도는 각 주와 지역마다 다른 직조 방법과 문양, 색채를 사용한다. 신기하게도 그들은 지역마다 서로 언어는 달라도 어느 지역에서 생산된 직물인지는 귀신같이 알아본다는 것이다.

인도는 잘 들여다보면 아직도 그 속에서 노다지를 발견할 만한 것들이 많다고들 한다. 단지 황금을 찾아내는 안목이 있기만 하다면 말이다.

굽타 왕조의 나무 아래 여신상. 하체를 가린 천의 문양이 루이비통 문양과 똑같다. © Ha Jinhee

인도 고대 문명을 꽃피운 아리아인

인도인들은 전통적으로 역사를 기록하는 일에는 관심을 갖지 않았다. 그들의 고대 문명에 관한 기록이 거의 남아 있지 않은 점으로 짐작할 수 있다. 17세기경부터 인도를 방문하기 시작한 서양 학자들이 인도 고전 학문에 대한 관심을 갖기 시작하면서 부분적으로 인도 역사가 정리되기 시작했다. 서양 학자들은 남아 있는 베다 경전이나 그 외의 신화나 힌두교와 관련된 자료를 해석하기 위해 산스크리트어를 배워가며 인도 역사의 퍼즐을 맞추려고 노력했다. 그러나 그 노력만으로 인도의 과거를 제대로 알기에는 한없이 부족하다.

서양 학자들은 인도 문화의 가장 찬란했던 시기

를 고대 문명에서 찾을 수밖에 없었다. 그래서 인도의 역사는 변화도 발전도 없는 정체된 문명이라는 의미로 인식되기 시작했다. 인도의 이러한 이미지는 현대인들에겐 부정보다는 긍정의 의미로 받아들여지는 측면이 더 많다. 그래서 전통을 지켜낸 인도인들의 삶을 동경하고 인도의 원시를 예찬하는 유럽의 지성인들도 많이 생겨났다. 인도를 "지구상에 남은 유일한 낙원"이라고 말한 앙드레 지드, 인도 땅에 발 한 번 딛지 않고도 인도를 동경한 장 그르니에, 스리랑카에서 인도인들의 삶을 흥미롭게 서술해낸 헤르만 헤세가 그들이다. 또 실뱅 레비는 "매혹의 땅, 인도는 태고의 시간을 간직한 곳"이라고 했다.

서양 학자들은 인도 사람들의 삶 속에 녹아 있는 퍼즐의 조각들을 찾아서 인도라는 거대 문명의 실체를 확인하고 싶어 한다. 그래서 많은 노력을 들였다. 하지만 정작 인도 사람들은 자신들의 과거에 대해서는 그다지 큰 관심을 보이지 않는다. 이 찰나같이 짧은 생을 과거의 퍼즐을 맞추면서 보내기는 싫어서일 것이다.

인도인들은 관심조차 없는 인도의 역사를 서양 학자들이 더 애정과 관심을 기울여 연구하는 점도 특이하다. 그것은 인도가 결코 모습을 드러내지 않기 때문이다. 인도는 "인간의 생애를 고작 바람결에 흩어지는 한 무리 날벌레 정도로 하찮게 여긴다."라는 장 그르니에의 생각이 맞을지도 모르겠다. 그래서 서양인들이 그렇게 애쓰며 인도의 역사를, 철학을, 문학을 정리하려고 하는 것이 인상적이거나 고맙다는 생각은 아예 없다. 오로지 신에게로의 회귀만이 의미 있는 일이라고 생각한다. 인간은 상황에 따라 늘 바뀌는 존재라고 하는데, 인도 사람들이 바뀌지 않는 것은 그들의 상황이 아직도 과거에 머물러 있기 때문일 수도 있다.

인더스 문명은 현재 파키스탄 영역인 인더스강 유역에서 번영했으며, 인도라는 명칭도 인더스강에서 유래했다. 인더스 문명은 인류 최초의 문명 가운데 하나로, 기원전 2600년경 인더스강 유역에서 하라파(Harappa)와 모헨조다로(Mohenjo-daro) 등의 도시 문명을 일으키며 시작되었다. 인더스 문명은 토기와 석기도 함께 사용하는 청동기 문명이었다. 인더스 문명을 일으킨 사람들은 수로 개발을 비롯해 상하수도 관리 능력이 탁월했으며, 대형 건물과 사원의 건축에도 뛰어난 기술을 지녔다. 그러나 그들이 어떤 사람들이고 어디서 이동해왔는지는 별로 알려진 것이 없다. 당시의 문자가 발견되기는 했으나 아직 해독되지 않았기 때문이다. 후대 학자들의

분디 도시 한가운데 있는 힌두교 사원. © Ha Jinhee

추측에 의하면 그들은 토착민이었던 드라비다인
(Dravidian)이거나 혹은 그보다 먼저 인도 아대륙에
정착한 문다(Munda)족이었을 것이다.

　드라비다인은 오늘날 인도 남부 지방에 주로 분
포되어 살고 있다. 아리아인(Aryan)이 인도 북쪽으
로부터 들어오면서 기존에 정착하고 있던 드라비다
인이나 다른 소수 부족과의 충돌은 불가피했을 것
이다. 말을 길들이고 호전적인 아리아인들이 토착
민들을 남쪽으로 밀어냈다고 본다. 아리아인이 들
어오기 전부터 인도에는 이미 떠돌이 고행승들이
존재하고 있었다고 한다. 삶과 죽음에 대한 성찰과

사유가 이루어졌음을 짐작할 수 있다. 드라비다인은 대체로 피부색이 어둡고 자신들의 언어와 문자를 사용한다. 그들은 인도 사람들도 인정하는 순수하고 부지런하며 정직한 성품을 지녔다. 아리아인이 장악한 인도 북부의 사람들과는 완전히 다르다.

문다족은 짧은 곱슬머리에 피부색이 검고 다양한 문다어를 사용하는데 문자는 없다. 서벵골주, 차티스가르주, 오디샤주 등에 주로 살고 있다. 산티니케탄 외곽의 산탈족도 있다. 내가 차티스가르주의 시골에서 만났던 문다족은 철이나 금속을 잘 다루며, 피부색이 아프리카인과 거의 유사했다. 심지어는 그들의 직관적인 인체 표현이 아프리카 사람들의 인체 표현과 너무도 똑같아서 놀란 적도 있었다. 물론 그 지역은 철광석이 가장 많이 생산되는 지역이기도 했지만, 그들이 쭈그리고 앉아서 구슬 같은 땀을 흘리며 풀무질을 하는 모습은 영락없는 철기시대의 한 장면이다. 달구고 두드리기를 수없이 반복하면서 탄생시킨 인체나 동물의 형상은 보면 볼수록 대가의 솜씨다.

아리아인이 들어오기 전 하라파 사람들은 최초로 면직물을 생신했으며, 닭을 가축으로 키우기 시작한 것으로 알려졌다. 그리고 그 지역에서 수천 개의 인장이 발견된 것으로 보아, 인도 사람들의 개인

바라나시 갠지스강 가에서 푸자 의식을 준비하는 브라만들. ⓒ Ha Jinhee

소유물에 대한 인식은 이미 그때부터 남달랐음을 알 수 있다. 상인들이 지녔던 인장은 상표와 같은 역할을 했던 것으로 보여 품질을 인증하는 수단이었을 것이다. 메소포타미아 수메르 지역에서도 인도 사람들의 인장이 발견된 것은 육로나 해상을 통해 면직물을 수출한 흔적일 것이다.

오늘날 북인도인의 조상은 기원전 1700~기원전 1500년경 중앙아시아로부터 인도에 들어와 정착한 아리아인으로 불리는 사람들이었다. 이들은 순수한 혈통을 지닌 특정 종족이라기보다는 이동과 정착을 반복하는 동안 수많은 혈통이 섞여 이루어진 복합

집단이라고 할 수 있다. 그래서 아리아인을 인종, 종족적 개념으로 보기보다는 언어, 문화적 공동체로 이해하는 것이 더 타당하다.

아리아인들이 유라시아 내륙 지방을 시작으로 오랜 세월에 걸쳐 유럽 전역과 이란을 거쳐 중동, 인도에 이르는 광활한 지역으로 이동했다는 것은 고고학, 언어학적으로 입증되었다. 이들은 목축을 주로 하면서 이동했다. 목초지를 찾아 이동하던 이들과 이들보다 먼저 남쪽에 자리 잡고 있던 농경 사회와의 충돌은 불가피했을 것이다. 인더스 문명을 일으킨 사람들이 농경을 기반으로 정착해서 상업 활동을 하며 도시 문명을 발전시켰다면, 아리아인들은 목축을 주로 하고 말을 길들였으며 새로운 땅을 찾아 이동하며 영토를 확장하고자 했던 진취적인 사람들이었다. 인더스 문명을 일으킨 사람들이 이룩하지 못했던 새로운 문명의 개화기를 맞이하도록 한 것은 바로 이주민이었던 아리아인들이었다.

아리아인의 문화적 중요성은 가장 먼저 그들의 언어인 산스크리트(Sanskrit)에 있다. 그들은 자신들의 생각이나 감정을 산스크리트어를 통해 전승하기 시작했다. 아리아인들이 산스크리트어로 기록해 남긴 베다는 신을 향한 찬가이자 신에게 바치는 제식에 대한 내용이다. 가장 놀라운 점은 그 오래전 베

뉴델리에 있는 히누만 사원의 크리슈나와 라사. ©Ha Jinhee

다를 쓴 지식인들이 지녔던 신성에 대한 아름다움과 경건함에 대한 상상력이다. 그 상상력을 구체화한 예찬의 문구들은 물 흐르는 것처럼 자연스럽다. 그들은 눈에 보이지도 않는 신들을 불러내기 위해 찬가를 바치고, 축복을 내리도록 청하기 위해 제식을 바쳤다. 어쩌면 그때는 하늘의 신들이 인간이 바친 찬가와 제식에 응해서 수시로 모습을 드러내던 그런 시절이었을지도 모르겠다. 신과 인간이 자유롭게 하늘과 땅을 왕래할 수 있던 그런 시절의 이야기가 신화 속에 담겨 있다.

아리아인은 뛰어난 상상력과 기획력을 지닌 이들인 것이 확실하다. 그 상상력을 담은 지식과 지혜를 실천하기 위한 계획과 노력이 수천 년이 지난 오늘날까지 인도인들의 마음을 사로잡고 있는 것을 보면 알 수 있다. 아직도 브라만들은 그들이 쓴 베다를 그 시절 언어로 낭송한다. 사원과 집에서는 아직도 그 시절 그 방식대로 신께 제식을 바친다. 아리아인들이 만든 힌두교 신화와 거기서 파생된 힌두교 문화가 오늘날까지 고스란히 이어져왔다.

힌두교도들은 베다는 하늘로부터 들은 내용을 기록한 것이라고 믿는다. 산스크리트이는 아직도 인도 고전 문화의 원류를 이해하는 데 필수적인 도구로 인식된다. 아리아인들은 정착민들을 수월하게 지배하기 위한 방법으로 카스트를 도입했을 것이다. 가장 상위 계층은 신성한 베다를 가르치고 낭송하는 브라만으로 규정하고, 그 아래의 모든 계급은 브라만의 축복을 받도록 하기 위해서.

카마수트라, 성의 경전

《카마수트라(Kamasutra)》는 2세기경 갠지스강가에 살았던 성자 바츠야야나(Vatsyayana)가 저술한 사랑에 관한 경전이자, 세상에 남아 있는 최초의 성에 관한 교본이다. 성에 대한 욕구가 인간의 본능이라는 것은 모두가 인정하지만, 그것을 드러내놓고 이야기하는 것조차를 꺼리는 통념을 깨뜨린 최초의 성자! 그뿐만 아니라 그는 에로틱한 사랑을 철저하게 해부하고 분석한 방법론도 함께 제시해서 '즐거움의 경전'으로 펴냈다.

인도의 현자들은 인간이 살아가면서 성취해야 할 네 개의 길을 제시했다. 그 첫 번째가 바로 카마(kama: 사랑, 즐거움)이다. 성적 즐거움을 통해 행복해지는 것이다. 두 번째는 다르마(dharma: 의무, 법, 도덕)로 질서와 법을 따르는 것이다. 세 번째는 아르타(artha: 번창, 재물, 권력)로 물질적인 풍요를 추구하는 것을 말한다. 마지막으로 목샤(moksha: 윤회로부터의 자유, 해탈)는 깨달음의 길로 들어서는 것을 말한다.

바츠야야나는 이 네 개의 길 가운데 카마, 즉 에로틱한 사랑을 통해 얻는 삶의 즐거움에 주목했다. 다른 세 개의 길은 이미 종교나 철학에서 너무도 많은 현자들이 다루고 또 다뤘다. 아마도 바츠야야나는 《카마수트라》를 쓰지 않았다면 그저 이름 없는 성자였을지도 모른다. 하지만 그는 인간 내면의 성적 욕망에 대한 분석과 성찰을 통해 인간의 가면 속 얼굴을 적나라하게 읽은 것인지도 모르겠다. 바츠야야나는 가식 없이 인간 본성의 내면을 들여다보려고 했다. 그래서 지적이고 영적인 세계만을 추구하는 것처럼 보이는 이들의 감춰진 욕망을 한바탕 비웃고 조롱하고자 했던 것은 아닐까. 때문에 《카마수트라》는 겉으로는 성에 대한 교본인 것처럼 보이지만, 실은 그 시대를 살았던 영적인 세계에만 사로잡힌 이들에게 보내는 메시지도 담겨 있다. 승과 속의 경계를 나누려고 하는 것이 얼마나 이중적인 잣대이고 눈속임인지를 말이다.

바츠야야나는 신과 인간이 누려야 할 즐거움 가운데 성적 즐거움이 가장 원초적인 즐거움이라고 생각했다. 그래서 그 즐거움을 제대로 즐기기 위해서 필요한 지식과 정보를 제공하고자 했다. 아마 모르기는 해도 자신의 직접 경험만으로는 부족해, 그 당시 연애와 사랑에 능통한 다수의 정보원들을 고용해서 다양한 정보를 수집했을 것이다. 인도는 어떤 분야이든 전문가들이 많다.

힌두 문학 작품 속에서 성에 대한 동경과 욕망은 은유와 상징으로 끊임없이 등장하는 요소이다. 솔직한 에로티시즘에 관한 묘사는 종교와 세속 모두를 아우른다. 신과 여신들의 합일, 남녀 간의 사랑이 여과 없이 사원의 외벽을 장식하는 것만 봐도 그들의 성에 대한 개념을 이해할 수 있다. 신성한 사원의 외벽을 장식한 에로틱한 사랑의 장면들에 대한 적나라한 묘사는 인도가 아니면 생각할 수도 없는 일이다. 인도 사람들의 성에 대한 생각은 노골적이며 거침이 없다.

바츠야야나가 생각하는 성은 동물적, 야성적 열정이 아니라 남녀 간의 아주 세련되고 정교한 상호관계이다. 그런 건강한 남녀 관계를 통해 행복해진 인간이 제대로 신을 경배하고 인간의 본성에 대한 이해와 사랑을 가지게 된다는 것도 암시해준다.

《카마수트라》에는 우리가 흔히 생각하는 에로틱한 성에 대한 부분만이 아니라, 남자와 여자가 서로를 알아가기 위해 해야 할 행동들에 관한 세세한 묘사도 기록되어 있다. 남녀가 사랑을 얻기 위해 환심을 사는 방법에서부터 서로 상대방을 대하는 자세까지도 일일이 기록해놓았다. 남자는 여자의 마음을 얻기 위해 선물을 해야 할 필요가 있으며, 정말 사랑하는 여자라면 단번에 값나가는 것을 선물하되 그렇지 않은 경우 작은 선물에서부터 점차적으로 시작하라고 한다. 빠른 시간에 여자의 마음을 사로잡고 싶으면 그녀의 가족에게도 선물을 해주라고 충고한다. 여자에게 선물은 곧 남자의 마음을 확인하는 도구라고도 했다. 마음이 크면 클수록 선물의 가치도 함께 커져야 한다고 했다. 이외에도 사랑의 분위기를 만들어내는 구체적인 방법과 제시들을 포함하고 있다.

《카마수트라》는 사랑에 빠진 남녀의 행동과 그것을 유지하기 위한 노력에 대해서도 알려준다. 흔히 알고는 있지만 실천이 불가능한 것들이다. 남자는 여자에게 첫눈에 반하는 만큼 그 열정도 쉽게 식을 수 있다. 남자는 여자와 사랑에 빠지면 처음에는 모든 것을 인내하고 헌신하지만, 그 사랑은 일시적이기에 여자는 끊임없이 새로워지는 노력을 해야 한다. 남자는 이루어지지 않은 사랑을 마음 한구석에 담아두지만, 여자는 다른 사람을 만나면 잊어버리는 경우가 더 많다. 대체로 여자는 남자에게 서서히 마음을 열기 때문에 그 열정도 서서히 식는다고 했다. 쉽게 공감할 수 있는 부분이 많은 걸 보면, 그때나 지금이나 남녀의 마음은 크게 변한 것이 없어 보인다.

바츠야야나는 입맞춤의 종류만도 16가지나 기록해두었다. 그리고 사랑하는 커플은 신뢰하는 친구들에게 자신들의 열정을 과시하기 위한 증표로 신체의 특정한 부분에 손톱자국이나 이빨로 깨문 흔적을 일부러 드러내 보이는 것도 시적이라고 적혀 있다. 이런 내용들이 그가 직접 체험한 것인지 상상인지는 확인할 길이 없지만, 사랑의 행위조차도 놀이처럼 즐기라는 메시지가 아닐는지.

바츠야야나는 신의 세상에서 살아가는 이들에게 에로틱한 사랑에 대한 세세한 묘사를 기록으로 남겨서 성적 호기심을 충족시켜주었다. 그의 교본을 근거로 제작한 카주라호나 푸리의 힌두교 사원들은 순례자들에게 열정적으로 사랑하고 행복해지라고 말해주는 것 같다.

카타칼리, 팬터마임의 시조

파란 하늘을 향해 큰 키를 자랑하는 야자나무와 축축 늘어진 잎사귀 사이로 한 손이라고 부르기에는 당황스러울 만큼 커다란 바나나와 열대 과일나무들이 지천에 널린 지상 낙원! 작은 골목 시장 입구에서는 재스민꽃의 달콤한 향기와 화려한 장미꽃 향기가 발길을 멈추게 한다. 밤에만 향기를 내뿜는 라자니간다의 유혹과 다양한 향신료의 진한 향이 뒤섞여 정신 차릴 새도 없이 열대의 밤이 저물어가는 곳이 바로 인도 남서단에 있는 케랄라주다.

햇볕에 그을린 듯한 구릿빛의 피부를 지닌 그 지역 사람들은 말라얄람어를 사용한다. 입안에 구슬을 넣고 굴리는 것처럼 혀를 굴리면서 말하는데, 처음에는 듣기만 해도 웃음을 참을 수 없었다. 몇 단어 배우면서 입 밖으로 그 단어를 끄집어내는 순간 이유 없이 즐거워진다. 사람들까지 귀엽게 보이게 하는 언어, 말라얄람(인도 케랄라주에서 드라비다계 말라얄리인들이 사용하는 인어)! 쑤가마노(안녕하세요)!

케랄라주는 일 년 내내 따가운 햇살이 피부를 파고드는 여름이어도 한동안 살아보고 싶은 곳이다. 인도 고유의 전통을 아직도 고스란히 간직하고 있다. 힌두교 사원, 전통 아유르베다(Ayurveda) 의학, 춤과 음악, 풍부한 향신료, 다양한 열대 과일, 신선한 해산물, 그리고 거리에는 산더미처럼 쌓아놓은 수박의 산도 보인다. 쌀가루와 콩가루를 반죽해 얇게 부친 도사(dosa)를 코코넛 처트니(coconut chutrney, 생 코코넛의 흰 속살을 갈아서 향신료와 섞어 만든 소스)에 찍어서 먹는 맛도 좋다.

내가 가장 좋아하는 것은 푸투(puttu)다. 쌀가루와 렌틸콩 가루를 섞고 거기에 코코넛 흰 과육을 넣어 찐 것이다. 찰기는 없으면서 반죽에 섞은 잘게 썰어 넣은 코코넛 과육이 씹히는 맛이 좋다. 사실 맛은 백설기와 닮았지만 이름과 모양이 귀여워서 먹기 전부터 벌써 행복해지고 만다. 푸투와 야채 스튜를 곁들여서 먹는 케랄라의 아침 식사가 그립다.

케랄라는 인도 토착민 드라비다족과 아리아인이 섞여 흥미로운 전통과 문화가 형성된 곳이다. 힌두 건축의 전형을 보여주는 힌두교 사원도 많다. 하지만 정작 내가 케랄라를 좋아하게 된 것은 그곳의 전통 무용 카타칼리(kathakali, Katha는 이야기를 의미하며 Kathakar는 이야기를 하는 사람을 말한다)도 한몫을 했다.

카타칼리는 일종의 팬터마임이다. 얼굴 표정, 손동작과 춤으로 구성되는 이야기 극이다. 언어 너머의 세계를 대사 없이 오직 동작만으로 보여준다. 관람할 때 몰입하지 않으면 그 흐름을 따라가기 어렵다. 그래서 더 매력적이다. 얼굴 표정과 손동작에 약간의 춤을 더하는 것만으로 다양한 인간의 감정을 보여준다. 중간중간 2~3개의 북과 심벌즈로 흥을 돋우고 분위기 전환을 한다. 등장인물들이 숨을 돌리는 순간이다.

카타칼리는 원래 크리슈나나탐(Krishnanattam)에서 유래했다. 크리슈나나탐은 코친 동북쪽에 살았던 베타투 왕이 오직 힌두교 사원의 신에게만 봉헌하기 위해 만든 춤이다. 일반 사람들에게는 관람의 기회가 없었다. 거기에 불만을 품은 다른 왕국의 왕이 인도 고대 서사시 《라마야나》를 주제로 '라마나탐'을 만들었다고 한다. 훗날 이 두 개의 춤이 케

남녀 두 사람이 공연하는 카타칼리의 한 장면. © Ha Jinhee

랄라주 전역에서 공연되고 전통 춤으로 자리 잡게 되었다. 그래서 공연은 대개 특정한 날 사원 내부에서 브라만들만 관람하는 경우가 많고, 사원 입구에서 일반에게 공개되기도 한다. 물론 요즘은 코친 문화센터와 몇 개의 극장에서 관광객들을 위해 매일같이 상연된다.

카타칼리는 16세기 말에서 17세기 초 무렵 생겨났다. 초기에는 무사 계층에게만 이 춤을 배울 기회를 부여하다가 차츰 다양한 계층에게 그 기회가 주어졌다. 카타칼리는 신체적, 정신적, 영적 세계의 융합이다. 스승과 제자는 영적 세계를 여행하는 자세로 함께 수련한다. 스승의 지도로 수행하는 요가와 명상은 연습 초기의 가장 중요한 부분이다. 연습 틈틈이 전통 아유르베다 치료도 받는다.

《라마야나》와 《마하바라타》는 카타칼리의 단골 주제이다. 거기에는 대략 400여 개의 성격 묘사가 있다. 그러나 정작 극의 등장인물은 2~4명인 경우가 많다. 밤을 꼬박 새우며 공연되는 원조 카타칼리를 보기 위해서는 코친에서 좀 떨어진 작은 마을 체루투루티(Cheruturti)로 가야 한다. 공연은 야외에서 천막을 치고 상연되는데, 기름등잔으로 주위를 밝히고 관람객은 흙바닥에 깔린 얇은 깔개 위에 앉아서 관람한다. 열대의 푸른 밤, 달빛과 별빛 아래서

카타칼리 주인공이 극 시작 전에 보여주는 다양한 얼굴 표정.
© Ha Jinhee

언어를 잊은 이들의 세상을 들여다보는 재미!

카타칼리는 화려한 의상과 강렬한 분장 때문에 한번 보면 절대 잊히지 않는다. 극 시작 전에 배우들이 무대에 앉아서 직접 얼굴 화장을 하는데, 30분에서 3시간 정도 걸린다. 화장이 끝나면 분장실에서 무겁고 화려한 의상을 갖춰 입고 다양한 장신구로 치장한다. 마지막으로 머리에 나무로 만든 3킬로그램 이상 나가는 머리 장식을 쓴 이후에는 절대 말을 해서는 안 된다. 주어진 역할에 몰입하기 위해 침묵을 지켜야 한다.

카타칼리 배우가 되려면 혹독한 훈련을 받아야

한다. 10~14세에 입문해서 약 12년의 훈련을 받아야만 무대에 설 수 있다. 수업은 6월 몬순과 함께 시작된다. 우기에 실내에서 연습에 열중할 수 있기 때문이다. 역시 푸자 의식과 함께 입문한다.

수업은 새벽 3시에 시작된다. 먼저 한 시간 동안 눈동자를 움직이는 연습을 한다. 눈동자를 부드럽게 굴리기 위해 눈 안에 소젖으로 만든 버터를 밀어 넣는다. 엄지와 검지를 이용해서 최대한 눈을 크게 벌린다. 처음에는 시계 방향, 다음에는 반대 방향으로 아주 천천히 굴린다. 그런 다음 두 배 세 배로 빠르게 움직이는 것을 연습한다. 다음에는 눈동자를 위아래로 굴리는 연습을 한다. 또 오른쪽에서 왼쪽으로, 왼쪽에서 오른쪽으로 움직이는 연습을 한다. 눈동자를 양쪽 구석으로 수평으로 이동하는 연습도 한다. 이렇게 눈동자를 자유자재로 움직이는 것을 익힌다.

눈동자 다음에는 눈썹, 눈꺼풀, 뺨 근육, 입술, 목 등을 움직이는 것을 익힌다. 그렇게 얼굴 표정 연습이 무르익으면 다음 단계로 넘어간다. 온몸에 약초 기름을 바르고 하체만 가리는 카체라(Kacchera)를 두른다. 발레 연습처럼 호흡을 조절하며 몸을 들어 올리며 뛰는 연습을 100번 이상 한다. 차츰 다양한 자세와 동작을 익힌다. 긴 수련의 마지막 과정은 더 힘들다. 몇 달 동안은 매일 밤 9시부터 다음 날 새벽 3시까지 무대 위에 올리는 이야기를 연습한다. 그 막의 길이에 따라 시간은 더 지연된다.

카타칼리의 주인공들은 신성이자 초인이다. 또한 사람이 아닌 개념적인 생명체의 모습을 재현하려고 한다. 그래서 의상과 화장은 주인공을 크고 과장되게 보이도록 한다. 얼굴은 가면을 쓴 것처럼 완벽하게 채색한다. 커다란 속치마 위에 무거운 의상을 입고 커다란 머리 장식을 쓰고 발레리나처럼 사뿐사뿐 뛰는 동작은 전사가 아니면 불가능해 보일 정도로 힘과 연습을 필요로 한다.

카타칼리는 단순히 팬터마임 형식의 극이 아니라 요가와 명상, 인도 신화와 미학, 색채와 상징, 전통 춤과 발레, 음악, 인간의 본성과 표정 등 다양한 요소들의 복합체이다. 가장 중요한 것은 언어로 표현할 수 없다는 것을 알아차린 이들이 꿈꾸는 무언의 세상으로의 초대, 바로 카타칼리!

서사시 《라마야나》와 《마하바라타》

《라마야나》와 《마하바라타》가 텔레비전에서 방영되면 온 동네 사람들이 그 앞으로 몰려들 만큼 대단한 인기다. 인도의 드라마는 몇 년 동안 계속 이어서 방영되기도 한다. 《라마야나》와 《마하바라타》는 고대 인도의 서사시이다. 그 두 편의 서사시에 담기지 않은 것은 현실 어디에도 존재하지 않는다는 말이 나올 정도로 인간이 살아가면서 겪는 다양한 사건들이 담겨 있다.

이 두 편의 서사시는 모두 전쟁을 배경으로 한다. 그러나 전쟁 자체가 아니라 그 전쟁의 발단, 과정과 결과를 통해 본 인간 본성에 대한 성찰과 진리에 대한 해답을 제시한다. 다르마와 다르마 아닌 것의 충돌, 나와 나 아닌 것의 갈등, 선과 악의 대치, 실천이 어려운 아힘사, 전쟁과 평화, 원인과 결과 등 인간 세상에서 일어날 수 있는 거의 모든 상황에 대한 문제 제기와 해답을 제시한다. 고대 인도의 종교, 전통과 삶의 모습까지도 세세하게 묘사되어 있어서 오래전 상상의 시간 속으로 빠져들게 한다.

이야기의 전개는 늘 갈등과 충돌에서 시작된다. 그리고 그것을 풀어가는 실천적 방법으로는 지혜, 행동, 자비를 제시한다. 이런 과정을 통해 인간은 자신을 알아가며, 궁극적으로는 신을 만나게 된다. 신과 하나가 되기 위해서는 먼저 신을 찾아내야 하는데, 그 신은 바로 우리의 내면에 있다. 그래서 자기 자신을 아는 것이 가장 상위의 지식을 갖는 것이라고 한다. 한 알의 꽃씨가 땅에 떨어져 향기로운 꽃들을 피워내고, 달콤한 과일을 매단 멋진 나무로 성장하리라는 것을 정작 그 씨앗이 모르고 있는 것처럼. 우리가 우리 자신을 모르고 있는 것일지도.

《마하바라타》는 위대한 바라타 왕국이라는 뜻이다. 때로는 인도의 위대한 이야기라는 뜻으로 해석하기도 한다. 바라타 왕국의 판다바스와 카우라바스 두 왕족 사이의 전쟁 이야기이다. 호메로스의 《일리아드》와 《오디세이》를 합친 것의 8배 정도 길이다. 기원전 400년에서 기원후 200년 사이의 힌두교 교리에 관한 중요한 정보를 제공해준다. 18일 동안 일어난 18번의 전투에 관한 이 이야기는 주사위 놀이에 져서 왕국을 잃어버린 왕으로부터 시작된다.

고대 인더스 문명의 유적에서 다량의 주사위가 발굴된 것을 보면, 고대 인도 사람들이 게임을 좋아했음을 알 수 있다. 주사위 놀이 이전에 고대에는 아카사스(aksas)라는 놀이를 즐겼다. 그릇에 담긴 작고 딱딱한 견과류를 한 움큼 집어 바닥에 던져서 4배수가 많이 나오는 쪽이 이기는 것이다. 주사위 사용과 함께 게임방도 생겨나기 시작하고 그에 관한 기록도 남아 있다. 게임방에서는 개인 주사위를 사용할 수 없으며 대여료를 내고 주사위를 빌려야만 했다. 또 게임 총금액의 5퍼센트를 이용료로 내도록 했다.

이 두 편의 서사시에 대한 다양한 해석과 주석의 글도 수없이 많다. 특히 《마하바라타》의 주인공 아르쥬나가 의문을 가질 때 비슈누의 화신 크리슈나가 나타나 답을 제시해주는 것을 엮은 《바가바드 기타》는 경전으로 여겨질 만큼 많이 읽히고 있다. 《마하바라타》의 주요 내용은 인간이 지닌 욕망과 유혹으로부터 다르마를 지키기 위한 싸움이다. 거기에 왕의 위엄과 전사로서 지녀야 할 용기를 다루며, 거

《라마야나》의 주인공 라마와 그의 동생 락슈마나가 악마 라바나와 싸우는 장면. © Ha Jinhee

친 삶의 소용돌이 속에서도 인간으로서 지녀야 할 내면의 고요함에 대한 성찰! 집착을 내려놓고 깨달음에 이르는 길에 대한 멀고도 긴 여정이 지루할 만큼 긴 비유와 은유적인 방법으로 표현되었다. 《마하바라타》는 겉으로는 두 왕족의 전쟁 이야기처럼 보인다. 그러나 전쟁은 하나의 비유이고, 실은 선과 악의 싸움으로부터 다르마를 지켜내야 하는 인간의 운명과 고난의 여정을 그리고 있다. 그 긴 여정에서 신을 만나고 그를 따르는 것은 인간이 스스로 본성을 찾아가는 평화의 길이다.

《라마야나》는 '라마의 여행' 이라는 뜻이다. 비슈누의 일곱 번째 현신 라마를 주인공으로 하는 이야기이다. 라마는 왕자로 태어났으나 계모의 책략으로 억울한 누명을 쓰고 왕위에 오르지 못한 채 14년간 숲에서 유랑 생활을 한다. 인도 사람들이 라마를 순종적 아들의 이미지로 경배하는 이유이기도 하다. 아버지의 부당한 지시에도 무조건 순종하는 효자 아들이기 때문이다. 라마의 동생 락슈마나는 불평 한마디 없이 형의 유랑 생활을 돕는 형제간의 우애의 상징이다. 밭고랑에서 태어나 라마와 결혼하는 시타(Sita, '밭고랑' 이라는 의미)는 순종적이며 헌신적인 아내의 전형이다. 인도 남성들이 생각하는 전통적인 현모양처가 바로 시타이다. 그래서 가장 이상적인 힌두 결혼의 모델은 바로 라마와 시타의 결혼이다.

시타는 라마와 숲에서 유랑 생활을 하다가 악마 라바나(Ravana)에게 납치당한다. 라바나는 자신의 거주지 랑카(Lanka, 스리랑카의 약칭)로 시타를 데려가 갖은 호사를 제공하며 그녀의 마음을 사고자 한다. 하지만 정작 시타는 리비나에게 눈길 한 번 주지 않는다. 이런 과정에서 원숭이 신 하누만(Hanuman)이 등장해 라마를 승리로 이끈다. 하누

《라마야나》의 주요 장면을 그린 남부 지방 민화. ⓒ Ha Jinhee

만은 원하는 대로 몸집이 커지며 하늘을 날 수도 있다. 라마는 동생 락슈마나와 하누만의 도움을 받아 결국 라바나를 무찌르고 시타를 구출해낸다.

라마는 왕자인 데다 잘생기고 효자이며 형제간의 우애도 좋고 용맹해서, 겉으로 보기에는 그야말로 완벽한 남편처럼 보인다. 그러나 자신의 체면 때문에 아내 시타가 정절을 증명하기 위해 희생의 제식 불길 속으로 뛰어들어도 말리지 않는다. 반면 시타는 목숨을 버리면서까지 남편의 위상을 지켜준다. 라마는 정작 자신의 아내에게는 남들에게 보이는 그런 아량을 보이지 못하는 남편이다. 그 오래전의 부부 갈등이 현실에서도 설득력을 가져서 신기하다. 신화가 쓰였던 시대로부터 오랜 세월이 흘렀지만 남자와 여자의 관계는 크게 달라지지 않았다. 그래서 신화는 과거의 이야기이자 바로 현실의 이야기이다.

《라마야나》에 담긴 주인공들의 성격을 보면 모두 인간이 살아가면서 갖춰야 할 미덕과 연관이 있다. 부모의 말에 순종하는 착한 아들 라마, 남편에게 순종하며 자신의 순결을 증명하기 위해 스스로 불길 속으로 뛰어들어 죽음도 마다하지 않는 헌신적인 아내 시타, 형을 위해 우애를 지키는 락슈마나, 정의를 지키기 위해 불의에 대항해 싸우는 원숭이 하누만 등을 통해 효와 우애, 사랑과 헌신, 용기와 희생을 드러내 보여준다. 《라마야나》의 대단원은 권선징악으로 마무리된다. 지극히 평범한 것 같은 마무리지만 현실에서 가장 실천하기 힘든 덕목들에 관한 이야기다. 《라마야나》가 쓰였던 시절로부터 아주 멀리 온 것은 사실이지만, 인간이 지켜야 할 가치들은 그때나 지금이나 변함없다.

떠돌이 가수, 바울

　바울(Baul, '신비스러운 음유 시인'이라는 의미)은 벵골 지역에서 자생한 떠돌이 가수들이다. 그들은 여기저기 떠돌면서 노래를 부르고 춤을 추며 살아간다. 떠돌다가 마음에 드는 곳에서 잠시 머물다가 미련 없이 다른 곳으로 떠난다. 먹을거리를 마련하기 위해 주로 장터나 축제가 있는 곳을 찾아다닌다. 바울이 노래와 춤의 리듬을 맞추기 위해 가지고 다니는 악기로는 조롱박으로 만든, 현이 하나인 엑따라와 현이 두 개인 뚜따라가 있다. 이 악기로 구성진 노랫가락과 춤의 장단을 맞추며 듣는 이의 마음을 알지 못하는 세상으로 잠시 데려가준다.

　바울은 500년이 조금 더 넘는 역사를 가지고 있

다. 바울의 시조는 15세기경에 살았던 챠이탄야 뎁(Chaitanya Dev)으로 브라만 계급이었다. 초기 바울은 요가와 명상을 하는 수행자였다. 그들은 모든 인간은 평등하고 자유로워야 한다고 생각하며 불교, 이슬람 신비주의, 힌두교 철학을 중심으로 수행하는 구도자들이었다. 그러나 그들의 수행을 통한 깨달음을 일상에서 실천하기 위해서 넘어야 할 벽은 바로 계급과 부조리한 세상이었나. 그들의 노래와 춤은 그런 세상에서 살아가는 이들을 위한 기도와 인간에 대한 사랑이라는 생각이 든다. 다른 사람을 위한 기도와 위로가 곧 구도의 길! 그래서 인간을 경배하는 것이 곧 신을 경배하는 것이라고 노래 부른다.

라롱 샤(Lalon Shah)는 18세기 후반 방글라데시 출신의 철학자이자 시인이다. 전통적으로 바울들은 라롱 샤의 시로 만든 노래를 즐겨 부른다. 라롱 샤는 118세까지 장수하면서 많은 주옥같은 시들을 썼는데, 바울은 그의 열성적인 팬이다. 라롱 샤의 고향 쿠슈티아(Kushtia, 방글라데시 서부의 작은 도시)에서는 매년 그를 기리는 축제가 개최된다. 방글라데시와 인도 벵골 지역의 이름 있는 바울들이 대거 모여서 임시로 쳐놓은 천막 안에서 라롱 샤의 노래를 부르고 또 부르며 며칠 밤을 함께 지새운다.

바울은 시간과 공간에 얽매이기를 거부한다. 그

들은 걸망에 악기 하나만 가지고 떠돌며 결코 한곳에 머물지 않는 바람처럼 변화무쌍한 삶을 살아간다. 진정한 자유인으로 살아가기 위해 한곳에 주거를 틀지도 않고 직업을 갖지도 않는다. 바울은 마음 맞는 여자를 만나면 같이 살기도 하지만, 결혼이라는 형식을 취하지는 않으며 아이를 낳지도 않는다. 그래야만 마음껏 떠도는 생활을 계속할 수 있을 테니까. 그들은 가고 싶은 대로 가고 머물고 싶은 대로 머물고 시간이 흘러가는 대로 구름 따라 물 따라 살아간다. 바울이 노래한다.

"돈, 돈, 돈은 그저 종잇장인데 뭐가 그리 대단할까.
돈에 웃고, 돈에 우는 세상. 돈 없이도 사는 세상 그 어디 없을까.
새처럼 노래하며, 꽃처럼 피어나고, 바람처럼 스치고, 물처럼 흐르며,
이름 없는 들풀처럼 사는 세상 그 어디일까!
이 세상 떠나는 날이 바로 그곳으로 가는 날이겠지."

그래서 바울은 지금 이 순간 어서 일어나서 노래하고 춤추며 즐기는 것만이 우리가 할 수 있는 최선이라고 노래한다. 죽음을 끝이 아닌 희망의 나라로

노래하는 바울들. ⓒ Ha Jinhee

바라보는 그들의 시각은 결코 뛰어넘을 수 없는 현
실에 대한 반어법적 표현일 수도 있다.

바울의 노래는 흙먼지 날리는 시골 장터에서, 흔
들리는 객차 한 칸에서 무심히 너른 들판이 펼쳐지는
창밖을 바라보며, 큰 나무 그늘 아래 앉아서 격식 없
이 편하게 듣는 것이 제격이다. 설령 노래 가사를 제
대로 이해하지 못한다 해도 그저 그 리듬에 마음을
맡기면 된다. 때로는 처절할 만큼 애절하다가도, 장
난기 넘치는 노랫가락과 길들여지지 않은 투박하고
제멋대로인 춤사위가 여과 없이 그들 삶을 드러내 보
여준다. 온전하다고 생각하는 우리의 삶을 거침없이
비웃는 듯한 노래 가사를 들으며, 그런 자신감과 여
유 만만함이 어디서 나오는 것인가 생각하게 된다.

바울의 노래에는 이중적 의미가 담겨 있다. 삶을 비웃는 듯하다가도 삶을 예찬하고, 삶이 공허하다고 하다가도 태양처럼 뜨겁고 달처럼 차갑다고 예찬한다. 쾌락과 허무의 양극단에서 줄타기를 하는 광대처럼 아슬아슬한 놀이를 즐긴다. 그러나 결코 어느 한편에 머물지 않으며 세상을 등지고자 하는 원대한 포부를 지닌 바울의 거친 삶도 그리 온전해 보이지는 않는다. 하지만 생각지도 못한 방식으로 살아가는 이들과 마주할 때, 정해진 흐름대로 살아가는 나 자신을 들여다보게 된다.

바울에게 이름이나 출생을 묻는 사람은 없다. 고향이 어디이고 직업이 뭐냐고 물을 필요조차 느끼지 않는다. 그들의 노래와 춤 이외에는 아예 관심이 없기 때문이다. 바울은 노래로 세상을 풍자하고 비웃고 또 우리를 웃고 울게 하기도 한다. 이들의 사심 없는 풍자와 비웃음은 변화무쌍한 바람처럼 스치고 지나간다. 그들이 동경하는 세상의 언어는 바로 노래와 춤일지도 모른다. 원래 바울의 시조는 브라만 계급이었으나 차츰 하위 계층에서 출생한 이들이 많아지게 됐다. 낮은 계급의 삶을 숙명으로 받아들이는 대다수의 사람들과는 달리 주어진 태생과 굴곡진 삶을 훌훌 털어버리고 노래와 춤을 기도 삼아 살아가는 사람들, 바울!

에필로그

인도, 그들만의 세상!

"인도를 알려고 하는 것은 온 세상을 알려고 하
는 것이다."라는 말이 있다. 인도에는 이 세상에 존
재하는 거의 모든 것이 다 있다고 하는 말이나 마찬
가지이다. 인도 문화의 특징은 '다양성'이라는 한
단어로는 부족할 만큼 경이롭다. 다양한 종족, 피부
색, 언어, 신화, 종교, 철학, 전통, 기후, 음식, 복식
등 인간이 살아가는 데 필요한 그 모든 것의 다양성
이 공존한다.

인도 사람들 스스로 말한다. 언어의 다양성 때문
에 영국으로부터 독립하는 데 200년이나 걸렸다고.
인도는 100킬로미터를 이동하면 언어가 달라진다
는 말이 있을 정도다. 인도 전역의 수장들을 한자리

에 모이게 하기 위해 전령이 한 마을에 도착했다. 힘들게 의사소통을 해서 날짜와 장소를 정하고 다른 마을로 이동했다. 이 일을 수없이 반복하는 데만도 몇 년이 걸렸을 것이다. 그러다보니 정작 모이기로 한 날짜에는 나오는 이들이 별로 없었다고 한다. 서로 한자리에 모이는 데만도 200년이 걸린 것이라는 농담이 나올 정도다.

그들의 언어가 얼마나 다양한지 인도인들끼리 모여도 힌디어와 영어가 아니면 의사소통이 안 되는 경우도 허다하다. 언어가 다양하다는 것은 그만큼 생각의 방식이 다르기에 다양한 전통이 만들어질 수 있다. 다양성이 흥미로운 것은 사실이지만 어쩔 수 없이 혼란과 무질서라는 딜레마에 처하게 된다. 때문에 카스트라는 제도화된 가치 체계가 필요했을 것이고, 그 안에서 타협과 적응을 통해 질서를 잡으며 살았다. 다양성 가운데 서로가 자신의 생각을 고집하면 충돌할 수밖에 없음에도 인도 사람들은 서로 충돌하지 않고 상생의 길을 걸어왔다. 그 관계가 때로는 불완전하고 위태로워 보이기도 하지만 자신들만의 전통을 잘 지키며 살아온 것은 그들의 신에 대한 절대적 믿음과 신뢰 때문이다.

인도에는 과거와 현재와 미래가 공존하며, 원시의 자연과 첨단 테크놀로지가 공존한다. 아직도 밥을 손으로 먹고 화장지를 사용하지 않는 이들이 더 많다. 채식주의자와 비채식주의자가 불평 없이 사이좋게 살아가고, 책이 없이 암기로만 이뤄지는 전통 학교도 있다. 사막에서 낙타를 키우라는 임무가 주어졌다고 생각하며 살아가는 이들이 있고, 농부들은 아직도 가축을 가족으로 생각하며 살아간다.

신으로부터 한번 주어진 소명과 역할을 절대 바꾸려들지 않는 사람들의 세상. 매일같이 흙바닥에 새로운 문양을 그려 신을 맞이하는 여인들이 살아가는 세상. 5미터가 넘는 옷감을 짜면서 밑그림 하나 없이 추상적인 문양을 수도 없이 만들어내는 장인들의 세상. 밤을 새워 춤과 노래를 즐기는 열정을 지닌 사람들이 사는 세상. 거친 돌덩이를 쪼아서 부드러운 레이스 문양을 새기는 석공들의 세상. 악보 없이 음악 교육이 이뤄지는 세상. 폭염과 폭우, 천둥과 번개도 사랑하는 사람들의 세상. 보이는 것보다 보이지 않는 것들을 더 믿는 사람들의 세상. 단순한 것들로 만족하는 소박한 사람들의 세상. 신들의 세상에 얹혀산다고 생각하는 사람들의 세상!

출가한 사람들이 하늘을 지붕 삼아 떠도는 세상. 한생을 노래와 춤으로 한바탕 잘 놀다 가는 바울의 세상. 고대의 언어로 신을 찬미하는 승려들과 그 승려들의 축원 없이는 아무것도 할 수 없는 사람들이 함께 사는 세상. 신화를 들으며 밤을 지새우는 사람들의 세상. 옛것을 절대 버리지 못하는 사람들의 세상. 움켜쥐는 이와 내려놓은 이들이 충돌 없이 공존하는 세상. 성자와 걸인의 구분이 힘든 세상. 이생이 아니라 다음 생에 희망을 걸어보는 사람들의 세상. 삶보다는 죽음을 준비하기에 바쁜 그들만의 세상!

때로 인도 사회는 모순투성이인 것처럼 보인다. 그들은 매일같이 신을 만나며 종교적인 삶을 살아가는 것 같지만 세속적이고, 육신의 쾌락을 추구하지 않는 금욕주의적인 것 같지만 사실은 마음껏 욕망을 추구하고, 춤과 노래를 즐기며 아름다운 삶을 동경하지만 정작 주변의 추한 것들에는 눈길 한 번 주지 않으려 한다. 삶과 죽음의 경계를 뛰어넘어 성스러운 듯 보이지만 탐욕을 감추지 못하고, 욕심이 없는 것처럼 말하지만 절대로 손해 보려 하지 않고, 문제없다고 말하지만 해결되지 않는 일투성이이고, 완전한 것처럼 보이지만 불완전하고, 향기로운 듯하지만 금세 악취를 드러내는 것투성이!

이런 모순덩어리의 세상이 바로 그들의 삶인 것처럼 보이지만 다시 들여다보면 그 반대의 역설이 공존한다. 카스트에 매여 억압적인 듯하지만 몇 날 며칠을 춤과 노래로 지새울 만큼 자유롭게 인생을 즐기고, 가진 것이 너무 없어도 작은 것으로 만족하는 이들이 넘치고, 한 덩어리의 흙을 반죽해 토기를 만들기 전에도 흙 속의 미생물에게 미안하다는 기도를 바치고, 육신의 안락함보다는 끊임없이 정신을 담금질하는 고행승들이 있고, 아무리 시대가 변해도 의연하게 전통을 지키려고 파수꾼을 자처하는 이들이 있고, 축제의 날에는 모두 거리로 뛰쳐나와 미친 듯이 즐기고, 수천 년 전에 살았던 조상들의 임무를 대를 이어가며 행하는 승려들이 있고, 신의 축복을 받기 위해서 자신의 욕망과 안락함을 미련 없이 내려놓고, 돈이 아무리 많아도 쓰는 방법을 몰라서 예전처럼 살아가는 이들이 살아가는 세상이기도 하다.

지난해 연말 무렵이었다. 산티니케탄에 사는 인도 친구에게 미디어 파사드로 제작된 화려한 크리스마스 동영상을 보냈다. 곧바로 친구가 안부와 함께 사진 한 장을 보내왔다. 자기 집 정원 한 편에 가지런히 놓인 토기 화분에 핀 국화꽃 사진이었다. 오래된 것으로 보이는 낡은 화분에 흰색과 노란색의 작은 국화꽃이 피어 있었다. 친구는 "정원사가 제때 물을 주지 않았는데도 꽃이 피었다."고 했다. 친구가 말한 대로 그 국화는 잎이 거의 없고 영양이 몹시 부실해 보였다. 꽃이 피기 시작할 때 가는 대나무로 사방을 받쳐주지 않았다면 쓰러질 처지였다. 그런데 신기하게도 말라비틀어진 잎사귀 몇 개가 달린 줄기에서 핀 그 소박한 국화꽃에서 진한 야생의 향기가 배어났다. 마치 인도 사람들이 오랜 세월 동안 혼돈과 부조리에 맞서 살아오면서도 내면의 순수와 고요를 잃지 않은 것처럼 그 국화도 본연의 향기를 고스란히 간직하고 있었다. 물을 제때 주지 않아도 사람의 손길이 닿지 않아도 스스로 향기로운 꽃을 피워낸 것이다. 컴컴한 한밤중이 되어서야 깊고 푸른 별빛이 모습을 드러내는 것처럼 인도는 자신의 내면에서 현실의 독성을 치유할 해독제를 스스로 찾아낸다.

타고르가 말했듯이 "인도는 현실의 우여곡절을 초월해 영원한 전체와 하나 되는 세상에 압도당했다." 그래서 이방인이 쉽사리 넘보기 힘든 그들만의 세상, 인도!

참고 문헌

《Ajanta & Ellora: Cave Temples Of Ancient India》, Pushpesh Pant, Lustre Press Roli Books, New Delhi(1998)

《Ancient India: From the Origins to the XIII Century A.D.》, Marilia Albanese, Om Book Service, New Delhi(2001)

《Ancient Indian Costume》, Roshen Alkazi, National Book Trust, India(1998)

《Basis of Decorative Element in Indian Art》, K.C. Aryan, Rekha Prakashan, New Delhi(1981)

《Daily Life in Ancient India: From Approximately 200 B.C. to A.D. 700》, Jeannine Auboyer, Phoenix Press, London(1988)

《Demons, Gods & Holy Men from Indian Myths & Legends》, Shahrukh Husain, Publication Data, India(1987)

《Ganesha: The Auspicious... The Beginning》, Shakunthala Jagannathan & Nanditha Krishna, Vaklis, Feffer and Simons Pvt. Ltd., India(2003)

《Gods Beyond Temples》, Harsha V. Dehejia, Motilal Banarsidass Publishers, Delhi(2006)

《Hanuman: An Introduction》, Devdutt Pattanaik, Vaklis, Feffer and Simons Pvt. Ltd., Mumbai(2005)

《Hindu India: From Khajuraho to the Temple City of Madurai》, Henri Stierlin, Taschen, Oxford(1998)

《Hindu: Joy of Life》, Utpal K. Banerjee, Niyogi Books, India(2009)

《Hinduism》, Pramesh Ratnakar, Lustre Press Roli Books, India(2004)

《Human and Divine: 2000 Years of Indian Sculpture》, Balraj Khanna and George Michell, The Hayward Gallery, London(2000)

《Incredible India: Arrested Movement (Sculpture and Painting)》, Kapila Vatsyayan, Wisdom Tree Academic, New Delhi(2007)

《India: The Eternal Magic》, Antara Dev Sen, Roli Books, India(2000)

《Indian Horizons, Indian Realities》, Volume 43 Number 3, Indian Council For Cultural Relations, Delhi(1994)

《Indian Mythology》, Veronica Lons, Newnes Books, London(1986)

《Indian Painting: The Great Mural Tradition》, Mira Seth, Abrams, New York(2006)

《Indian Paintings》, Text By Douglas Barrett, Basil Gray, Art Albert Skira, Geneva(1978)

《Indian Sculpture and Painting》, E. B. Havell, Cosmo Publications, India(1980)

《Indian Society》, S. C. Dube, National Book Trust, India(2001)

《Jaya: An Illustrated Retelling of the Mahabharata》, Devdutt Pattanaik, Penguin Books, New Delhi(2010)

《Kathakali (Dances of India): Dancers of India》, S. Balakrishnan, Wisdom Tree, New Delhi(2004)

《Lakshmi: The Goddess of Wealth and Fortune-An Introduction》, Devdutt Pattanaik, Vaklis Feffer & Simons Ltd,, Mumbai(2009)

《Rabindranath Tagore on Art and Aesthetics》, Inter-National Cultural Center by Orient Longmans, Calcutta(1961)

《Rabindranath Tagore》, Sisirkumar Ghose, Sahitya Akademi, New Delhi(1986)

《Ritual Art of India》, Ajit Mookerjee, Timeless Books, New Delhi(1998)

《Sadhus: Holy Men of India》, Dolf Hartsuiker, Thames And Hudson, London(1997)

《7 Secrets of Shiva》, Devdutt Pattanaik, Westland, Mumbai(2011)

《Shiva: An Introduction》, Devdutt Pattanaik, Vakils Feffer & Simons Ltd,, Mumbai(1999)

《Temples of Khajuraho》, Volume 2, Krishna Deva, Archaeological Survey of India(1990)

《Temples of South India》, Salim Pushpanath, Dee Bee Info Publications, Kerala, India(2009)

《The Ajanta Caves: Ancient Paintings of Buddhist India》, Benoy K. Behl, Thames & Hudson, Publication Data, India(1998)

《The Art of India》, Nigel Cawthorne, Bounty, London(2005)

《The Great Mahabharata》, Shyam Sunder Shastri, Tiny Tot Publications, Delhi(2005)

《The Home Book of Indian Cookery》, Sipra Das Gupta, Faber And Faber, Great Britain(1973)

《The Ramayana》, Rendered by C. G. R. Kurup, Book Trust, New Delhi(2003)

《The Royal Palaces of India》, George Michell and Antonio Martinelli, Thames and Hudson Ltd,, London(1998)

《The Visvabharati Quartely》, Gandhi Number, Volume 35, 1969-70, Santiniketan, India(1971)

《The Visvabharati Quartely》, Volume 42, 1976-77, Santiniketan, India(1977)

《The Wonder That Was India》, A.L. Basham, Replika Press, India(2004)

《Traditional Theatres (Incredible India)》, H.S. Shiva Prakash, Wisdom Tree Academic, India(2007)